逆光的系譜

笠詩社與詩人論

陳明台——著

目次

自序　誠實的發言　7

I　逆光的系譜——笠詩社論

鄉愁論——臺灣現代詩人的故鄉憧憬與歷史意識　10
綿延不絕的詩脈——笠的系譜與風貌　62
清音依舊繚繞——解散後銀鈴會同人的走向　92
世代的傳承，風格的形成——笠詩社的少壯派詩人論　112
論臺灣現代詩的橫的移植——從風車詩社到笠詩社　156
笠詩人與日本前衛思潮　176

II　批評和想像——笠詩人論（一）

強韌的精神——巫永福論　202

發生的事．發生的文學——陳千武論（一） 225
計算的美學——詹冰論 253
詩、夢、歷史與現實——陳千武論（二） 260
硬質而清澈的抒情——錦連論 286

III

抒情和即景——笠詩人論（二）

凜烈的現實精神——白萩論 312
美的狩獵者——杜國清論 322
風景鮮明的詩——論李魁賢的旅遊詩 330
寫實的旗手——趙天儀論 363
濃郁的鄉土情——岩上的詩 371

IV

暗喻和現實——笠詩人論（三）

鎮魂之歌——李敏勇的詩 382
漂泊之歌——拾虹的詩 414

悲愴的命運・苛酷的現實——陳鴻森論 436
冷澈而熾烈、理性又感性——江自得、曾貴海、鄭烱明醫生詩人論 449
後　記　晃盪在逆光中的記憶 509
附錄一　哀愁、虛幻與無常——論陳明台的詩／寒渝 512
附錄二　陳明台著作目錄 521

自序

誠實的發言

陳明台

親愛的L，提起筆來，現在，我不禁回想起一九六五年前後，我們共通的一群朋友，以及《笠》剛剛創辦不久的那些日子。

是的，那些純粹的歲月，還不過是「孩子」的我們，彷彿可以捨去一切，狂熱地追求著「文學、詩的意味」的日子。

親愛的L，回想起來，現在我不能不說那些時光的疊積與浪費，具備有無比的意義。又過了那麼多年了，《笠》作爲我們共同發言的場所，透過有意義的企劃，今日已經形成具有新的現實精神，產生了呼應與激盪，有革新文學運動性質之存在。然而，假如不是那些時日，我們承接了前輩詩人種種的「暗示」，諸如對於現實的謙遜、回歸歷史的心情、不亂丟紙屑的精神等等，如今，我們恐怕不會如此地重視生，而能夠不迷失地理解「豐富現實的意味」這一文學的眞諦吧！

親愛的L，在你毅然地決定，接下《臺灣文藝》的薪傳，而它又將進入發刊百期，值得紀念的前夕，讓我們再好好地檢討一下，我們一直執著堅持的詩的意味，以及歷史、現實的意義與特徵吧！

親愛的Ｌ，我們現在腳踏的是不毛的土地。令人感到無比暗淡，連影子、形狀都喪失的周遭包圍著我們。而我確信，我們的詩必須經由與酷烈的現實劇烈的摩擦，穿越試煉，才能捕捉住我們的精神的不安，以及暗澹的風土。正如我們的生，只有透過對語言虔誠之信賴，以及愛，才能有所忍耐而向著近於絕望的狀況，有力地加以反擊一樣。

親愛的Ｌ，我們的時代又是大多數人不願意回顧詩、文學的時代。然而，既然選定要以「語言作爲存在的場所」，在無止盡的語言的反覆與變化、出發與回歸之中，確認自我的生與現實狀況，還有，歷史的特徵與意義，應該是我們時時必須返回的創作的原點吧！

親愛的Ｌ，讓我們互相勉勵，不只要制約與省察我們的內裡，也要有自信吧！反逆於那些失去意味，盲從於社會或政治的作品之際，讓我們不斷地誠實的發言吧！

逆光的系譜

笠詩社論

鄉愁論——臺灣現代詩人的故鄉憧憬與歷史意識

詩人總有兩個故鄉，一個是他所歸屬的，一個是他眞正生存的……

一

這是一位出名的評論家在他的一篇評論裡開頭的一段，對於故鄉的概念，這段話提示了兩個層面的界定，第一個層面「他所歸屬的」可以說是比較狹義，確定而具體，限制了存在的空間而設定的。第二個層面「他眞正生存的」可以說是比較泛泛的說法，曖昧而精神的，不拘束於時空座標而設定的。如果說前者是外在的指陳，則後者可以說是內面的呈示。例如我們通常說的「生長的地方的故鄉」和「心中憧憬的故鄉」可以用來加以區分和說明。值得注意的是，這位評論家在他論文的終結，將故鄉與歷史的意識、根源的形象做了連結而加以強調。

鄉愁這一概念則是基於故鄉的概念而發生的。鄉愁的意味，一般以爲是指在異鄉、異域產生的思念故鄉的情緒。往往鄉愁與地平線會被聯想在一起。當然在廣泛的所謂「事物的鄉愁」的意味之外，狹義的鄉愁應該只限於故鄉的意識來表現。

縱然如此，除了限制於「生長的地方的故鄉」發生的鄉愁意識（亦即狹義的說法），鄉愁的意味應該可以有所延伸而產生較大的暗喻。其一是喪失了故鄉的意識，不只是遠離了故鄉，而是被流放，被迫永遠失去故鄉而產生的鄉愁意識，或者是對於誕生的根源持有暗鬱、黑漆漆的感覺、沒有了故鄉的意識等等。其二是鄉愁作為誕生的根源象徵，作為人的發祥源地，由此而產生「生的憧憬」或藉此連接生的鄉愁意識。這種憧憬即使立基於自身活著的時空座標，而能充分感覺時，也可能發生，可以擴大而具有一般共通的性格。例如以大地為母性的象徵，而連結母性與故鄉憧憬為一體，又如對於自然（風物）持有特殊的憧憬。其三是鄉愁與歷史意識，經由故鄉的憧憬，引發對於以時空為座標、自己所背負的歷史淵源追蹤的心情，或者對於綿延不斷的傳統尊崇、親切感、省察等等，亦即經由對於自身所背負之傳統與歷史的凝視而產生的鄉愁意識。

不管以何種方式將個人內部的世界與故鄉憧憬、歷史意識加以結合，鄉愁作為永恆而具有共通性的人存在的象徵，應該是由於最後它可以和人的根源意識相連結這一點，認識根源的意識與探索鄉愁的意識，應該是一脈相通的，透過對於生的憧憬、喪失了故鄉的意識，或者歷史、傳統的凝視而希冀回歸之根源，尋覓自身根源之所在與造型。

二

臺灣現代詩人的鄉愁意識、故鄉憧憬，可以說是與臺灣歷史背景息息相關的。在戰前臺灣新詩人的作品中，已可看出他們濃厚的鄉愁意識的流露。不同於古詩人往往只基於流寓他鄉而作鄉愁之吟味，他們的鄉愁意識是具有更深層次的，喪失了故鄉的心情作為基調而抒發的。也就是故國不在，故鄉喪失的自身的立場才是他們根本的出發點，基於此而渴望搜尋、探索作為他們生之根源的鄉愁，而產生了故鄉的憧憬。

微笑流露　混沌未明的　微笑
嬰兒說：我是從哪兒誕生的？
慈愛的母親　有力的抱著嬰兒說：
在媽媽的夢裡　美麗的結晶就是你
你誕生之前　媽媽曾向天空翱翔的鷲鳥
和暗夜的天空閃爍的星星　祈禱過
祈禱讓你讓我的嬰兒　誕生在這美麗的世界
……

泛泛著驚奇的表情　母親也微笑著說：
這兒就是美麗的世界啊　這是你還陌生的美麗的世界
微風悄悄地吹過密林　金黃的夕陽染紅了西天
好香的桂花盛開著　也有彩色的蝴蝶飛來飛去
沒有比這兒更美的世界吧
……
稍微顫抖著聲音　母親又說：
你的父親和祖父，都曾經渴望著這美麗世界的來臨
但在美麗的世界奮鬥而死
……
要守護這塊祖父的土地啊
在不久的那天　吾兒啊
不要害怕　這就是誕生在美麗的世界的你要負起的唯一使命……

——張冬芳〈美麗的世界〉，陳千武譯

以上是詩人張冬芳的作品〈美麗的世界〉中的數段。以嬰兒與母親的對話來表現的這篇作品，

實在是典型的鄉愁詩。在這首詩裡，作爲誕生的源頭的母親，和作爲誕生的對象的嬰兒，在思考著人生根源的問題。包括了對誕生世界〈故鄉〉的憧憬，誕生的世界裡美與醜的形象，誕生的根源，連結於歷史意識的父親與祖父的奮鬥，乃至未來的自身世界的遠景、想像與描繪。以最原始、無垢的母親與嬰兒的感情交流作貫穿的線索，表達了詩人對於自己的生存熱愛，對鄉愁無限的憧憬，其中有探索自身根源的渴欲而直接深入連結於詩人內部的世界。尤其值得注意的是，作者持有生存於殖民地現狀的立場與省察，而以浪漫的詩情加以表現，眞摯而令人感動。

相對的，詩人郭水潭則有〈故鄉之歌〉：

懷念的故鄉
故鄉的　許多來歷
……
今天　該向那些廢墟告別
正順著新的政風　給故鄉
添上新的風景　要展開了
……
今天　該遺忘所有的神話吧

乘上時潮　在我的故鄉
新的信仰　就要誕生——

這首詩是在時代、歷史產生新的變化的瞬間，也就是從喪失的故鄉意識感受到回歸故鄉、新生的心情之際，微妙地表達了詩人焦灼、期盼的心境。比較張氏的作品，詩人更著眼於古老與新生對比的歷史、傳承意識，而且更具有理念的呈示。假如說，同樣是以「喪失了故鄉」的鄉愁意識作基調，張冬芳是連結於對自身「生的憧憬」，郭水潭則是另一個典型，力圖和歷史意識相結合。

三

在戰後，上述基於喪失了故鄉，而延伸出來的故鄉憧憬與歷史意識，作爲兩個典型的表現，也成爲底流，被臺灣現代詩人所承續、衍伸而發展。

首先，我們來考察第一世代的臺灣現代詩人的故鄉憧憬與歷史意識。

所謂第一世代的詩人們，在時間上而言，他們大抵是戰中成長的世代，或者親身經歷了戰爭，或者在殖民地（日本統治）時期已具有成熟的思考、判斷力，正値青春期，而且同時經驗過殖民以及戰後新時代來臨這兩個截然不同的歷史階段。所謂「跨越語言的一代」，毋寧說是陷落在語言的谷間，從事掙扎、思考而作價值判斷、凝視時代的一代。因此，這一世代詩人們的鄉愁意識，在根本上可以遙遙承接戰前前行代新詩人喪失了故鄉的心情，而以對「生的憧憬」與「歷史意識」兩種典型來歸納。但是，我們卻不宜忽視他們的被殖民體驗、戰爭體驗，以及迎接歷史變化、新時代來臨，透過對於新時代生活、精神經驗而呈示出來的不同的特質。

譬如說，對於戰爭的體驗，詹冰有〈船載著墓地航行〉：

嚴肅地待死的人們啊
現在你們嚼出生命的滋味吧
現在你們領悟人生的眞諦吧
那麼 解脫情感的引力
摒棄一切 告別一切
如同祖先曾經做過的一樣
如同子孫將來要做的一樣
含著新的眼淚
帶著微笑跳進新的世界吧
……

這首詩表現了一九四四年十一月八日乘船渡過東海回歸故鄉的焦灼心境，有死的緊迫經驗、再生的渴欲，等於是個人歷史性的內部世界的揭露，而這種似乎是個人的一段歷史，卻無限地擴大成爲變化中時代的現實經驗。桓夫則有〈信鴿〉一詩：

埋設在南洋
我底死，我忘記帶回來
……
終於，我把我底死隱藏在密林的一隅
我悠然地活著
……
一直到不義的軍閥投降
我回到了，祖國
我才想起
我底死，我忘記了帶回來
埋設在南洋島嶼的那唯一的我底死

在這首詩中，詩人宣告了他一歷史階段的死，以及回歸於根源的再生，而戰爭中埋設在南洋島嶼的「那唯一的我底死」成爲作者思想的骨肉，成爲他活生生的歷史，經常會復甦當是不言可喻。不管是詹冰或桓夫，他們的死的體驗的背後，都有回歸於新的歷史，鮮烈、焦灼的感覺和心情，面臨祖國（故鄉）的渴欲與期待。

詹冰對於故鄉的感情，也可以從他對自身誕生根源的憧憬與生命傳承的意識兩方面來追蹤。在〈那首歌〉一詩中：

初次　那首歌
由乳房中聽見
如電晶體收音機的樂音
那首歌似是乳液所唱出的歌
母親的
……
只要　聽見那首歌
縱令在月球的死火山砂漠上

我也要像仙人掌般生活

……我也要張開寶石般的花朵

在這兒，詩人表達了對生命根源的母體的依附與憧憬，而在另一首作品〈鹿港遊〉中，則有其對自身歷史的執著和熱愛。可以說詹冰的鄉愁，透過詩經常呈現了明朗、晶瑩的形象，充滿了生機與活力。

桓夫對於故鄉的憧憬，同樣可以從他對自身生命的根源的探尋與歷史意識雙方面來加以理解。然而他的鄉愁意識，毋寧說是陰鬱的，沉重而努力地在尋求與「喪失了故鄉」的連帶感。譬如作為他的詩的基本原型之一的〈雨中行〉即是一例：

被摔於地上的無數的蜘蛛

都來一個翻筋斗，表示一次反抗的姿勢

而以悲哀的斑蚊，印上我的衣服和臉

我已沾染苦鬥的痕跡於一身

母親啊，我焦灼思家

思慕妳溫柔的手，拭去

纏繞我煩惱的雨絲——

這首詩中，母親的形象若加以擴大，成爲人共同的根源之象徵時，詩人尋求依附、回歸根源的思考當可以充分地被感受。另外如〈野鹿〉一詩，以故鄉山河，原始自然（玉山）爲憧憬的對象，連結其意象與血、戰爭、死亡、破滅，雖然在詩人心中有著對故鄉風土十分清晰的印象，但是因野鹿的死亡卻顯得曖昧而難以捉摸，完全缺乏生機。根本上，桓夫的故鄉、鄉愁意識可以說是重疊了喪失（死去）的鄉愁和新生（再生）的鄉愁，而在其隙縫之間閃閃爍爍，亮光般的存在。

而從桓夫曖昧的鄉愁感覺，及對於尋覓自身根源的執著（如〈禱告〉、〈網〉、〈童年的詩〉等作品所表現），可以顯見他對於誕生根源的形象，是通過自身內部世界的感受來加以過濾、把握的。因而介乎兩個不同歷史階段、生存時代的體驗，終究成爲一種印證、對照，產生批評的角度，使得他日後發展出來的以民俗歷史爲題材的鄉土、現實詩，就充滿了批判的性格。〈咀嚼〉有對於吃的傳統文化的批判；《媽祖的纏足》詩集有對於宗教信仰，現實人生態度的省察與批判，這成爲他詩中的一大特徵。

四

其他同屬於跨越語言一代的詩人，如錦連可以說是沒入自身內部而投射外界物象，努力在探索自身的根源和現實狀況中的處境，如〈挖掘〉一詩：

許久　許久
在體內的血液裡我們尋找著祖先們的影子
白晝和夜　在我們畢竟是一個夜
對我們　他們的臉孔和體臭竟是如此地陌生
如今
這龜裂的生存底寂寥是我們唯一的實感
……
站在存在的河邊　我們仍執拗地挖掘著
一如我們的祖先　我們仍執拗在等待著
……

這麼久？這麼久爲什麼
我們總是碰不到水
在流失的過程中將腐爛一切的　那種水
……
我們只有挖掘
我們只有執拗地挖掘
一如我們的祖先　不許流淚

我們可以看出錦連的鄉愁乃是源於一種「喪失的，找不到的」歷史意識，「一如我們的祖先」以及反覆著「執拗的挖掘」，即顯示了自虐式的、緊緊地追尋暗闇，不存在的故鄉，根源的思慮與忘我，因而有著「陌生」、「生存的寂寥」的實感。夜和祖先的影子實有深遠的象徵意味。

而不管是否透過母體、故鄉的風土或祖先的影子，努力於連結詩人自身內部世界與現實、歷史、生，上述詩人的表現，大體上是借諸他們過去的歷史體驗，重疊於物或事的形象加以造型、構成。除了這種方式之外，如吳瀛濤氏的〈鹿港鄉情〉、〈過火〉等純粹地、下意識地以歷史民俗爲題材，呈示了現象描寫與記述；如陳秀喜的〈我的筆〉，具有殖民地人民的抵抗意識，也含有一種歷史的省察與理解。又如杜潘芳格的〈平安戲〉是奠基於殖民地體驗，而意圖表達民族的性格，多少帶有批判的意味。同樣地，巫永福的〈泥土〉：

泥土有埋葬父親的香味
泥土有埋葬母親的香味

杜潘芳格氏的〈相思樹〉：

或許我的子孫也將會被你迷住吧
像今天，我再三再四地看著你
我也是
誕生在島上的
一棵女人樹

都具有回顧自身生之根源所在而熱烈去擁抱，一般人極能共感的「鄉愁」情緒。

五

不同於跨越語言的世代，大抵在戰爭中期或晚期渡過童年，所謂戰後的中堅世代臺灣詩人，或多或少地，也切身體會了戰亂流離，然而他們卻沒有前輩詩人們深切強烈的死的體驗，變換歷史的痛苦掙扎。他們在戰後，置身於一個全新的歷史階段（國民政府的接收、支配臺灣），由此，他們是立基於中國和故鄉臺灣的承接點而出發的。

基於這樣的歷史背景，他們應該是不曾背負了前一代詩人們暗鬱、喪失依憑的故鄉的感覺，也沒有暗闇、曖昧的故鄉意識。他們詩中的鄉愁意識因而潛向個人內部，從各自生的立場、體驗，去確認、掌握自身生的根源。他們或透過歷史意識、時空意識，或透過附著於自身誕生的土地、土俗的精神而展開追蹤。他們的鄉愁意識是較為泛泛的，具有人間共通、世界共通的主題。

這一世代詩人的鄉愁意識的探討，可以白萩、許達然、林宗源、非馬、杜國清、李魁賢、趙天儀等為對象。

白萩的鄉愁意識的發現，大抵可以從他的《天空象徵》詩集中的作品來考察。在這一時期中，他寫了許多有關根源、土地、天空為主題的作品。而根、土地、天空諸媒介，均是詩人在思考其生與存在之際，賦有深意的對象。

在〈路有千條，樹有千根〉一詩中，白萩如此地寫著：

路有千條條條在呼喚著我
樹有千根根根在呼喚著我

但來時的路
已在風沙中埋葬
源生的根
已腐爛

在這擾擾的世界之內
祇剩我一個

一個

路作爲生的象徵，同時也作爲破滅、腐爛的根源，「一個我」的斷了根、孤兒的自覺，可以顯示白萩的「生的憧憬」不存在，有的只是「生的敗北意識」，有的只是否定根源的唯我獨行的孤寂感。

在〈母親〉一詩中：

夕陽已斜斜
一個年青的少婦站在那邊
抱著一束玫瑰
露出胸前的奶子
「乖兒，乖兒
不要哭不要哭」
媽媽有的是奶汁

沒有嘴巴的玫瑰
一個年青的少婦站在那邊
乖兒，乖兒
潔白的奶子斑斑紅
沒有嘴巴卻有毒刺
抱著一束玫瑰

看著它在枯在死

也顯示詩人對於誕生根源的母體依附的不存在，藉枯死而襯托破滅的風土、現實的苛酷，詩人是站在一個「個我」去凝視、去對應，徹底地斷絕了傷感與聯繫。

白萩這種以個我昂然對應生與現實狀況的存在意識，在確認自身生的根源之際，衍伸而爲兩種型態。一種是經由上述的否定、敗北感、孤寂感而斷絕與生、現實的依存關係，這提出根源不在的疑問。一種則擴展爲人對於時間、空間無限的鄉愁。如〈天空〉一詩中有「天空不是老爹／老爹已不是天空」喪失了根源的結論。另一首〈天空〉中則有「他艱難的舉槍朝著天空，將天空射殺」，射殺了作爲自身依存的象徵的存在天空的結局。都具有以獨立的「個我」來否定生的根源的意味。其實，這樣的方式也未嘗不可以解釋爲一種逆說，透過對於破滅、敗壞的根源的描述去確認自身的存在的辯證。至於白萩對人生的鄉愁，如〈雁〉一首：

在黑色的大地與奧藍而沒有底部的天空之間
前途是一條地平線
逗引著我們
我們將緩緩地在追逐中死去，死去如

夕陽不知覺的冷去。仍然要飛行

在這兒，天空依舊出現，但天空已不只是個我寄託依存之處，而且是永久存在、浩瀚的時空，人如同雁一般向著無涯的地平線，追逐死去，仍然不停地飛行，自我對比於無限的時空，產生了無限的孤寂與鄉愁。

六

相較於白萩孤高，時而帶有形而上的鄉愁意識，許達然則是基於緊緊掌握住誕生根源的欲求，而從極爲切身的土俗精神之把握去展現他的鄉愁意識。

許達然的土俗精神以其對故鄉的執著與懷念，透過生活現象來加以呈現，有強烈的屬於他自身作爲臺灣人的共同體意識，如〈破碗〉中：

把從老家帶來的碗公都嚇破了
補了又補　割破了手
擦掉血後　吃破了嘴

含著血　仍有用

顯示他寄託於故國風物〈碗公〉的無限鄉愁與親切感。〈阿粗〉一詩的結語「路發現了阿粗，還是土」也有著土俗的執著。而他詩中常出現的意象：路、土地、根等，也可視爲故鄉的實質象徵。另外，〈黑面媽祖〉中：

阿公去天后宮燒香保庇阿爸討海
媽祖靜看海，看不到阿爸回來；
不是魚、木魚硬縮著頭

阿姊去福安宮拜拜保庇姊夫行船
媽祖靜聽海……

……

阿母去慈生宮跪求保庇我換頭路
媽祖靜看海
看不到我傷發膿

痛，我拒絕再抓魚後被抓
不如無國籍的魚

描述了鄉土共同體的成員、家族構成及相互連帶、信仰意識。「不如無國籍的魚」也有著居於異鄉的詩人對鄉愁的重新體認與掌握的心情。而許達然的土俗精神在其精神內部作爲基盤而呈示，往往具有諷刺與幽默的特質，也值得一提。

與許達然具有同樣的關懷鄉土精神，林宗源的詩的追求方向，在於對生存土地的肯定與土俗精神的確認。例如在〈愈肥愈臭愈好的泥土〉一詩中：

愈肥愈臭的泥土
一小節的蓮藕很快地生長起來
擠迫得不能轉身的地方
瘦瘦的東西並不哀悲
那蒼白的面孔有帶臭的笑靨
那赤裸裸身體滿是沒有血的血管
……

祇求一次風暴
讓他投入水中
在這個很臭的泥土裡
重生

林宗源許多以歷史民俗著眼的詩，往往是以「地方」為主題，處處透露著對於生的土地的關懷、回顧，進而連結著現實意識，如〈赤崁樓〉、〈五妃廟〉、〈熱蘭遮城〉、〈延平郡王〉等均是。至於「父親」的生的形象，林宗源毋寧是站在批判的角度來描述，而將母親與土地作一親切的結合。如〈給父親的詩（四）〉：「生我的母親一如生我的土地，她有玉山的靈氣／她有府城的個性／她有日月潭的容貌」再三地有所強調，在對於生的根源思考中，母親與父親是對立的存在。

另外，林宗源對於臺語詩的追求與執著的信念：「阮用母語畫阮的風景」（〈水筆仔〉），質問「為什麼阮佔有妳的身，竟然無法度與妳談愛」（〈濁水溪〉）顯示了詩人與現實對決的意志。

同樣居於異域，非馬與杜國清也有著強烈的鄉愁意識。如非馬的〈鄉愁〉一詩寫出異鄉遊子揮之不散的故鄉懷念，連結於「家」切身的存在來抒發。又如〈芝加哥〉：

一個東方少年僕僕地來到它的眼前

還來不及抖去滿身風塵
便急急登上　這人工的峰頂
但在見錢眼開的望遠鏡
他只看到　畢卡索的女人
……
這鋼的現實　他悲哀地想
無論如何　塞不進去
小小的行囊

連結於都市現象，而展示了人生之空無感與存在的鄉愁。而這種居於異國之感覺確實具備了一般人可以共感的要素。

杜國清的〈月夜思親〉一詩：

母親啊
我曾在妳體內的溫室裡
妳以血滋養

在一個嫵媚的島上
我萌芽伸出手腳
突破透明的天衣
以哭號歡呼

母親啊
我是妳眼裡茁壯的一顆苗
你以淚灌溉

在一陣颱風過後
豪雨把我沖到另一個島上
爲了尋求營養
我又把自己移到異地

母親啊

我是在妳的思念中成長的一棵樹
妳以夢施肥

今夜，在妳的夢裡
我該是月中那棵樹
今夜，仍然滴著

妳所灌溉的淚
在異地遙念著妳

以豐富的物象襯托，將自己出生、成長之歷程緊緊連繫於對母親之思念，直接而貼切地訴說與實感，表達了對自身誕生根源的思慕與哀愁，全篇飄盪著詩人特有的感傷的抒情。可以說杜國清與非馬，兩位詩人均帶有典型的遊子悲悽的鄉愁情懷。以羈留異鄉之人來回顧自身誕生的根源與土地，有令人共鳴之眞情。

七

從凝視自己的生、土地的感情衍伸對現實狀況的考慮，不只基於感性的立場，而有意從理念、觀念的確立來範疇故鄉的概念，李魁賢的鄉愁詩中，呈示了對故鄉憧憬、歷史意識的另一種型態。如〈落單飛行〉一首有如下的句子作爲結語：

在落單飛行練習中
哀叫聲化成一陣陣的雷響
劃過風雲變幻的天空

詩中從少年、青年、壯年、中年人生階段的描述，以個人史的起伏，刻劃出人生的變幻，對無限的時間發抒了生命的哀愁感。〈石墻〉則敘述自己的家譜，及以家族演進的歷史題材作爲基點，重疊著根源的鄉土史意識及人生意識：

石墻是一頁斑黃的手卷
巡更的民防隊員

踩著薰然的風
就像踩著落葉一般的
在青綠的月光下

在時間的意識之下，加入了空間的意識，交織成縱與横雙脈的構成。由於從上述個人史到鄉土共同體概念的展開，李氏在思考現實的故鄉觀念時，才能確立其主體性、堅持本土意識。如〈雲鄉〉：

但我知道，雲的屬性
不是紀念冊上的秋葉
我知道，仍會有更多的匯合
再度享受沛然下降的快慰
再度獻身，再度告別
以自棄反芻不後悔的鄉愁

藉雲（雖同屬性卻有主體意識）的分合來暗示強烈的本土精神與鄉愁意味。特別是在思考對峙的海峽兩岸關係上，臺灣歸屬的問題，〈兩岸〉詩中：

愛的暗潮不自覺地
充滿我們不能跨越的距離

我們兩岸從同一山嶺的起源
不自覺地各自奔赴前程
無形的水面蒙蔽我們河床一體的命運
……
但不論河面如何洶湧
愛是以底淵的深度衡量
我們的距離有不能跨越的神聖
不管是南岸風光，北岸蕭瑟
美的風景是和諧不是一致
愛的情意是深沉不是浮動

顯而可見其堅持本土自立自主的精神，具有高度的寬容與主體性。李魁賢的故鄉理念可以說是極為堅實、不含有感性的憧憬，是輪廓分明的，而在其背後有對於未來時代動向的預期、洞察，敏銳冷澈的眼光自不待言。

同樣以個人史爲基點抒發鄉土情懷，趙天儀的作品往往以鄉土的風物、追憶的情緒來展現他的鄉愁面貌。例如〈陀螺〉、〈歸鄉〉、〈鄉土的擁抱〉、〈爸爸我要回故鄉〉等等。而在〈故鄉的芒果樹〉中有如下的敘說：

當我久別重返故里的時候
這種遊子還鄉的鄉愁
便牽掛著
這一棵高高大大的芒果樹
……
伴著我童年的日子
充滿鄉土的記憶
竟也遭遇到時代變遷的厄運
他成了我底永恆的憶念

運用鄉土特殊風物、時代變遷的體驗，使他的鄉愁意識流洩在昔日歷史的畫面中而浮現，頗有令人回味無窮的效果。

八

屬於戰後出生的世代，而在六〇年代後期登場詩壇的新銳詩人們，可以說是「不知道戰爭」的世代。然而，他們對於鄉愁的意識，也有承接前一世代、父執輩詩人的一面。

伴著上一代殘留的痛苦
屢次，我彈奏它
不管白晝或黑夜

鄭烱明在他的〈無聲之歌〉中曾如此地呈示上一代以心傳心，帶給屬於他的時代詩人們的歷史經驗。而鄭烱明的作品有一個十分顯著的特色，即是具備強烈的時代感覺和現實意識。鄭烱明是善於運用物象或思考，從自己的存在立場，連結鄉愁意識於時代、現實意識的詩人。他的鄉土情懷是基於對「生」感受到不安的姿勢，難以確認的人的存在心情，而產生類似於現代魘夢般的東西。

基本上，他對於愛有難以確認而不安定之感覺，如〈陌生的愛〉一詩中：

儘管生活在陌生的世界
卻沒有一件東西
比你的愛更陌生

而即使連結於母體、生命之根源也充分地有相同的感受：

搖喲搖喲
慈祥的母親呢喃著
睡吧，孩子
安靜地睡吧
我的身體十分疲憊
但是躺在這個
動盪、不安、悲慘的世界
教我怎麼睡得著

我放聲大哭
籃搖得愈厲害
我越放聲大哭

在這首〈搖籃曲〉裡，他頗能體會作為誕生根源的母體的溫馨，但對悲慘的生活之根源，也就是現實的狀況卻具有動盪、不安的印象。自身即使疲憊也難以入睡的現實也就是「放聲大哭於搖晃的夢中」的現實狀況，鄭烱明乃是經由投出自身去感受的方式而加以強調。

而〈歸途〉一詩中：

爲了生存必須獲得諒解嗎
爲了死必須忍耐生嗎
爲了我是一個人……
……
那麼關掉引擎吧
我喜歡這樣自己自由地

任其墜下懸崖

顯示出詩人賭注了全部的「生」而確認活著的意味。懸崖的危機意識是源自「忍耐生的死」而「獲得諒解的生存」，透過外部現實的風景，連結了他內部生的風景。

從市區傭工介紹所走回家
似有走不完的路在腳底延伸
一邊觀看華燈初上的街景
一邊內心想著
多需要那點點的燈暈燃亮落寞的前程
而路愈走愈暗愈難行
譬如往墓塚……
隔壁的阿伯又喝醉了

依稀可以聽到他叫喚私奔多年的妻的名字

這首〈路〉詩中所有的場景均是活生生的現實，都市中隨處可見的落寞風景，「路」這個象徵是本身可以無限延伸、通往任何場所廣漠無邊的存在，對詩人而言，則一面具有「需要燈照亮前程」生的虛渺的鄉愁感，一面卻有「譬如往墓塚」的陰暗的破滅感，而結句「阿伯」（人）的境遇強調了生的魘夢、人間的幻滅，作者的內裡自我世界因而跟外部共通於人的現實世界「路」作了緊密的連結。

鄭烱明在凝視鄉愁的態度上，投注了自己生的內面風景，具有關懷外在現實的心情，能以冷靜的寫實方式去表達現代人之魘夢與不安。

九

以「客體」來凝視鄉愁之存在，李敏勇的鄉土情懷較之鄭烱明有更直接、激情之一面。

李敏勇的鄉愁意識有其脈絡分明的軌跡可以追尋。初期呈示了陰鬱而曖昧的性格，從喪失或無以辨認的心情來凝視「祖國」、「故鄉」。

故鄉是黑漆漆的
母親從那樣的世界
生下我

——〈鬱金香〉

我的國籍已無
這不是我的罪
也不是我的願望

——〈浮標〉

「故鄉」、「母親」的雙重象徵是「黑漆漆」、「國籍的無」，均顯見作者內部的暗鬱，內裡的傷與現實，根源的黑暗、喪失相互表裡。然而，李敏勇在第二個階段卻能脫出暗鬱的心象風景，展示理想主義的色彩，直接熱情地去擁抱鄉土，抒發鄉愁。

被異族割據的時代
我們就著手建立自己的祖國

美麗島就是我們的家鄉
永遠的慈暉是藍天
撫慰我們的心

——〈島國〉

我們世世代代落居的
這小小的島
……
沒有亮麗的銅環點綴歷史的煙火
但我們不是孤兒
我們走著美麗之島的婀娜步履

——〈我們的島〉

這些詩句中，清晰而肯定、明朗的鄉愁意識，還有傳承的歷史意識，均表達了理想、憧憬與充滿希望、熱愛之心境。近期，則有〈島〉詩：

深不可測的裂痕
分隔兩岸
雖然海水覆蓋著相連的地層
……
島嶼不是大陸的連帶
在漂流的海水擁抱中
島的滄桑
逐漸流去無痕
在蔚藍的天空撫慰下
島的希望
逐漸開展放光

從兩岸的糾葛毅然切斷相互的聯繫，一則表達了對自身生存的島的熱愛、期許與希望，一則也呈示了島本身的主體性，強調獨立自主的最終歸屬的必要。

李敏勇的鄉土情懷、歷史意識可以令人感到他與先行代詩人血脈相承的一面，強而有力，極富理想主義之色彩。

十

基於「旅」的經驗、或旅人之立場，陳明台的「遙遠的鄉愁」系列，是含有發現自己的生之同時，也發現故鄉的雙重意味而創作的望鄉詩抄。他的鄉愁感情乃是一邊凝視著生，一邊移動詩的焦點，從「空間」的變遷、不安定的環境而產生。透過成爲旅人而發現自身、發現詩，進而確認了鄉愁的意識。而他的方法，是以從孤立切斷與外界的連結，重新顯示並進而保持個人意識與鄉愁意識的聯繫。

白色的骨的碎片是看得見的東西
白色的溫煦的陽光是看得見的東西
骨的碎片的背後　幻影是看不見的東西
溫煦的陽光背後　神是看不見的東西

祖母的笑容是看得見的東西
不
逝去的祖母的笑容是看不見的東西

故鄉的臉是看得見的東西
不
不管何時　遙遠而飄渺
故鄉的臉是看不見的東西

白色的骨的碎片是看得見的東西
骨的碎片的背後　幻影是看不見的東西
白色的溫煦的陽光是看不見的東西
溫煦的陽光的背後，神是看不見的東西

然而

成爲神的祖母的笑容是清晰地看得見的東西
幻影一般的故鄉的臉是清晰地看得見的東西

在這首題爲〈骨〉的作品中，故鄉、祖母均是詩人心目中憧憬的生之根源與依憑的對象，祖母較之母親是更爲寬容而遙遠的誕生的源頭，由於祖母的死，連結憧憬的根源於不可視、不在的神，以及飄渺的遙遠的故鄉印象，顯示了他對根源、故鄉新的發現，乃是透過切斷清晰、重疊曖昧、透視不在等方法，重新回歸自身內部，明確了故鄉的意識。

另一方面，經由移動的空間或時間的感覺，陳明台也有感受到人孤獨之存在，而呈現出類似於生之鄉愁的特質：

靜靜地坐在長長的防波堤上
遺忘了一切也被一切遺忘的
男人
因著殘留在心底的笛聲而悵然出神

——〈海（一）〉

遙遠的海平線
不斷地飄送過來
厭厭的鄉愁

……

在疾風吹拂的海上
鹼澀　廣漠　溼冷的
午後的海上
熱情地搖著胳臂
對著駛過來的寂寞的船隻

——〈海（二）〉

兩首均顯示了面對廣漠的海的「空間」而產生的根源於人內心深處的寂寞、孤獨與哀愁。

可以說，陳明台成爲旅人的體驗乃是脫出自己依憑的存在環境之體驗，反而成爲無法切斷他與故鄉聯繫之決定性、有力的要素、膠著劑。以「故鄉」這一共同場所作原點，產生磁場而擴大，他的鄉愁乃是凝視「不在的故鄉」而產生的憧憬。

同樣具備旅人的經驗，拾虹則習慣以永恆的旅人的姿態，抒發鄉愁。而其特質則發展出兩個方向，其一是依附母體的心情：

往母親受傷的地方墜落下去
像母親的眼淚一般迅速地墜落下去
碎落下去成爲一把暖暖的雨滴
灑在母親失血的軀體上

——〈風箏〉

母親的形象，是作者孤獨人生中，作爲依憑寄託的存在，由此產生渴望回歸生之根源的欲求。其二是基於人的孤寂感而在現實生活中體驗到時空的鄉愁意識：

星期一駛來的是什麼樣的一條船呢
星期二駛來的是什麼樣的一條船呢
星期三駛來的是什麼樣的一條船呢
星期四駛來的是什麼樣的一條船呢
星期五駛來的是什麼樣的一條船呢

星期六駛來的是什麼樣的一條船呢

啊　遠遠而來的是什麼樣的一條船呢

在這首〈星期日〉中，呈示了渺小的人，對於生之空間、時間，對於無以感知之未來，以及日常反覆習慣性中的不安感，正是生活中令人易於共感的焦灼情緒，人存在不可逃避的鄉愁。拾虹的鄉愁意識中實含追求永恆的人生之旅，類似夢一般甜味的質素。

十二

六〇年代末期登場的詩人們，除了上述幾位之外，還必須提及的重要詩人有郭成義和陳鴻森。

郭成義早在「臺灣民謠的苦悶」一組組詩中，就已經透過本土民謠豐富的抒情要素，抒發其對鄉土的情懷。特別像〈一隻鳥仔哭啾啾〉中：

自從受傷的那一次

意外地叫出了的語言

才開始懂得
如何追向遙遠的故鄉
……
然而
故鄉怎麼這麼漆黑呢

已顯露出對故鄉憧憬的端緒，而在後來的作品如〈貓〉、〈明天還要繼續沒有背脊的旅行〉、〈鳥〉、〈爲了追求我那極大的可愛的王國，我不斷的飛……〉等則有所延伸，在〈火車〉中：

每天
爲了繼續做那故鄉的夢
我只有一路的奔波下去
雖然做夢的勇氣
終必被摩擦成鐵銹
在飛快的速度中
一滴一滴的消失……

我的鄉愁
還是你伏在地上
遠遠就可聽見
我那種心臟的聲音

可以看出他作爲生之旅人的故鄉憧憬已有了具體的風景呈現。但是他的重要作品，最能顯示對應於現實狀況中的鄉愁意識者該是〈中尉清道夫〉：

雨花飄著
那個男人
對著看不見的
鄉道的那頭
下達他的
射擊令

雨花飄著
在淋濕的街道那頭
有人應聲
臥倒
我們什麼也沒看見
因爲雨花飄著
那個男人
兀自興奮地流淚

炮彈在遠處
慢慢分析出一片
粘濕的天空
含有海峽的風的
鹹的成分降落

雨花因爲飄著

那個男人
夢魘地存在
夢魘地流淚
夢魘地清除
故鄉的
黎明

這首詩中，有個人喪失故鄉的境遇，卻又茫茫然對著夢魘，不知方向地去追尋的哀愁感，射擊令正是指向的目標，而目標其實什麼也看不見，只有雨花飄著，男人卻仍兀自高興捉住那自以爲是的虛幻故鄉的黎明。郭氏以抒情和現代的感性，冷澈透明地描繪失落了歸屬的人生悲情，特別是「海峽的風，鹹的成分降落」的象徵，在以落地生根於本土、堅持本土精神的作家而言，意指的是海峽的另一端，詩中的人物當然也是那些歸鄉不得卻作著龐大漫漫歸鄉夢的人們，因而加強了現實的時代意味與諷喻性格。

而郭成義的新鮮的哀愁與抒情，在另一首作品〈G君的眼淚〉中也透過生命、存在，生死之主題交錯有所發揮：

世界的最後
還有一個聲音
是趕來向他道別的
誰的腳步吧
……
G君甘願地
把猶未失盡的體溫
在眼裏蒸發掉

爲了也想跟他道別吧
G君擠出了一生
最大的抒情
立即被拭去

存在的無盡無涯、生命的短暫，所謂「G君擠出一生最大的抒情」其實也正是人生無限的寂寥與向著永恆時空的憧憬。郭成義敏銳而鮮烈的創意使這首作品具有極大的魅力。

陳鴻森的詩，相較地，顯示了理性而硬質的性格，對於小至人存在的意味，大致臺灣存在與歸屬的問題均加以探討，因而呈示了十分強烈的現實感，他的鄉愁詩也可以算是一種帶有批判性的政治詩。

早期陳鴻森的作品中有〈魘〉一首，描述戰後返鄉而未戰死的人們失落了故鄉的心情，重疊了生與死，異域與故鄉的掙扎、對立感：

那些從戰場僥倖
活著回來的傢伙
他們在路上蕩著
成爲沒有季節沒有歸途的候鳥
不止歇地找尋著
已永遠喪失了一個意義
成爲懷疑論者
找尋著

在詩之結尾藉由「找尋著」的持續行動，強而有力地構建出作者心中虛無而喪失歸屬與意味的畫面。

我們以著
故國的地名
爲這個城市的街道
重新命名
總算，還能勉強顯露些
天下的格局
與況味

然後，各自在
家居的牆壁上
盡量張掛著
大幅的
中國地圖
讓我們暫時忘卻
土地的窄迫

這是我們的名實論
以及用以抵抗
鄉愁的
最後的戰場

透過對臺灣當前現實處境的指陳、省察，以名實論的引喻，將鄉愁視爲抵抗、諷喻的武器，對意味之喪失，鄉愁主體性與認同歸屬之問題，也就是對人存在的根本問題，提示了理性的思考。

十二

從戰前到戰後，從張冬芳到陳鴻森，本文列舉了二十二位臺灣現代詩人的作品，以鄉愁意識這一共同的主題，探討了臺灣現代詩人透過詩作所呈現的歷史意識與故鄉憧憬。由於背負了慘淡的被殖民歷史背景，在臺灣現代詩人的筆下，本土精神的寄託與堅持，似乎有賴於他們詩中共同存有的鄉愁意識來加以佐證。鄉愁意識似乎已成爲一道前後傳承的底流，被各個世代的詩人所珍視，成爲火種代代傳襲下來。當然，戰前與戰後，各個世代各有其不同的現實狀況、歷史體驗與理解，更有其不同的政治、經濟、文化、社會的條件與背景，但是，臺灣現代詩人凝視本身的存在環境、現實，以及關愛故鄉的心情卻是眞摯而積極的。因此，臺灣現代詩人的故鄉憧憬與歷史意識，不管各人如何去詮釋去表達，皆具備了各自獨特的模樣，對於自身根源的尋覓、確認、掌握，終至回歸，找到存在歸屬認同的主體性，卻顯示了一致的方向與性格。

從鄉愁意識的探索與發現，意味著對本土精神、臺灣人共同體之主體性與歸屬、認同意識的界定、肯定與再發現。而臺灣現代詩人透過這一過程，一方面對各自的生、誕生的根源、故鄉，有著憧憬與夢幻，另一方面對現實、存在的狀況有著冷靜的剖析與批判，透過詩，從個人對生的鄉愁、時空的鄉愁延伸到對現實、存在、歷史的關懷與意識；也就是從樹立個人、鄉土精神史來確認、確立時代精神史的過程，具備著極爲重要的意味。

綿延不絕的詩脈——笠的系譜與風貌

一

以臺灣現代詩發展史的脈絡而言，笠詩社成立的一九六四年（三月十六日）在時間上來看也許只是一種偶然，但是卻同時有許多交錯的因素決定了笠詩社日後發展的動向。單以人的因素來看，就匯集了諸多必要的條件，諸如跨越語言世代的重新出發，分散各方的戰後臺灣詩人的合流集結，戰前前行代詩人（如巫永福、王昶雄）的歸隊，新生代詩人的崛起與覺醒等等皆有以致之。而若以詩史是由詩人與詩所構成的單純觀點來考察，則笠詩社詩人系譜的形成就更具備也更能顯示其意義了。巫永福有過日據時代心懷故國的強烈鄉愁意識〈泥土〉；陳千武有過南洋志願兵青春的死與再生的體驗〈信鴿〉；詹冰有過回歸故鄉、迎接新生歷史的焦灼心境〈船載著墓地航行〉；明哲有過白色恐怖時期被迫害的悲劇和切身體驗〈綠島的濤聲〉，這些都只是冰山一角的例子。縱使是戰後的中堅詩人、新世代的詩人也各自透過自身對於不斷變動的戰後歷史的凝視、觀察或再認知，摒著氣息記錄下時代和個人的精神脈動。當他們在詩中記入了歷史的體驗，見證了個人某一時期的精神史，他們也揭示了臺灣詩人的精神史居於歷史及文化上的重要意義。也就是此種成爲笠詩人精神底流與依憑，永遠具有現實性的實存精神，才使得笠的詩人與詩在臺灣詩史上建構出無比的隱喻與象徵。然而，就整體而言，笠詩社的存在與活躍卻還有更重要的意義。對於戰前的臺灣詩史而言，笠詩人繼承了戰前臺灣新詩的各種遺產（包括成爲主流的抵抗、批判、寫實精神，乃至具備實驗性意味的現代詩新精神和方法），僅以世代的構造和風格的多樣性就足以看出其成功地埋平了詩史的斷層。對於戰後的詩史而言，笠詩社存在的意義則在於形成主體性的本土詩運動，因著凜然的現實精神的發揚，土俗（本土性格、俗的性格）精神的把握與深化，方法論的探求與確立，爲達成詩的世界性之努力與實踐等等而走向全新的詩歷程。

二

笠詩人和詩的基本特質，一言以蔽之，即在於其歷史意識，不斷地追尋自身根源的意識。笠的前行代詩人是基於宿命的歷史體驗與認識而產生無比的忍耐與堅毅的詩精神。吳瀛濤的臺灣風物詩篇，如〈布袋戲〉：

就是這樣令人叫絕的布袋戲
就是這樣在小孩心目中比什麼都要奇異的布袋戲
就是這樣令人難忘的故鄉的傀儡戲

自然地流露出對於自身存在風土的執著與懷念。而類似的情懷在戰中世代的詩人也一脈相通地傳承著，趙天儀的〈故鄉啊我要為你歌唱〉：

我要為你歌唱　故鄉啊
正如懷念我底親慈一樣
是出自我心底的衷腸　一種親切的聲音

莊柏林的〈歸鄉〉：

當所有的歌曲
都向那一條路出譜
當所有的夢幻

都向同一面龐牽掛
故鄉的一切
緊緊相隨

乃至黃勁連的「唱黃昏的故鄉……從悲憤到悲涼　唱黃昏的故鄉」，連繫於風土與宿命的精神底流，轉化成爲一種恆久深遠、淨化而沉靜的詩質素。相對於此種沉潛而靜態的質素，或說是以此作爲基礎而展開，對應於現實與存在狀況，則顯示了激情而奔放的質素，那是一種鬱積的噴出，詩人內裡的能源，冷澈、硬質而源源不斷的水脈。錦連的〈挖掘〉是要在「體內的血液裏尋找著祖先的影子」充滿不許流淚的怨情，陳千武的〈咀嚼〉是在「坐吃了五千年歷史和遺產的精華/坐吃了世界所有的動物……在近代史上/竟吃起自己的散漫來了」的斥責中顯示憤怒，而加以批判。屬於戰後世代的詩人，在繼承或延續此種鬱積的源泉之際，或如陳芳明的〈復活的土地〉：

我謙卑地跪下來
向一塊頑強如蕃薯的土地認同
我讓胸膛與手掌攤開
同我一樣復活的是雷動的長空

自信、肯定地投出了滿腔的摯愛和熱情，或轉化成爲政治抵抗、社會批判的詩，如王麗華的〈給他一個回不去的故鄉〉：

我就是要給他一個回不去的故鄉
用鄉愁把他憂憤的靈魂埋葬在異國流浪
用監獄把他美好的青春封鎖在黑暗中腐爛
……
直到他心智迷茫
不復記得地球上有個島嶼
叫臺灣

往往在反諷中呈示作者的信念，顯示存在於現實中的苦悶以及對統治體制的質疑或抗議。而上述包含沉靜與熾熱兩種質素的歷史意識，對於戰後世代的笠詩人更顯示了特別的意義，透過對於臺灣新詩傳統的認識，一方面可以在變動的歷史與時代狀況中不致喪失凜然的現實精神，保持不妥協的詩魂。透過對於臺灣新詩火種傳承的使命感，一方面也可以經由省察歷史喚起自覺再行確認自身的主體性，維繫飽滿而緊密附著於內部的詩精神。因此，笠的詩人不分世代，年齡大都持有表現意識（詩人所對應的外部世界、形式）和現實意識（詩人自身內部的精神世界、內容）的表裡雙重意識。笠的詩可以說大多是「狀況認識」的詩，強調意義性、重視主題的詩。笠詩社所掀起的詩運動最大的意義，可以說即在於笠詩人立足於具有主體性的臺灣歷史與現實的認識，而能經由語言（詩）加以凸顯同時維持了詩和詩人的純粹性這一點之上。

三

《笠》詩刊在創刊初期並沒有明白地顯示要形成詩運動的企圖，後來所以蔚然成風，掀起在詩史上具有重要意義的詩運動，其實是依循著自然而漸進的過程，如上述同人有意識的集結（從創刊的十二名到七十多名），擁有共通的創作理念、詩與現實的認識等等均可視爲其主要原因。但是，作爲臺灣本土詩史發展過程之佐證，下列幾個因素還是値得一提：⑴笠本身自始即具有變革的志向，《笠》詩刊的創刊與當時詩壇陷於低迷不振、秩序的混亂、詩學的荒廢等有密切的關係。因此，初期創刊同人致力於重整詩壇的努力與革新詩壇的抱負，樹立了若干典範，如批評精神、樸實的創作態度、平實詩風的提倡等均持續地傳承下來，維繫了原先變革的潛能與可能；⑵笠詩人致力於詩作，其堅持純粹的精神，確立臺灣詩學的努力，導致笠詩人對於方法論的探求與重視，一方面造成詩作品質的提昇，一方面擴大了笠詩人的世界性視野，笠詩人的作品因而蘊涵了臺灣本土詩的新精神，開啓了當代詩的新傾向；(3)笠詩人的持續活動與創作不懈導致影響力得以發揮和擴大，代表詩誌《笠》詩刊不中斷地發行，以及同人漸居於臺灣文化界重要地位而活躍，也大大地提昇了笠主導之現代詩運動的意義和效果；(4)將近三十年漫長的歲月，隨著笠詩集團的擴大，在整合詩觀與凝聚詩人的共識上也不斷有所調適，極具效果。特別是七〇年代以降，笠詩人的追求已足以從多樣的主題與方法來顯示代表自主性的臺灣文學風貌，不折不扣地成爲一種臺灣精神的隱喻、現代詩發展的指標。

由上述的分析，我們也可以看出笠詩集團的內面性格。笠詩人的集結既具有以詩會友無欲無求的自然參與和交流的性質，也重視世代的倫理與特色，以笠的全體活動作爲笠詩人追求各自的夢與理念的場所，經由累積、匯集不言可喻的精神默契，歷久而彌堅，至今已經產生、貯蓄了共同致力推展臺灣文學與現代詩的強大向心力。笠同人多樣的個性也導引出和而不同、各自獨特的風格，造就多彩的詩風貌。笠同人的詩既是「公」的詩（使命感的強調，社會、現實參與的詩）也是「私」的詩（純粹藝術的追求，爲了自己而寫的詩），主題、樣式兼容並蓄，笠詩人也都各自在深化其對現代詩學的理解，藉此確立起個人詩的表現技法，因而要區分笠的詩風，概括地指出足以代表笠詩集團全體的傾向也許並不是一件容易的事。下面，我們暫且對照戰前戰後臺灣的本土詩，比較、觀察其所產生的質的變化——即究明詩史上「戰後」此一斷代特質之角度（笠的詩經由開展而成熟爲戰後本土詩之代表所具備的性格），以及戰後臺灣本土詩在接受世界詩潮而產生變革、新的風貌——即探究居於現代世界詩壇中，臺灣本土詩的世界性格（笠詩人的詩所具備的世界性新精神、新傾向，現代主義的性格）兩個角度來檢證笠詩人的作品傾向和其發展脈絡。

戰後臺灣本土詩由於時代狀況的變化不斷地有所變貌，題材的擴大、主題的多樣化，現實性、社會性的重視，緊密附著於生活、實存的關心傾向，乃至都市詩、母語詩的興起等等均爲其特徵，而且由於方法論的重視，戰後的本土詩早已遠遠凌駕戰前新詩的水準，戰後確實產生了不少優秀的作品，筆者曾將其大致歸納爲以下四種類型，正好也可以作爲笠詩人作品分類的一種基準。

第一類型稱爲土俗詩型，其最大的特色即具有回歸土俗的志向，往往執著於本土精神、風物的主題與表現。前面提及的吳瀛濤的臺灣詩篇，錦連的〈挖掘〉，桓夫的〈咀嚼〉，乃至以民族、宗教爲題材的多數詩篇均屬於此一類型。許達然的〈黑面媽姐〉：

阿公去天后宮燒香保庇阿爸討海
媽祖靜看海，看不到阿爸回來；
不是魚、木魚硬縮著頭
……
媽祖靜看海

看不到我傷發膿
痛，我拒絕再抓魚後被抓
不如無國籍的魚

透過臺灣民間的宗教信仰來顯示土俗的場景，表達漁民生活中的困苦，孤立無援的心境，十分成功。杜潘芳格的〈平安戲〉：

很多很多的平安人
寧願在戲臺下
啃甘蔗含李子鹹
保持僅有的一條生命

看
平安戲

也是顯示出臺灣民間祭神演戲的風景，表達順從忍耐的人性悲哀，對於現實的虛飾有所反諷。此一類型的作品大抵如上面兩首詩，多能呈現本土詩精神的原點之質素，具有強烈的鄉土性與批判性。

第二類型稱爲機智詩型，其最大的特色即是呈現了詩的現代知性美，充滿新鮮驚訝的感覺，也具有諷刺的要素，顯示樂天、幽默的人情。林亨泰的〈弄髒了的臉〉：

在一夜之中，世界已改樣，一切都變了。
今晨，窗檻上不是積存了比昨日更多的塵埃？
通往明日之路，不也到處塌陷顯得更多不平？
這一切豈不是都在那一段熟睡中發生了的？

作者在日常極爲平凡的生活中，從早已習以爲常的睡眠、洗臉的行爲發現了不平凡的詩感覺，而且賦予新鮮的、知性的思考與意義，眞是具有點石成金、化無意義爲神奇的詩的巧技，正是日本名詩論家西脇順三郎所讚賞的富創意的詩。鄭烱明的〈誤會〉：

他靜靜地立在那兒
突然，像隨風飄起的一片羽毛
停留在空中翻筋斗

然後落下
兩手撐著地面
成爲倒立的姿勢
看著周圍驚訝的人群

我以爲他是在用另一種角度
來了解這世界，然而
他的夥伴卻說：
他只是想試試他的力量
能否舉起地球罷了

也是經由發現不平凡的詩思考而顯示了出人意表的詩趣，詩中動作的描寫十分生動，最後幽默的提示更產生無窮的餘韻，值得令人再三玩味。

第三種類型稱爲敘情詩型，其最大的特色即是呈現人生的美與哀愁，富含鮮烈的現代感性，經常以愛和日常生活爲其主題。李敏勇的〈思慕與哀愁〉就是其中的傑作：

透過花玻璃
女人裸露的胸口照印著黃昏

原始的風景
美麗的江山
連綿著我的思慕與哀愁

無窮盡地攀登
到達的是燦爛的末梢

徐徐地滑落
下沈到深不可量測的幽谷
我不眠地
利用肉體的回音計量愛的距離

女體的美，黃昏的充滿哀愁的場面，襯托出現代的純愛與激情，留給讀者鮮烈的印象和感動。郭成義的〈G君的眼淚〉：

對不知道是誰
而又很想看見的
那個人
G君甘願地
把猶未失盡的體溫
在眼裏蒸發掉

爲了也想跟他道別吧
G君擠出一生
最大的抒情
立即被拭去

以臨終死別的場景，顯示人生離別的哀愁，詩中表現的眞情與深情對現代的人而言也許是奢求難得的東西，反而令人產生強烈的感動。而且兩首詩都緊密附著於現代人的內面感受，顯示了與前近代牧歌迴異的現代抒情。

第四種類型稱爲認識詩型，其最大的特色是顯示了明晰的理則構造，或呈現作者的理念，或具有強烈思考性格，將現實的問題意識轉化在詩中。如陳千武的〈窗〉：

有窗
窗是我的寂寞
是寂寞的裝飾品

有雨
雨滴流在窗玻璃上
窗玻璃的雨絲
構成密密的鐵格子
囚我於黯然的籠子裏

有悲哀
悲哀的聲音

從鐵格子窗外傳進來
我必須探望
探望雨絲不是淚水
也不是鐵格子
的眞相

這首詩的結構看似極為單純，也具備十分優雅的抒情性，卻能透過明快的理則構造呈示作者深層的思考，此乃基於冷徹的外部觀察才能寫出的傑作，詩中出現的我與現實的風景（雨、窗、鐵格子等）都成爲禁錮於外界現實所引發之內面苦悶與哀愁的象徵，表現極爲成功。此一類型的作品，常常經由簡單清楚的辯證來呈示作者求眞求善的信念。李敏勇的〈暗房〉：

這世界
害怕明亮的思想
所有的叫喊
都被堵塞出口

眞理
以相反的形式存在
只要有一點光滲透進來
一切都會破壞

也是對被禁錮的心靈，現實的黑暗，以暗房作隱喻，用簡單的論說形式來陳述，提出對於現實支配體制的質疑和告發，同樣是此一詩型的佳作。上述的分類與舉例只是隨手拈來，作爲範例而已，第一與第四詩型是偏重於理念的呈示，第二詩型則是偏重於知的創意的發現，第三詩型則以抒情性和情緒爲著眼點，[1]若對照戰前臺灣新詩的四大基本性格：抵抗、批判、愛和希望（詩人陳千武所提示），[2]笠詩人的詩不只繼承了戰前臺灣新詩的傳統性格，而且在表現、形式上，強調現代的理性、感性、知性等新的詩質素，更有所超越與發揮，而其主題緊密地扣住現實、日常，與時代的脈

1 參見陳明台，〈戰後臺灣本土詩運動的發展與成熟——以笠詩社為中心來考察〉，收錄於《現代學術研究》專刊Ⅳ（臺北市：現代學術研究基金會出版，一九八九年），頁七五。

動息息相關，均開拓了戰後本土詩的新視野。

換一個角度來看，可以代表臺灣本土詩精神的笠詩人的作品，在表現和方法上，多數也經得起考驗，可在世界詩壇上佔有一席之地。臺灣新詩在戰前已經有過橫的移植，汲取西方表現技法的經驗（如風車詩社），笠的同人在接受西方詩潮的洗禮上，其具備的條件、深度當然遠遠超過戰前臺灣的新詩人，一方面是由於許多同人透過自身的語學、文學能力與教養，可以直接理解西方前衛的作品和方法，對於西方詩作、詩潮的研究和介紹深入且有系統；另一方面則源於許多詩人勇於實驗和嘗試，具創新與挑戰的精神（如林亨泰、白萩早就舉起現代主義的大旗，在詩史上留下重要的足跡即是明證），風尚所及，他們的帶頭引起激盪，對笠全體也產生正面的影響。而笠詩人在詩技法的學習與運用常常是多樣性的、多方面的，二十世紀初期即已風行的各種主義（如象徵主義、表現主義、主知主義、超現實主義、新即物主義、立體主義、意象主義），乃至新寫實主義、現實主義等等的傾向往往融匯並陳於他們的作品中。

你的誕生已經
誕生的你的死
已經不死的你
的誕生已經誕

生的你的死已
經不死的你

一棵樹與一棵
樹間的一個早
晨與一個早晨
間的一棵樹與
一棵樹間的一
個早晨與一個
早晨間
那距離必有二倍距離
然而，必有二倍距離

——林亨泰〈二倍距離〉

2 參見陳千武，〈臺灣早期的新詩〉，收錄於《月出的風景》（中國北京：人民文學出版社，一九九三年七月），頁二四三。

雨雨雨雨雨……
星星們流的淚珠麼
雨雨雨雨雨……
雨雨雨雨雨……
花兒們沒有帶雨傘
雨雨雨雨雨……

雨雨雨雨雨……
我的詩心也淋濕了
雨雨雨雨雨……

——詹冰〈雨〉

林亨泰和詹冰的很多詩作皆具有主知主義的傾向，強調純粹性與秩序，重視視覺感和形式，明快冷靜的構成等均爲其特色。〈二倍距離〉一詩除了上述的特色外，還運用了超現實主義的連結、切斷的技法以及具有異想天開的詩趣。詹冰的〈雨〉則以晶瑩單純的生活意象組合，透過畫面的排列產生新鮮的詩意，具有立體主義、濃厚的圖象詩的要素。笠的同人中像他們一般精於意象的塑造者其實不在少數，如非馬就是典型的意象主義詩人。白萩更是一位極擅於表現、技法嫻熟的詩人。

雷達上
突然閃出　不明意圖的點
在生存權的界域內
（一隻雄海象　從雌堆中
昂身迎抗
別隻雄性的介入）

大家
在自由的面積上　畫界
在共有的世界上　分割
生存實力
在看不見界線的天空
這麼地宣告著
（一隻鴿子的飛行

一隻鷲鷹的飛行
各有其道）

這些
濃縮在雷達上
成爲經緯　國家體面
成爲監視　生存依據
（啊啊　鄰居的喇叭花
公然爬過籬笆來）

雷達上
都這樣地閃出了
不明意圖的點
問題是
（一隻鴿子的飛行
在鷹的領空被攻擊了

一隻鷹的飛行
在鴿子的領空被護送了）

半夜三更
阿火發火地回家
向老婆誇耀
花了整整一天的生活時間
五塊錢的代價
打下百萬隻的小蜜蜂
在電動玩具的
領空下

白萩的這首〈領空〉是以韓國客機在蘇聯領空被擊碎，以及蘇聯轟炸機飛過臺灣領空，兩件過程雷同結局卻完全迴異的時事作爲題材，把詩的焦點放大，以錯綜複雜的國與國間的現實關係爲主題之問題詩，用現實主義的詩技法，透過事物與人（阿火）交錯重疊的意象與寫實的畫面來構成，對國際政治的現實（力和霸權的現實性）有所反諷。作者不只採用了象徵的方式，也以報導、記錄的手法（顯然作者有意識地採用超現實主義內在批判之方法作爲其記錄現實事象的技法），極具戲劇性、故事性，是風格十分獨特而成功的寓意詩。上舉的三首作品，作爲抽樣已可略窺笠詩人透過融匯西方前衛詩技法而創新詩作的成果。由於致力於嶄新的表現方法的確立，新的詩精神之掌握，得以在內容和形式雙方密切配合下，落實笠詩人的現實意識與主題，成爲笠的主流，具強烈現實主義傾向的本土詩作也才能更突顯出其具有國際共通的世界性格。因此，笠同人的詩既是「臺灣的」詩（具殊相），也是「世界的」詩（具共相）。

四

上節是從笠全體詩傾向概略地考察，來闡明笠的整體風貌。前面也已提及笠詩集團是一個兼容並蓄的組合，集結了多彩多姿、個性洋溢的詩人，因此還原於各個詩人詩風的考察當更能看出笠的詩作特質與其未來的發展導向。我們可以將笠的詩人區分爲幾個群——本節擬以世代（可顧及年齡順序）——作爲區分的基準，來概要地說明其各自具有的特色。

笠的前行代詩人包含了戰前（日據時期）即已活躍的詩人及戰後重新出發的跨越語言的一代。巫永福的詩以其特別的語言構成來表現豐富的人生體驗、思想和感觸，近期的作品則具有對醜惡的現狀的批判，顯示詩人對於現實參與和關懷的強烈心情。吳瀛濤的詩頗富哲思和理性，但也有其浪漫的情懷表現，對於人生與鄉土顯示了深深的愛戀。王昶雄的詩相當重視結構，具抒情性，時時會顯示出激情的一面。周伯陽的詩往往偏愛取材於自然的景物，有意以平易親切的語言表露明朗的美好世界。詹冰的詩清新、純粹而閃亮著知性的燐光，他的圖象詩更是獨樹一格，令人印象深刻，經過冷徹的觀察、精密的計算，他的詩也饒富情趣與童心。陳秀喜的詩有其溫柔可親的質素，是充滿愛之詩，對於鄉土、親人、友人的愛與關懷洋溢筆下。陳千武的詩有強烈的現實意識、批判精神和歷史的使命感，能縱橫驅使自如的技法，表現多樣的題材，他的創作在質量雙方均極為可觀，感性、知性都十分豐富，詩的觸角也極為敏銳，同時具有理想主義的色彩。莊世和的詩在平易的口語背後有表達善與美的意圖，也顯示了明亮的抒情性格。林亨泰是勇於實驗和創新的詩人，他的詩具有前衛的現代性格，也呈現出多樣的風貌，而以強烈的現代知性為底流，從較早的現代主義到近期的現實主義傾向的詩風，佳作甚多。張彥勳的詩既有浪漫也有寫實的質素，有優雅的抒情也有緊密附著於生活的實感，往往在詩中表露出強韌的人的意志。杜潘芳格的詩是眞誠的詩，富有宗教的氣息，其特殊的宇宙觀、人生觀往往加深了作品的思考性格，她的詩有表現女性纖細觸感的一面，但也時時顯示飽滿的質感。羅浪的詩都是晶瑩的小品，風格樸實，善於以周遭生活素材入詩，有其淡泊雅緻的詩情。蕭翔文的詩語言相當精練，取材有獨特的角度，顯示了觀照生活而產生的詩趣，是屬於調和感覺與理性的詩。錦連的詩巧妙地摻雜了感性和知性，其觸覺極為敏銳，除了具有強烈的現代精神之外，也饒富歷史意識和現實意識，他對語言的認知使他的詩的構成極為嚴謹，詩中所存在的批判與諷刺的性格也增加了他作品的魅力，帶給讀者無比的感動與回味。明哲的詩是苦難的人生所昇華的結晶，充滿了忍耐的生命意志力，對於鄉土獻身的愛與關懷，使他的詩時時流露出強烈的人道主義精神以及不屈不辱的反逆精神。李篤恭的詩有敏銳的感性，在其特有的用語背後令人感受得到詩人強烈的癖性與體臭，擁有特異的詩人質素。

成爲笠的中堅世代、出生於戰前（一九四五年以前）的詩人，也有在時代交接點上錯綜的歷史體驗。林外的觸角極爲寬廣，他的詩從生活出發，用語平實，頗能顯示其介入現實人生的態度。葉笛的詩有對於人生、社會的關心，充滿人道主義的溫情，特別是以「八二三砲戰」體驗爲題材的連作，最能顯示人性內面深沉的感受。黃騰輝的詩有對於變動期臺灣都市生活的體察與描繪，他精簡的短詩自成一格。何瑞雄的作品有強烈的浪漫精神爲其底流，時而抒情，時而理智，既有溫柔的一面，也有激昂的表現，具濃烈的鄉愁情緒。趙天儀的詩爲寫實的本流，取材多面，語言清淡，注重日常性的表現，溫情之中含有關愛，往往在其作品中流露出溫和的社會批判意識。莊柏林的詩有豐富的人生觀照，語言相當節制，具批判性，抒情性也強，其臺語詩優雅而洋溢鄉土之情懷。靜修的詩以平易的用語表現特異的異國情緒，頗具浪漫風情。非馬的詩善於透過出人意表的意象來表現，以簡潔的詩呈示豐富的內容與象徵意味，他的詩也具有強烈的現代感和現實精神。白萩是臺灣傑出的詩人之一，他的作品融合多樣的現代技法於一身，勇於自我挑戰，風格也多樣而多變，具有濃厚的人本意識爲其精神的底流。李魁賢的詩兼具感性與理性，有堅硬而清澈的質素，觸角也相當敏銳，饒富現實精神，有其特異的觀照與方法。黃荷生的詩有偏重思考性的傾向，其感覺語言具有相當的魅力。岩上的詩風平實可親，取材偏向日常與現實，帶有濃厚的鄉土味和抒情性。龔顯榮的詩有其融合禪觀的特別韻味，節奏相當不錯，最近的作品則顯示了企圖摘出現實黑暗面的寫實傾向。許達然的詩，有其獨特的斷與連的語言技法表現，詩質濃郁而幽默，其土俗的詩性精神，充滿隱喻的表現方式，強烈的反諷語調都令人印象深刻。杜國清的詩呈示的是以愛作爲底流，充滿情的世界，他具有象徵主義傾向、繁複的語言意象表現，虛幻、眞實交錯與光影交疊的詩境，加深了作品的典雅與美，哀愁、驚訝與譏諷三者是其主張的詩之基本質素。吳鉤的詩多以鄉土風物爲題材，表達對自己生活大地的關愛。林宗源的詩也是顯示臺灣本土詩的一個路標，對於臺語詩的提倡與實踐使他的詩獨樹一格，具有強烈的鄉土意識。喬林是一位風格特殊的詩人，語言簡潔飽滿，作品極富現代性且寓意深遠。沙白的詩曾受過現代主義的影響，著重於表達現代人內心的彷徨，近期則顯示了透過詩反映現實的傾向。旅人的詩具寫實的風格，在平易的筆觸下頗能展示其對日常人生的觀照，顯示單純的美，也有著淡淡的哀愁感。

至於在戰後（一九四五年以後）出生的笠新生世代的詩人，可籠統地區分爲一九七〇年代中期以前已經嶄露頭角的詩人，和一九八〇年代以後才登場的詩人。一九七〇年代中期已嶄露頭角的詩人群中，拾虹是相當有才氣的抒情詩人，他的題材大抵不脫人生與愛，也時時顯示參與現實的心情與意識。耿白的詩則以纖細婉約的抒情見長，近期的作品也顯示了對於本土的關懷。曾貴海則是一位人間性的詩人，他的詩是經由冷靜觀察產生的結晶，感性甚強，對於現實、周遭的關心，使他的詩帶有強烈的思考性。張子伯的詩平實而眞摯，著眼於對卑微生命的關心。黃勁連的詩，表現對故鄉的情懷，也有對人生的揶揄、都市生活的省察，他的臺語歌詩極重視韻律感覺，獨具一格。陳芳明是具有優秀才質的抒情、浪漫詩人。他的詩充滿著對臺灣本土的關懷，能以感性的筆觸表達臺灣的苦難與希望，時而有激情，時而有溫情，具有人道主義與理想主義的傾向。黃樹根的詩是屬於激動高昂的情緒詩，在其作品中有對臺灣充滿病態的政治社會現實大力的鞭撻，也充分顯示出對生存大地的愛情。吳夏暉的詩早期取材於鄉土，充滿著對周遭的關愛，最近則以科技（如電腦）爲題材入詩，隱喻無條理的現實。李敏勇是戰後世代傑出的詩人，他的詩以敘情性和現實性作爲兩大支柱，不但表現哀愁與美，也呈示強烈的批判精神，作爲他的詩的媒介物之風物、場面、事象，透過明晰的理則構造和感性流麗的語言表現，都能轉化成優美的詩質素，發揮作品的魅力。陳明台的詩具象徵的風格，其根底流瀉著虛無的精神，在表現上，極注意詩全體的構成與秩序，建構了獨特的哀愁美學。莫渝的詩有著淡淡的哀傷，在平實的語言中閃亮著感性的燐光，散發著生命的韻味。鄭莊金國的詩用語自然而不矯飾，作品多取材鄉土風物，也有許多運用批判、諷刺手法的寫實詩。鄭烱明也是戰後世代傑出的詩人，曾受新即物主義的影響，往往能運用即物的手法顯示新鮮的知性思考，但是他的詩還是以對現實的批判、諷刺爲主流，蘊含有濃厚的理想主義和人道主義精神。陳鴻森的詩中有凜然的現實精神，具批判性，透過富暗喻的語言頗能呈示個人對政治、社會抱持的問題意識，同時他的詩也有對於歷史、人生的省察。郭成義的詩有優美的抒情性也有獨特的思考，他善於透過發現或安排語言，產生新的意義，創造新的詩境，他的詩焦點集中，也相當注意構成。羊子喬的詩表現了都市生活者的挫折與苦悶，用語極具個人獨特的氣氛，特別是以關懷原住民為主題的系列作品顯示了不同的詩視野，深具意義。陳坤崙的詩用語親切，慣於以愛與同情的眼光注視萬物生命，呈示了率真無邪的詩心。李昌憲的詩取材於勞工生活，透過深刻的自身體驗、社會問題意識，表達特定階層的心聲與苦悶，有其特殊的人生體驗。

較晚登場的新銳詩人群之中，江自得的詩也有寫實傾向，具備關心社會的現實精神，同時語言清新平實，親切而眞摯。林豐明的詩，有堅硬而發亮的詩質，時時會呈示一種說理和堅強的意志力。海瑩的詩有女性詩人特有的氣氛營造，也有對現實的抗議和發言，但整體而言，不失其溫柔的質素，她的臺語詩試作也顯示了對峙於病態的現實社會的心情。利玉芳的詩才橫溢，不論在表現的形式、內容都有可圈可點之處，詩中往往呈示著女性深沉的觀照，獨特的現實意識。王麗華的詩用語潑辣，氣勢萬千，其政治抵抗、社會批判詩，透過反諷與逆說的手法表現，極富幽默性。吳俊賢的詩以其自然觀察以及山林生活體驗，透過寫實的手法來表現，時時顯露出對於人與物的關懷，熱愛人生的心情。林盛彬的詩是一種對應於現實的心情和感觸之呈示，筆觸輕快明亮，表達出人生淡淡的感傷。張信吉的詩早期顯示了訴說青春的心境，後來轉化對現實有強烈的關心，呈現了富批判的現實主義風格。張芳慈的詩，溫柔中帶有冷徹的觀照，纖細而時時流露出自我省察的心境。陳亮的詩常以客觀的敘述手法表現，他的詩有理性的思維，顯現出透過詩來探索人生的傾向。黃恆秋的詩中有旁觀者冷靜的觀點呈示，其詠物詩的技法也相當圓熟。蔡榮勇的詩堅守自身的表現方法，顯示出純樸的風貌。洪中周的詩風平淡，常取材鄉土素材，在靜謐的氣氛中，有令人品味之處。杜榮琛的詩常以對比的句法表現，樹立特殊的形式。蕭秀芳的詩有敏銳的觀察，具豐富的想像力，又不失其情趣。上述的四位均同時致力於兒童詩的創作，有出色的表現。謝碧修的詩顯示了生活中不屈不撓的生命力，可見出其追求人生的積極姿勢。徐雁影的詩致力於表達年輕世代內心的不安與彷徨，且有表現新形式的強烈意圖。江平的詩有豐富的情感表現，透過自身對周圍物象的感應而自成一個世界。陳晨的詩也有藉物述志的意圖，對於歷史與現實顯示了求證的姿勢。阿仁的臺語詩則表達了對臺灣的深情，鄉土風物的熱愛。

參與笠詩集團，除了上述的三個世代，合計七十四位詩人，還有幾位和臺灣文學淵源甚深的日本詩人，其中北原政吉可說是一位老而彌堅、生命力極為旺盛的詩人，從戰前就活躍於臺灣詩壇，戰後曾以熱愛臺灣的心情企劃編集過兩冊《臺灣現代詩選》在日本出版。他的作品揉合現實和浪漫的想像，具寫實的風格，往往顯示出執著於生活的積極姿勢，在詩中表達了樂觀的人生、生命的歌頌與美的憧憬。他同時也是一位傑出的畫家。井東襄的詩富含溫柔敦厚的質素，介乎現實與非現實之間，有其詩人想像力的發揮，也時時顯露出追憶的情緒。增田良太郎是臺灣出生，後來赴日留學，戰後歸化為日本人。他的詩風格平實而不誇張，能善用語言機能，適度地利用比喻與技巧，表達新鮮的詩感覺，透過抒情的筆調，他的詩隱含自身度過的幼年期、故鄉臺灣的懷念。北影一也是曾在臺灣居留甚久的日本詩人，翻譯過臺灣現代詩選集，寫過數冊的小說。他的詩是一種內省觀照的結晶，充滿了對於人性的反省，原罪的懺悔，具有強烈的實存精神。他在《笠》詩刊發表的系列作品，表達內心對亡故女性的摯愛、激情與眞誠，令人印象特別深刻。

五

以上筆者簡要地敘述了笠詩集團的種種特質，諸如笠詩社在臺灣現代詩史上具有的重要意義與地位，笠同人的基本精神和理念，足以代表笠全體的詩傾向與風貌，乃至笠詩人各別的個性和詩風等等。總之，笠同人的集結和組合在臺灣現代詩的發展史上是空前的，它繼承了前一世代的臺灣文學傳統，猶如堅硬、閃閃發亮而綿延不絕的詩脈，即使在黑暗中也會將臺灣詩文學的火種傳承下去。這本《混聲合唱：「笠」詩選》選入的作品正足以彰顯笠同人所一直堅持的文學精神，透過詩選的作品，可說是笠詩集團鄭重地向臺灣文學界作了一次全體性的精神宣示。今後，預料笠仍將秉持原來擁有的反省與創新的批評精神，不斷地努力，迎向未來。

清音依舊繚繞——解散後銀鈴會同人的走向

一

在臺灣新詩史上留下重要的軌跡，介於一九四二至一九四九年間展開其旺盛的文學活動，銀鈴會的存在，不只彌補了戰中和戰後巨變時期臺灣詩壇的空白和斷層現象，也有諸如：

……成員較多，活動期間較長，從戰中到戰後，不斷地繼續活躍著，也最能代表那一個時期臺灣新文學運動的特色。[1]

……我們可以指出銀鈴會的三點特色，(1)繼承臺灣文學精神(2)放開胸襟接受世界文學(3)艱苦環境中的奮鬥精神……。[2]

重大之歷史評價和意義。銀鈴會的解散正如發起人張彥勳所指出：

……因爲語言的變遷，或報紙日文版的陸續停刊而使這些前輩詩人一時之間無法立刻適應，導致了精神空虛而在無可奈何的狀況下被迫終止。[3]

銀鈴會在前期（一九四二年至一九四五年八月）的活動大抵具現於同人詩誌《緣草》，以發表創作爲主，純粹是一種同人間的回覽（輪流閱覽）誌。後期（一九四五年八月至一九四九年四月）則不只繼續創作發表的活動，發行《潮流》雜誌，其同人的作品領域已大爲擴大，兼及各種文類，而且提出多樣的文學觀點和主張，也展開了對外的交流與活動（如聯誼會、和文壇先進楊逵的關連等）。因此，從文學追求的階段來看，筆者以爲，可將銀鈴會的前期視爲同人的文學修業（修練）時期，後期視爲各個同人的風格確立時期。而從同人整體或相互的關係，及其對應於外部文壇的狀況來看，其存在自身，同人雜（詩）誌的色彩十分鮮明，文學集團的特色始終相當明確則是不爭的

1 參見趙天儀，〈戰後臺灣新詩初探引用〉，《文學界》第十六集，一九八五年十一月，頁五二。
2 參見林亨泰，〈銀鈴會文學觀點的探討〉，收錄於《見者之言》（彰化市：彰化縣立文化中心，一九九三年六月），頁二〇〇。
3 參見張彥勳，〈探討銀鈴會時代的重要詩人及其創作路線〉，《笠》第一一一期，一九八二年十月，頁三五。

事實。換言之，銀鈴會的存在和活動，除了具有前述歷史的評價和意義之外，作爲變動的大時代中，一種文學的潛在底流，主流文學胎動和到來前的準備，透過純粹的文學同人結社、同人詩誌的形式，更饒富意義。

(1)文學同人結社與同人詩誌，可從問題意識、新的方法與視點來呈示其居於大時代（在其所成立的各自的時代裡），人文層面各式各樣的主張，其中正存有文學形成的「源泉、核」，又，其對既成文學的否定傾向，也意味著「新」的發端。

(2)不管如何，對應於文學的商業化和俗化，其本身都有其文學的堅實據點，必須不斷地自我反省、自我冒險和突破。同人詩誌的精神具有無欲的、孤立無援的精神，因此可維持其純粹性和自立性、理想性歷久不衰。

(3)同人詩誌或文學集團的成立，無法不顧及人間關係和作品關係。基本上，即是表現者和表現者的關係（甚至進入人格關係之領域），積極地，可創造出表現者成熟的契機，可發現共通的目標、關係構造，使其存在不止於成爲交誼或作品發表的場所，而能相互確認全體存在的意義，形成創造、革新的理念。

(4)文學集團中，同人間的同質性和異質性的問題。同人詩誌的結合可能包括相同世代與不同世代各個成員，相互間同質性和異質性的確認，也就是「私」與「所屬」的認識，必然影響及全體或各自的文學意識、精神和活動。

如上述，從同人結社和同人詩誌的角度來考察銀鈴會——基本上，帶有純粹文學同人結社和詩誌傾向的——此一文學團體，在戰後一九四九年以降，也就是解散後的走向，以依然活躍如昔的主要成員，包括張彥勳、林亨泰、詹冰、錦連、蕭翔文等人爲例來考察，則其課題至少應包含(1)銀鈴會解散後，詩人回復到各自的「個的位置」的意義——即戰後各個同人的文學追求歷程和風貌。(2)銀鈴會的文學精神的持續和內涵——即戰後劇烈時代變遷中，銀鈴會的文學追求歷程和風貌。(3)銀鈴會的文學精神的持續和內涵——即戰後劇烈時代變遷中，銀鈴會集團所培育的同人，其文學教養和理念，如何繼續發揮和傳承，具有何種意義和影響。(4)從上述兩大前提的究明，顯示作爲同人結社、同人詩誌的一種典型，銀鈴會的存在，在戰後特殊的文學環境中具備的意義。

前列諸課題，本論文擬以解散後銀鈴會詩人風貌的成熟、詩人的變革意志和實踐、詩人的文學態度和時代對應，幾個重點來展開敘述，配合討論。

二

對戰後銀鈴會詩人的詩路歷程綜合地作一考察之際，下列幾個共通的前提似應先行提出：

(1)各個詩人的風貌當然各自有所不同，但共通地顯示了多方面文學探索的渴望，觸角都極爲寬廣。如詩、評論、小說、俳句、短歌、翻譯、兒童文學各領域均有涉及。

⑵各個詩人參與的文學活動和履歷雖有所不同，但在各自成爲一大家，樹立起成熟的風貌之後，均共通地保持前衛的、勇於實驗的、不斷衝刺的精神。

⑶共通地，有從「個」回復到「群」的契機和內在的要求，如後述他們捲起、主導文學運動，或積極參與其他同人雜誌即爲證明。這些契機，促使先前銀鈴會同人的基本精神，依然有發揚和持續、傳承的機會。

因此，解散後他們「詩人個自的歷程」，顯然地，反而帶有切斷先前共同精神關連的意義，值得加以強調。

解散後銀鈴會同人中，最爲活躍、對臺灣詩壇最有貢獻的應推林亨泰，說他的詩路歷程足以相當程度的反映出戰後臺灣新詩史演進的過程亦不爲過。林氏的戰後詩人履歷，包括了主導一九五六至一九五九年的現代派運動，一九六四年的《笠》創刊及首任主編，而最重要的卻是他對現代主義，新的、前衛的詩精神之堅持和實踐。他的詩風呈示多樣的面貌，從抒情、知性（包括現代主義的諸風貌）、意象（包含短詩的實驗）、寫實，不拘泥於一格，時時在展現新奇的模樣：

夕陽映在
滿是皺摺的襯衣上
展現著素淡的花紋

開始翻滾的水
與沈鬱的時間
從茶葉中
把苦澀
釋放出來

把那些翻滾的聲音
把那些沈鬱的聲音
一杯一杯地

是誰才能
把那些苦澀
一杯一杯地
毫不猶豫地
喝下去

經歷了四〇年代哲思和浪漫（如〈黑格爾辯證法〉、〈海岸線〉）傾向，五〇年代的前衛詩（如〈風景〉、〈二倍距離〉）實驗，七、八〇年代生活寫實（如〈事件〉、〈臺灣〉）的表現，這首〈夕陽與茶〉也許可代表他近期的詩風，混合了詩人對詩的意匠表現（諸如意象和氣氛的塑造）與捕捉內涵（諸如生活中取材，打破日常性，富思考性、趣味性）的用心。

錦連據說是參與銀鈴會較晚的一位，一九四九年以後，卻也有令人注目的詩業績呈現。他的詩歷程，同樣受過現代主義的洗禮和實踐過諸多的試作，從《創世紀》到《笠》詩刊，五〇年代的傑作〈軌道〉、〈時與茶器〉，已帶有思考的形而上性格，成爲他的詩的一個堅實底流。〈轢死〉、〈女的記錄片〉則顯示了 cine-poem（所謂「電影詩」）前衛的實驗性格。但是，他的重要作品都呈示了強烈的現實主義的性格，六〇年代的代表作〈挖掘〉，七〇年代的佳作〈龜裂〉、〈操車場〉，八〇年代的〈日夜我在內心深處看見一幅畫〉，均能透過鮮明的心象風景來呈示詩的精神，或以敏銳的時代感覺，或以連結歷史的、時代的追憶，人生的思考，來表現強烈的現實感和實存意識：

夢裏我在似乎很熟悉又陌生的小巷子漫步
破舊的小巷以溫柔的面容以微笑的眼神接我
我造訪的不知名的衰微的小鎮也曾經是某人的故鄉

……

啊——那些極善良的單調——我所響往的永恆的聲音
流逝的歲月裏某日下午走過這裏的人們交談的音符的迴響如今在那裏
要去尋找而夢裏我在似乎熟悉又陌生的小巷子漫步

一九九四年發表的〈小巷子〉的片斷，足以顯示其寄託於詩作，追尋人生意義的癖性和獨特的心象表現。

張彥勳是銀鈴會的發起人，在當時具有舉足輕重的地位。比較起來，一九四九年以降的他似乎有些落寞不遇，他的文學歷程由於種種因素（特別是健康的因素），也走得有些艱辛。但其不屈的生命力和意志，仍然注入他的文學創作中，帶來豐碩的成果。一九四九至一九五八年間，他有過十年的文學中斷遭遇，六〇年代以後致力於小說和兒童文學的創作，也有極佳的成績，代表作如〈捕蛙父子〉、〈鑼鼓陣〉、〈阿民的雨靴〉、〈兩根草〉等。評論家葉石濤對其作品曾如此加以評價「……張彥勳作品裡的感傷性顯著，他有強烈地表達詠嘆、悲哀的傾向，……張彥勳小說的支架乃是冷嚴的寫實主義和現代感較強烈的批判性。」[4]頗爲中肯。在詩的創作方面，他在一九六四

4 參見葉石濤，〈張彥勳論〉，收錄於張彥勳著，《鑼鼓陣》（臺中縣：臺中縣立文化中心。一九九〇年十一月），頁一三三。

年《笠》創刊時，即加入爲同人，但作品並不多產。他的詩，依筆者的看法，具有浪漫的色彩（如〈后里旅情〉）和寫實的傾向（如〈拾荒者〉）雙重質素。

荒野中
一匹水牛在反芻
一聲巨響
水牛聽見轟隆聲
時代轉變
歷史創換
民主維新
叉開雙腿
用力踏地
水牛撒了尿

準備再衝刺

這是他八〇年代末發表的詩作，可見其平易的言語，密著於生活的實感，堅忍的生命意志。

詹冰可以說是屬於內潛型的詩人，其作品一直保持高度的純粹性，帶冷徹和清新的格調，六〇年代曾有過前衛詩（諸如圖象詩〈雨〉、〈水牛圖〉）的實驗試作，相當成功。七〇年代以後，則顯示了饒富生活感情、情趣的作品（如〈阿水與阿花〉、〈花香〉等），八〇年代以降也維持著寫實的生活詩的風格。

妳在呼吸氧氣
我在呼吸氮氣
妳在呼吸花香
我在呼吸書香

突然妳呼吸我
突然我呼吸妳
妳我呼吸快樂

妳我呼吸幸福
妳我呼吸瞬間
妳我呼吸永恆

這是近期的一首創作〈呼吸〉，可見依然保持其純樸的詩質，晶瑩巧小。

詹冰在一九六四年《笠》創刊時，亦爲發起人之一，戰後的詩活動亦以笠爲中心而展開，他也致力於其他文類諸如小說、散文、兒童文學（詩和戲劇）的創作，在兒童詩和戲劇方面留下不少佳作。最近更大力提倡十字詩，而親身實踐。

蕭翔文在銀鈴會時代是相當活躍的一位，一九四九年以降，卻有過漫長的停筆時期，八〇年代以後致力於俳句的研究和創作。加入笠詩社後，回復其旺盛的創作力，亦努力於翻譯日本的俳句、詩，多所介紹。他的短詩頗受俳句詩法的影響，閃亮著詩人的巧智，別樹一格。他的作品也可見出觀照生活的詩趣，調和了理性和感性，顯示出冷靜而沉澱的抒情。試舉他九〇年代的一首創作〈竹〉爲例：

竹林在流動著的白霧裏
像水墨畫一般漂浮著

沿著竹葉滴下來的露水
在黑暗的寂靜裏響著「噠噠」的聲
那像是天地之間的聲響
……
不屈節
越過殖民地與戒嚴的我
晃眼地仰望它的英姿
風颯颯地
像濤聲一般吹過竹葉

追求自主與民主
無上地愛臺灣的好多個朋友呀
你們要告訴我什麼事呢？

如上所述，解散後的銀鈴會同人，在戰後各自走著不同的文學歷程，多能各自發揮多方面的文學才華，顯示大家的成熟風貌，他們的作品雖各有特色卻一致可見出洗練的表現技巧，帶有堅實、教養文學的芳香。筆者以爲，應可歸功於銀鈴會時期的文學歷練，有以致之。而戰後的銀鈴會成員，如前面所指陳，從「個」出發確有回復「群」的內在要求和契機，除林亨泰、錦連早先有過參與現代派運動的經歷外，實際上，所有成員後來均參加了「笠」的詩運動。其意義和影響，值得再進一步的探討。

銀鈴會和笠的血緣關係，張彥勳曾如是的加以強調：

……我們若要談到笠，就非得從銀鈴會開始談起不可，我們幾乎可以斷言笠就是銀鈴會的延續，而說笠乃是由銀鈴會蛻變過來的也不爲過……因爲今日笠所走的路線也就是銀鈴會詩人們所持有的寫作風格。[5]

林亨泰如是說：

……銀鈴會同人之中有詹冰、張彥勳、錦連等人，後來他們都和我一樣，很自然的成爲笠的同人。這就是我爲什麼要回顧笠詩社之餘還要追朔銀鈴會的理由。……在就推動詩運的經驗來說，笠詩社也不算是第一次，而是第三次，……我對於笠所能做到的只是開了一個頭，無論如何看它日益茁壯也是一件高興的事。[6]

創作發表之共同場所，象徵了前述他們由「個」重返「群」熱切的內在要求實現，渴望藉著笠作爲過去銀鈴會同人精神發展和延伸的據點，如張彥勳的說法，可以十分令人理解。但，筆者比較同意林亨泰氏的說法，認爲從銀鈴會延伸到笠，構建起臺灣本土詩完整系譜之意義，才是值得強調的重點：

……同時，很想藉這個理由使臺灣現代詩的萌芽跟發軔時期更往上推回一點，以便塡補並使它能夠銜接到光復以前更早期的一段文學淵源去，作更完整的歷史連貫。[7]

笠成立初期，具有匯流當時持有不同詩觀、傾向之各方本土詩人，而形成一次大集結的詩史和精神意義，銀鈴會同人當然是其中巨大的一支流脈，初期由林氏主編，對笠未來的走向，特別是批評精神的確立和堅持，自然也產生過決定性的影響。然而，從同人誌的結合，宿命地，必然存在眾

---

5 參見張彥勳，〈從銀鈴會到笠〉，《笠》第一百期，一九八〇年十二月，頁三〇。

6 參見林亨泰，〈笠的回顧與展望〉，《笠》第一百期，一九八〇年十二月，頁二八。

7 同註6。

多異質性的前提來看，八〇年代笠的成熟，是源於異質性詩人、詩觀的交錯並存，以混合了多種多樣的質素（諸如現實主義、強烈的批判、抵抗的精神），而且對應時代的變化也有其客觀的文學環境和狀況，終於引導出全新的追求方向。則「笠」不但無法單純的視為「銀鈴會」的延伸，「笠」各個世代同人的相互激盪，也可能造成影響他們其後創作走向的結果。林氏前面所謂「第三次運動」的意義也在於此。

三

銀鈴會同人在解散後，也就是戰後臺灣詩史上的活動，因此可以大體劃分為參加笠的時點，和參加笠以前的時點，也就是「個」的詩人活躍的一面，與釀成詩運動「群」活動的一面。而參與詩運動的時期區分，似乎也可以一九六四年笠的成立為一分界點。前一階段，從「現代派」到「創世紀」，林亨泰、錦連致力於現代前衛詩的提倡、推動和創作。加上詹冰氏在一九六〇年代圖像詩的試作，他們顯然受到日本（如「詩與詩論」集團前衛詩運動和詩風）影響的實驗創作，留下諸如〈風景〉、〈轢死〉、〈雨〉等等傑出的作品；後一階段，笠的時期除了上列的三人之外，張彥勳和蕭翔文也先後有所參與。進入八〇年代，笠詩社的風格趨向成熟，呈示強烈的現實主義詩風，加上先前對各種現代主義技法的吸收、實踐，終於形成新的風潮。

……像「弄髒了的臉」等即比較趨向正視現實，表現人的感情與自然事象的融合，對社會環境的醜惡、不正常的心理等有所反駁批判，能看到其思想深入的內容，比較接近笠詩人們所實踐的「現實」與「現代」主義的融合，追求藝術表現的特質。[8]

不限於林亨泰在七、八〇年代的詩所顯現的上述特質，如下列銀鈴會其他同人近期的創作，也呈示出對於當代詩潮的敏感和把握。

當一場激情之後
輸家乃是我們的份兒
因而被稱呼爲暴徒
因而被逮捕不少人
……
一場激情之後

8 參見陳千武，〈知性不惑的詩〉，刊載於《自立晚報》本土副刊，一九九三年八月十九日。

你我必需冷靜的思考
畢竟是誰喫了虧

——張彥勳〈激情之後〉

或者聽覺器官細胞在抗議嗎？
我的耳朵變成了街頭？　立法院？
或是我的耳根太清靜了
所以惡魔用「耳根不『靜』」
來爲難我

——詹冰〈耳鳴〉

上面兩首作品是一九八八、一九八九年發表的作品，張氏以臺灣的街頭示威事件爲主題，詹冰則以當前臺灣社會充斥的街頭、立法院暴力事件爲線索，都有自己省察和批判的質素。

肥豚前額
只不過

多長出了些
粗大的眉毛

瘦雞下巴
只不過是
多長出個
鉤狀的尖喙
宮廷寵物仍被保護的時候
肥豚只憑粗眉即可當權貴
瘦雞也借尖喙即可施號令

這首詩題爲〈宮廷政治〉，林亨泰最近的作品，以政治人物爲諷刺對象，帶有強烈嘲謔批判的性格，也可歸屬爲現實主義詩風的典型。

總之，銀鈴會同人在解散後，也不免有經由「個」回復爲「群」而展開文學活動的履歷，不管對現代主義、現實主義等時代主流詩潮和詩風，均能敏感地感知，實是他們具有充分對應時代動向的證明。而對比於此種「群」的追尋過程，「個」的活動，同樣也對應於現代主義走向現實主義的詩路歷程，自六〇年代至九〇年代亦各具演變的軌跡，錦連氏凜然的現實精神堅持，林亨泰的多樣風格變貌，詹冰、張彥勳的生活、寫實樸素詩風，蕭翔文的短歌式抒情、空靈調和的氣氛都顯示了鮮明的個性。

四

戰後自銀鈴會解散以降，銀鈴會主要同人的走向，大致如上述所述。他們經歷的同人雜誌解體後，個人的文學追尋心路，又從「個」的發展回復到「群」的活動，或捲起文學運動或踏實地參與主流詩潮的推動，毫不怠惰。從詩史的觀點來看，筆者以為特別值得一提的是：銀鈴會作為純粹文學同人結社的意義，持續至戰後，對其同人（「個」的，推而廣之，亦為臺灣文學全體的）文學活動的影響。不管在哪一國，在戰後，同人雜誌可以說均面臨不易存在的困境，功利的掛帥往往使其喪失理想性，喪失其可能提造新的文學之根據和堅持，等而下之，會出現同人誌或文學結社成為政治利用的道具，甚至腐化，成為文壇的「權力機構」進行「文學獨佔」的現象，實有著種種的危機。相較之下，銀鈴會的同人從戰前至戰後，有其開放的胸襟，勇於接受新的、前衛文學的實驗精神，又能保持文學的教養性格，既有其不隨時潮逐流的「恆久不變」的精神堅持，也有敏感的追求詩性現實精神，把握「流行＝主流文學方向」的積極態度，銀鈴會同人的結社或同人誌的歷練，顯然地，具有正面的意義，會成爲可資肯定的典範而存在。

……任何制度莫不是權力的展現，因此任何制度都應包含權力轉移的設計，若不包含這些，任何制度都是有缺陷，而終會走專制的不歸路。[9]

……「文字暴力」應和「意識形態壓抑的暴力」有關……換句話説，一切與權力結構形成共犯的文字就是「文字暴力」。[10]

類似此種認知和警戒，詩人冷徹的省察，才是銀鈴會同人在戰後複雜的文學與政治環境中，多能節制地堅守文學立場，依然發出銀鈴一般的清音而繚繞不絕的理由吧。

9 參見林亨泰，〈銀鈴會與六四學運〉，收錄於《見者之言》，頁二二四。

10 參見林亨泰，〈文字、暴力、意識形態〉，收錄於《找尋現代詩的原點》（彰化市：彰化縣立文化中心，一九九四年六月），頁二〇八。

世代的傳承，風格的形成——笠詩社的少壯派詩人論

一、緒論

一九六四年三月創立的笠詩社，可以說是戰後臺灣最大規模的本土詩社，集結了戰前、戰中和戰後出生的前行代、中生代和新生代不同世代的臺灣詩人，至遲在六〇年代的後期（一九六九年），業已捲起了本土詩運動的狂瀾，有效地讓臺灣戰後現代詩的主流，導入眞正足資彰顯臺灣人和臺灣文化主體性的本土文學意識，與思考、實踐的方向。笠詩社的詩人透過其機關詩誌《笠》詩刊和叢書，不間斷地發行出版，表達其立場與主張，發揮其在本土詩壇、文學和文化界的影響力，尤其在臺灣戰後現代詩發展史上，所具備的意義更爲巨大。今舉其要者，可歸納如下：

（一）共同理念的形成和發揚

以「回歸土俗（民族的、本土的）的志向」與「凜然的現實精神」作爲詩人共通的理念，堅持

從對臺灣（詩人賴以立足與生存的時空）本土的凝視與關愛出發來寫詩，創作了多數不逃避、時時注意現實狀況與批判時代的詩，使得在此之前呈現出低迷趨向逃避現實、極端空虛蒼白的詩壇氛圍大大的改變，可以說是激烈地轉變了一個時代的詩流向，影響臺灣現代詩全體的發展極爲深遠。

（二）方法論追求的重視，詩創作品質的提昇

笠詩人從初期，即具有以語言作爲表現詩、表現思想，「表現與現實」表裡雙重的創作意識，十分著重詩人自身內部和外在現實的省察與對應。因而他們的詩，多能掌握現實主義的神髓來表達，蘊含對個人人生、所居寄的共同體社會或文化批評的要素，具備極其豐滿而內密的詩質。加以笠詩人的國際視野寬廣，各自持有不同國家的語文素養，可能經由對各國經典作品的翻譯、閱讀、學習、吸收、融會，創造出多樣多彩的風格。笠的詩運動，在長時期累積和努力下，無可否認，確實大大地擴展了臺灣本土詩的表現內涵與範疇，在戰後臺灣現代詩史上留下許多傑出的創作。

（三）詩人的社會發言、實踐行動和參與

特別是八〇年代以後，臺灣內部的現實環境，遭逢社會、政治空前激烈的變化，笠詩人有不少基於「坐而言，起而行」，從發言到實踐理念，投身於社會（如筆會、環保、人權）運動團體，

致使笠的本土文學運動得以轉化爲本土文化運動，直接、間接導引了本土詩、文學和文化的主流走向。

（四）承先啓後，堂皇的詩人系譜的形成

笠詩社作爲一個純粹的詩文學團體，《笠》詩刊作爲專門的同人詩學雜誌，提供創作發表的園地，均能在比較單純的動機與目的下，展開、促進旺盛的詩活動，自然地匯集了眾多不同年齡、不同生活領域的詩人，共同爲推動臺灣詩運而努力，透過其人脈的聯繫，綿延不絕，形成戰後本土詩人的系譜，極爲明確而完整，在樹立起現代臺灣本土詩的傳統、育成新進詩人、傳承臺灣本土詩的命脈和香火各方面，都有著極大的成果與貢獻。

而若單純以詩史的、詩文學的角度來看，則前列四項成果中的第四項：「笠詩人系譜的形成」，對笠詩社的發展，和笠推動、促成本土詩運動勃興發達的過程中，使世代前後得以接續，主流詩潮得以匯聚壯大，具有絕對性和決定性的作用與影響。從笠詩人系譜的成立和分化、詩人持續不斷輩出的過程和關連、不同世代詩人的語言理念與創作實踐、各自詩風的確立等，諸多情況來探討和理解，既可見出集體的笠詩史發展的大概，亦即：臺灣本土詩全盤發展史的軌跡，時代中全體的詩流脈和走向，主要詩潮的興起與交替；也能清楚地顯示出戰後各個時期，臺灣本土詩人成長的歷程、獨特的個性、詩創作的不同類型和所內涵的特質。

之前，筆者已有多篇論文述及笠詩社、詩人和詩的相關問題，其主題概括了笠詩社的歷史、全體詩人共通的創作意識、詩社所追求的詩傾向、詩作的類型等等，關連到集團性質構造的解析，也覆蓋了對笠各個世代代表作品的分析，主要詩人各自的風格和作品特質的研究。而本論文作爲對「笠」系列專題研究的篇章之一，在筆者檢討迄今爲止的研究方向之餘，擬從以往已完成和涉及的主題加以延伸，以笠詩人的「世代論」作爲主要探究的課題。也就是，偏重於笠不同世代的（詩人群）共同的理念，或在脫世代、脫集團之際，獨立的（各個詩人）詩風、特質之考察，兼而討論笠詩社整個系譜的流向，詩的理念如何確立而成爲傳統，詩的精神如何世代相互的繼承，詩人各自的風貌如何漸次形成，還有其間具備的密切關連，藉以印證詩人內面精神發展的痕跡，逼近屬諸笠詩社主流詩人創作的本質和內涵等，這些根源性的問題。從縱座標——詩社內不同世代的組成、特徵、詩風的繼承和衍生的關連，或從橫坐標——同一世代詩人之間，共通近似的，或特殊相異的創作理念、方法與風貌，介於時代中詩人個人的才具、感覺、歷史意識，影響到對應於存在、現實的態度；乃至對詩語言的思考、操作的方法，透過詩來表現個人生活和思想的方式等等，以戰後出生的主要「少壯派詩人」爲對象，作爲討論的焦點，以名實相符地被視爲是在笠詩社創立之後，充分認同、理解笠詩社所揭示的諸主張，且曾積極地參與詩活動，並強烈地受到笠詩社的文學理念、創作方法和觀念之薰陶、啓示與影響，幾乎完全是依附在其傘下成長發展而趨向成熟的世代，來展開論述。

二、所謂「少壯派詩人」——界定與意味

所謂笠詩社的「少壯派詩人」意指的對象爲何？這是首先必須解答的問題。筆者既然主觀地創造出此一「名詞」、「稱謂」，則必然有其道理和界定才是。

依筆者一己之見，笠詩社前後相承的世代詩人，從年紀最大的巫永福氏（一九一三年～二〇〇八年），以迄年紀最小的陳謙氏（一九六八年～）、雖然可以就年齡來加以區分，構成若干個分期，但這卻容易造成排列秩序過度瑣細，實質上也無法明確地顯示出笠集團種種特徵，有欠周全。基於彰顯笠同人世代的相異，前後不同時代的現實狀況，突顯詩人各自持有的創作歷程等之必要，最好的分類方式，還是以戰前、戰後兩大階段來加以區隔。除去前行代的巫永福氏等不論，戰前一九二〇年代出生的詩人，如陳千武、林亨泰、詹冰、錦連、張彥勳等，均在完整的日文教育下成長，在戰中皆已步入青年期，戰後則必須重新學習中文，經過了漫長的冬眠、奮鬥期，才又重新出發創作，亦即所謂「跨越語言的一代」。一九三〇至一九四〇年代出生的詩人，如趙天儀、白萩、杜國清等，則大抵是接受完整的中國教育成長的世代，在戰中或戰後，多還居於幼少年期。兩個世代雖同爲戰前出生，但在思想上、風格上，卻有明顯的不同。而終戰後才出生的，則包含了在一九四〇後半期（人數比例佔最多）、一九五〇和一九六〇（佔最少數）等年代爲第三個年齡層，其各自成長的環境，當然多少有些不同，[1]但勉強可劃分爲一個階段（三十年）。如此，把參與笠

詩社的同人構成，區分爲⑴戰前的世代，⑵介乎戰前和戰後的世代，⑶戰後（一九四五年以後）出生的世代，應當足以簡單、明白地顯見：

⑴各個時代的創作背景、狀況之差異。

⑵詩人出發、成長的界線。

⑶年齡和世代所可能形成的思想差距。

似乎比較合理而清楚。而筆者所謂「少壯派的詩人」，若以上述的時代區分爲基準，就能相當明確地對其加以界定。筆者大抵基於以下幾個要件來作認定：

⑴以年齡和世代言，指的是戰後出生，全都在笠詩社創立後才登場詩壇，通過純粹的同人雜誌《笠》詩刊的試煉，經常發表作品，並充分接受笠詩社文學創作理念的薰陶，進而成長、成熟，表現傑出的詩人。他們的出現，事實上有早晚的不同，未嘗不可再區分爲前後兩個階段，姑且稱之爲第一次和第二次以分別。第一次的少壯派詩人，大抵在一九六〇年代後期參加笠詩社，至遲在七〇年代中期以前，已經形成各自獨特的詩風，活躍於文學界；隨後，又有第二次的少壯派詩人出現，則大抵在一九八〇年代中期以後參加笠，至遲在一九九〇年代初期，已確立了自身的風格。

比之第二次，第一次的少壯派詩人，多在笠詩社創立、《笠》詩誌創刊的前五年內，早早參

1 參見笠詩社編集，《笠下影：笠詩社同人著譯書目集》相關部分（臺中：笠詩社，一九九七年八月初版）。

加爲同人，透過參與活動（作品合評、座談會，乃至私人請益、交際），[2]直接接受創社前一（戰前）世代詩人們較多的指導。在七〇年代中期以前，他們的作品都已結集出版，如一九八六年，笠詩社一舉刊行社內詩人選集三十冊時，[3]他們也多有詩集參列其中，顯示出獨特、堅實的詩風，完全自立一方的風貌。這一詩人群，也有橫跨其他不同的文學領域，如小說、評論、翻譯等，十分活躍者，可以包括：鄭烱明、李敏勇、拾虹、曾貴海、陳鴻森、郭成義、陳明台、江自得、陳坤崙、莫渝、林豐明、利玉芳等。第二次少壯派詩人，可說是完全隨著《笠》詩刊的誕生，開始詩的創作追求，而成長和成熟（也有年齡與笠相同或極其接近）的世代，是更爲後起的。八〇年代，新銳詩人的代表，到一九九〇年代爲止，他們業已累積了相當的文學見識，可觀的創作成果，表現令人刮目相看，可以包括：林盛彬、蔡秀菊、張信吉、張芳慈等人。從這兩個世代少壯詩人的存在與登場，也可見出笠詩社浩大的陣容，綿延不斷的系譜，創作人才前後傳承，壯觀的一個面相。

(2)因此，以同人詩社或詩刊的特質而言，在背景上，少壯派詩人和多數的笠詩社前輩，多能維持密切的人際關係，或在文學創作上具備比較深遠的淵源，一時期或長期，極其頻繁地參加笠詩社相關的詩活動，對笠的活動也有深刻的理解。積極地，可經由世代彼此的互動，創造出表現者成熟的契機。他們都曾踏實地寫出一些代表各自風格的詩作，也漸次地在臺灣詩壇受到注目，佔有重要的地位。

(3)少壯派詩人居於笠詩文學集團中，所呈示的同質性與異質性問題：不同世代或同一世代之間，對同質性和異質性的確認，實質上也就是世代共同體之間，存在的詩人各自「私」的活動，與「所屬」的活動（如加入別的詩社參加活動）之區別，必然影響及全體共通的，或各自的文學意識之變化。至於同人對所屬文學共同體的向心力之消長，當然也是笠詩社今後能否持續存立、更進一步發展的決定性關鍵。

特別是⑵、⑶兩項要因，以笠詩社具備濃厚的、純粹文學同人雜誌的性質（至少在一百期以前）來看，顯然對笠詩集團全體的文學走向，和其後個人創作的發展上，都具有重要的意義和影響。

笠，作爲純粹追求詩和文學的同人詩社和詩誌，本來就具備有底下的特色：

⑴參與創立和創刊的笠的前輩詩人，往往有其各自的風格、本身執著的詩創作觀點和傾向，基於世代的接觸、個人氣質的接近，多少會對於少壯派後起的詩人有所影響。至於笠詩社共通的詩理念和創作意識、觀念，在世代相互之間，會產生激盪，形成影響，自不待言。舉明顯的例子而言，

2 以少壯派詩人鄭烱明為例，與詩人陳千武的交往，對其創作生涯就產生不小的影響，《笠》詩刊發行初期，作品合評的盛行，同人的熱絡往來互動，都給了新的世代良好的學習機會。類似《笠》詩刊第十七期〈鄭烱明作品研究〉討論會的召開，即是前世代詩人對新詩人提昇的具體表現。

3 選集是由《笠》詩刊的主編，郭成義策畫出版的，囊括了笠主要詩人的詩集，因為是同時出版，聲勢頗為浩大，內容水準也相當高而整齊。

如屬於戰前世代的陳千武氏，詩中的歷史意識、社會批判精神；林亨泰氏，詩觀中強調的現代知性和異質性思考；錦連氏，作品中呈示的硬骨精神，抵抗現實的要素；晚一點的中間世代的詩人，如白萩氏，幾近完美的語言操作技法、內容構成；杜國清氏，以唯美、虛無爲精神底流，表現眞實和夢幻交錯，愛欲交織，優雅與恍惚陶醉的詩質，異常的感性；趙天儀氏，淺白明朗，慣以直敘的語言表陳，偏向生活寫實的日常性，平凡親近的風格等。這些風格與特質，顯然對於後起少壯派詩人的創作與追求的方向，都能有所啓示，發揮或大或小的影響力。

(2)集團核心的存在。笠詩社作爲主軸，至少在一百期出版以前，同人的向心力非常強大，而且經常存在，特別是在創立初期，不同世代同人之間，緊密的連繫與熱烈的參與、互動，實仰賴於若干核心人物的存在；如詩人陳千武，自創刊以來，一直扮演著（創作）指導者和（社務）推進者的雙重角色，其和周遭的少壯派詩人，如鄭烱明、李敏勇、陳鴻森、江自得、曾貴海、莫渝等一直保持緊密連繫，儼然形成一座文學山脈，[4]在擴大共同的詩理念，學習分享創作經驗凝集，形成主流的詩思想，導引、發展出笠詩社獨特的詩方向上，實質地發揮了極大的作用。

而如筆者個人，在創作修業的過程中，受到白萩、林亨泰、錦連氏的多所指導，對個人往後詩的理念和方法的形成、風格的確立，也產生了極爲有效的作用。類似這種直接、間接的人際交流與影響，正是使笠詩社內的世代交替與傳統（理念）形成、確立；乃至前後世代持續的傳承等，得以加速進行的主要因素。

(3)笠詩社除了提供《笠》詩刊爲同人發表的園地之外，多年來，同心協力所推展的活動，如早期的作品合評、詩人作品討論會，後期的主題座談會、詩人評論特集、週年紀念時召開的專題演講會等，[5]同人叢書、選集的出版，[6]以及亞細亞共同詩刊的印行，具國際性大規模的世界詩人會議的主辦、參與等，[7]都能刺激同人之間交流（人際關係）的活潑化，快速地促成共同理念的理解、凝聚和擴散，對不同世代詩人之間的觀念相互溝通，詩創作方法的啓示和激盪，也發揮了一定的功能。

(4)同一世代間的交流，在有助於相互切磋、相互競爭的情況下，從相互的影響到相互的批評，也會產生對創作正面的意義，加速提升個人詩作的水準、作品風格的形成與成熟。第一次少壯派詩人，如鄭烱明、李敏勇、陳明台、拾虹、陳鴻森、曾貴海、江自得等，從參加笠詩社初期以來，即保持世代的良性互動，眞誠的文學交友關係延續至今也未有變化，在個人的詩和文學的創作、追求

4 筆者戲稱。倣日本大正時期的文學界，以夏目漱石為中心，群集一流的作家，形成巨大的影響力，有如高聳的山脈，文學史上即稱為「漱石山脈」。

5 笠詩社往往在週年時舉行集會和詩活動、研討會或演講會等，筆者的記憶中，巫永福、陳千武、林亨泰、杜國清……都做過專題演講。

6 笠詩社出版的刊物，除詩集外，如同人詩選也不少，日文譯選集也有，如《華麗島詩集》、《臺灣現代詩集》（有二集）等。

7 與國際詩壇的交流，以韓、日為重心，笠詩社常有代表赴國外參加文學會議，笠詩社在臺灣召開的大規模國際詩人會議，於一九八二至一九九五年間，也有三次之多。

上，都帶來極大的助益，就是一個例子。

如今，以笠詩社文學共同體的角度來看，詩社內部世代的明白區分、積極交流，形成相互激盪，點燃文學創作熱烈的火花，進而促成世代的傳承，形成良性循環與換血的作用，擴大詩人的文學視野和表現的內涵。從詩社傳統的確立，到詩社共同理念的實踐、相互影響，能催生新的文學思考與動力，使笠詩社的香火得以經由少壯派詩人之手來繼續傳遞下去，也把臺灣本土詩文學往前推進一大步。

而以文學、詩的創作和觀念出自個人，最終依然必須歸諸於個人，回復「個體」的活動和奮鬥。即不管如何，文學是屬於個人之精神追求與擴散的法則來看，笠詩社的少壯派詩人，從參與、修業、成長、成熟，確立自己的詩風，成功進入詩壇，也爲臺灣本土詩注入了新的要素，對推動整體的本土詩運動、詩史的發展，確實也有所貢獻。

不同世代間可能持有共同的創作理念和文學觀點，也可能產生衝擊、反逆，揭示相異的主張。但，就縱軸而言，世代傳承的積極意義，還是有賴於：⑴作品內涵質變（即對詩人各自寄居的現實情況、時代和歷史感覺的不同，有所敏感、察覺、表達），⑵作品內面世界的擴充（即加入新的創作質素，思索新的方法，發現與確立自身新的創作意識），⑶持續和變化（即理念和觀念的維持、革新、傳遞與發揚）等幾個因素，來加以突顯。就橫軸而言，則諸如：⑴同一或極爲接近的世代之間的詩人所持有的共同感覺、現實意識等，實際上在各自的作品中如何顯現，又有哪些內面的、本質的差異存在？⑵居於同一世代詩人，即使以同樣的主題創作，基於方法的意識、思考，和個人才具、氣質的不同，又會顯示出何種相異的模樣？等等，都是亟待解答的問題。

對上述這些重大的課題，擬於下一節中，舉笠詩社第一、第二次少壯派詩人的作品爲例，集中在「世代的傳承」、「風格的形成」這兩個論點上，作一比較研究和解析，來加以闡明。

三、世代的傳承——詩精神（詩的創作理念和方法）之延續和擴充

以笠詩集團的性質而言，世代傳承的方式和其所具備的意味，完全是文學性的，即是一種徹底的文學共同理念，創作根源意識的繼承，除此無他。但是：

⑴在笠詩人的創作中明白顯示出的特質，即是對主體性的臺灣本土文學＝文化的明晰觀念，和富含使命感的認知（從歷史意識的內蘊到現實主義精髓的把握）。

⑵透過語言來思考，經由詩、文學的形式，對時代的狀況、生存的現實，加以觀察、省思、批評的創作「方法和態度」。

從這兩個創作的基本立場來看，則笠詩集團詩人共通持有的文學創作理念與實踐，往往能透過詩，⑴提示臺灣人的精神源頭。如陳千武的《禱告》詩集中，收入的多篇詩作（如〈禱告〉、〈網〉、〈童年的詩〉、〈在母親的腹中〉），都明確表達了臺灣人無奈地、不由自主地，所身陷

的歷史情境，和詩人追尋民族的淵源、家族根源的渴望。或⑵喚起或重建過去臺灣人的記憶，或生活的風貌。如錦連的詩〈挖掘〉等，努力而堅忍地追尋在時空中喪失的共同體的象徵；趙天儀的〈最後的黃昏〉等系列童年追憶詩，重現消失的臺灣鄉土、田園風貌，業已被風化、埋藏的風景圖像和心象記錄。又，如不分世代多數的笠詩人，以追思二二八事件爲主題的詩作，喚醒了臺灣人共同體悲哀的歷史記憶，也慰撫臺灣人內心的傷痛。或⑶以社會、政治、文化爲題材，積極地對現實展開強有力地批判。如陳千武的〈媽祖〉系列，對臺灣宗教文化惡習之批判；少壯派的李敏勇和鄭烱明多數詩中對社會、政治的關懷和批評；白萩的〈受難者〉、〈廣場〉、〈領空〉等詩篇，對社會、政治所作的冷徹觀察和諷喻，這些，也正是笠詩人「文學魂」寄託的所在，創作所欲追求的眞正精神。長期以來，笠詩社一致奮鬥，努力以維繫不衰的文學信仰；強調從內省出發，來批判現實，以語言爲表現思想的武器，寄與詩、文學深刻的內涵，企圖回復長久以來，被臺灣政治、社會及物慾文明所污染、歪曲的人性，或用以安慰因而飽受殘害、悲苦的人心。

笠詩人的文學思考和實踐，毫無疑問地，顯然是立基於其所賴以立足的臺灣風土，形成清澈、明晰的歷史意識，一種不斷地回顧、追求自身根源的作爲。其詩創作因此必然地本於藝術的、鄉土的、和社會三者兼顧的文學理念，欲追求平衡的表現意識。[8]也即是筆者所指陳的「表現意識」〈詩人所對應的外部世界狀況，形式〉和「現實意識」〈詩人自身內部的精神世界，內容〉的表裡雙重的認識觀。[9]因而，多數笠詩人的詩，傾向於一種「狀況認識的詩」，強調意義性，重視主題的表達，而成爲笠的主流詩人的詩作創出的基本類型，不分世代先後，正如筆者加以區分的，可以大略地集約爲：⑴土俗型，⑵認識型，⑶抒情型，和⑷機智型等四種。[10]

首先，擬透過不同世代的笠詩人作品的內涵、主題的比較，來探討笠詩社經由「世代的傳承」，把一貫堅持的詩的精神（文學創作的理念和方法），加以延長與擴充的意味，並藉以發現笠的少壯派詩人，經由繼承、發展、而創新、塑形自身所屬的戰後詩之特色。

筆者曾以「鄉愁意識」此一概念，連結於臺灣人的歷史意識、故鄉印象、對人生根源的憧憬，三個相互關聯的前提，來探究笠各個世代詩人的時代與表現，進而把握、發現他們對本土精神、鄉國認同，以及自身存在歸屬，所依附、歸趨的一致方向。在結論裡，筆者曾指出：

……戰前與戰後，各個世代，各有其不同的現實狀況、歷史體驗與理解，更有其不同的政治、經濟、文化、社會背景，但是，臺灣現代詩人凝視本身的存在環境、現實，以及關愛故鄉

8 參見鄭烱明，〈八十年代的詩展望〉，收錄於鄭烱明編，《臺灣精神的崛起——笠詩刊評論選集》（高雄市：春暉，文學界雜誌出版，一九八九年十二月），頁十八。
9 參見筆者〈綿延不絕的詩脈——笠的系譜與風貌〉一文，本書頁六九～七七。
10 同註9。

的心情卻是眞摯而積極的。11

可見，臺灣詩人日夜所牽繫、難忘的對家國的鄉愁意識，是各個世代共通持有的一種內部意識。在世代交替、精神傳承的過程中，笠詩人一致追求的詩的精神，是賴此來延續和擴大的。三個世代詩人的作品內涵，舉個例來說，如戰前世代的錦連，是透過堅持和忍耐，辛苦地來確保對家國的鄉愁、生存根源的實際感覺，結論是：

我們只有挖掘
我們只有執拗的挖掘
一如我們的祖先
不許流淚

——〈挖掘〉

戰中世代的趙天儀，則是：

伴著我的童年的日子

充滿鄉土的記憶
竟也遭遇到時代變遷的厄運
他成了我底永恆的懷念

——〈故鄉的芒果樹〉

經由追憶的情緒，把自己的鄉愁，烙印保存、固定在過去的歷史風景和圖像中，留下永遠的記錄，以資隨時加以喚起。而戰後世代的李敏勇，則從最初：

故鄉是黑漆漆的

——〈鬱金香〉

我的國籍已無
這不是我的罪
也不是我的願望

11 參見筆者〈鄉愁論——臺灣現代詩人的故鄉憧憬與歷史意識〉一文，本書頁十～六一。

——〈浮標〉

的認識，發展到後來，確定、堅信：

美麗島就是我們的家鄉

——〈島國〉

撫慰我們的心，島嶼不是大陸的連帶……

島的希望

逐漸開展放光

——〈島〉

內心的深處充滿了追求理想主義的色彩，最後，則直接地、熱情地，全心全意去擁抱著鄉土，解放長久鬱積的鄉愁情緒。比較起來，他們表達鄉愁意識的創作，從堅忍刻苦、抑制、追想、保持記憶，到熱情地去擁抱，雖然一脈相承的鄉土情懷、歷史意識，都在詩中清楚表露，但少壯派詩人的李敏勇，卻在確認自身存在的歸屬之際，充分表達了積極的心情和期望，強而有力的意識，顯示出在延續、繼承前一世代的理念之際，堅決地，想從暗鬱的心象構圖中脫出，不同的新思考，也同時擴充了前面兩個世代詩人未曾持有的、飽滿密實的詩的精神。

再以映現臺灣歷史情境爲主題的詩爲例來作比較。如，屬於戰前世代的詩人陳千武的〈信鴿〉，與屬於戰後世代少壯派詩人的陳鴻森的〈魘〉，都有以自身曾經直接或間接體驗過的戰爭，以及過去日本殖民統治的經驗或歷史記憶作爲主題，來突顯一樣生存在這塊土地上，不同世代的人們，被投入臺灣歷史特定的「時空」之際，個人的領悟和心境，並對自己所背負宿命的「生」和悲情，有深刻的省察。

〈信鴿〉一詩的結尾：

我回到了，祖國
我才想起
我的死，我忘記帶了回來
埋設在南洋島嶼的那唯一的我底死
我想總有一天
一定會像信鴿那樣
帶回一些南方的消息飛來——

一個爲了日本軍國主義而被迫去參戰的特別志願兵，戰後卻幸運地能活著回歸祖國。最初，他的內心因著自己脫出死的悲運感受再生的喜悅，告別被殖民的處境而充滿希望和期待，對應於曾經有過一次的死，他再度的「生」，象徵了詩人內部（也就是自身所屬的根源、家國）主體性的回復。復活，可能帶來完全自主的生活和人生的目標，這是詩中所要表達的心境。相對於〈信鴿〉的作者完全依賴自身原始的體驗，以第一人稱來告白，〈魘〉卻是透過作者間接的軍隊體驗，加入作者明晰的觀察之眼，以第二人稱的旁白（敘述）來表現，而被作爲敘述的對象，即前一世代（父執輩）去參軍的（詩中所謂的「他們」），卻是完全相反地存在：

活著回來的傢伙！
他們在路上盪著
成爲沒有季節沒有歸途的候鳥
不止歇地找尋著
已永遠喪失的一個意義
成爲懷疑論者
找尋者

一個不復歸的自己

喪失，或懷疑今後生存有任何的意義，剩下的，就只是破滅，毫無希望的人生。同樣是被迫去參軍，不得不捲入戰爭，何以來自被殖民國度的兩個臺灣人，會有如此大相逕庭的境遇？究其實，只不過是因爲對時代，對自身往後將要寄居、活下來的環境和狀況，有著不同的認識罷了。當此一認識成爲一種自覺，雙方持有共同一致的觀點和發現時，共同的理念和對應方式，也就會自然地生成了。〈魘〉的詩人，自開始就是一個清澈、冷靜的觀察者，〈信鴿〉的詩人，卻是未能及時發現眞相，一時盲目地，如撲向烈火熱情燒卻自己的蛾，充滿鬥志。但是，結果是相同的，〈魘〉的作者在〈中元〉一詩中，已明白地指出他對現實狀況的觀察：

眞正的皇民
都已先後被接引回國
只有我們這些臺灣人留下
駐守著被殖民的
歷史的悲愴

顯然，被殖民的狀況依然存在，正如〈信鴿〉的作者終於有了發現，在〈屋頂下〉一詩中的討論：

可是　屋頂還是同樣的屋頂
不夠溫暖
漏得更多
我們的惰性更為增強
……
要容忍下去嗎

經由此一詢問，詩人也回復、變身為明晰的觀察者，來自我省察，發出批判。世代不同的兩個詩人，一前一後，經過一番曲折的心路歷程，才產生一致的領悟。下意識地，詩人透過他們的詩，將語言血肉化，讓語言負荷作者的思想來表現，一脈相襲地，共同地體認到臺灣人持續地被殖民，不能輕易改變的歷史宿命和悲劇，可謂默契十足。而且自我反省之後，也發出同樣沉痛的警告。

不同世代的笠詩人，透過詩創作相互來交流，傳遞共同的文學理念，「世代的傳承」事實上，造就了一種詩精神的延續、補充和擴散，在前面列舉的作品比較分析中，即充分地得到了證明。而更值得一提的是，〈魘〉的作者身為少壯派詩人的陳鴻森氏，在詩的結尾部分：

浮現在我眼前
是否我不經意描繪的他
正是我那
不眠的前生呢

用心良苦地自問自答，原先是冷靜的旁觀者顯示殉身式的自虐姿勢，心甘情願地，欲直接去體認戰爭和被殖民的歷史、悲哀的情境，去受苦受難，甚且毫無猶豫地，選擇他身爲前生，來和敘述的對象（也可視爲〈信鴿〉的作者，或詩中的告白者）取得同樣的身分，融合爲一個運命共同體。這種超越世代，僅僅居於一個脆弱的「人」的立場來理解、來感銘身受，進而孕育出同情，產生眞誠的、世代之間相互連帶的感情，也釀造了昇華、淨化的情緒，不單促使詩的精神因而得以更形擴充，世代（共通的文學理念）的傳承，也從而更具價値和深遠的含意。

可見，透過世代的傳承，固然可以使共感的詩文學理念和意識、思想獲得繼承，也充分具備將其擴充與更新的機會。前代詩人有形無形的傳遞過程，對後代詩人能多所啓發，在實踐、推進文學集團所揭示的主張之際，可能得到強有力的支持，將文學、文化創造的意識明確化，而沁透、擴散成盛大的詩運動，創造出新的詩與文學發端的契機。

同理，經由世代間創作經驗的傳遞、指導、學習、嘗試創作等種種交流，也可對創作的方法和技巧面，賦予新刺激，注入新觀念，增強文學方法論實踐的效果，豐富詩創作者內面的世界。笠詩社在這一方面（詩方法論的思索、探究和發現）似乎也獲得了可觀的成果。通過長期以來，對世界前衛詩潮或詩方法論的介紹、學習，配合實驗創作，確實使笠詩人的作品風貌，顯得更形多彩多樣。三十多個年頭裡，笠詩人所引進的國外新詩潮和詩方法，範圍極廣，幾乎囊括了東、西方迄今爲止曾經出現過，發達勃興的現代主義全部的前衛詩流派和方法。其中最適合作爲範例的，可能是在《笠》創刊的初期（約在第四、第六個年頭）由戰前世代詩人陳千武氏率先引介、導入的新即物主義，曾廣受詩壇一般的注意，此一前衛詩潮所揭示的主張與追求的方向，被認爲是笠詩社致力追求的主流傾向，對爲數不少的同人創作，包括第一次少壯派詩人創作的方向和方法，確實也有相當程度的影響。

關於新即物主義詩和詩法的引介，在《笠》二十三期（一九六八年二月號）由陳千武氏介紹了具代表性的德國詩人Erichi. Kastmer開了端緒。其後，《笠》三十九期（一九七〇年十月），又刊載同氏譯介的日本代表詩人村野四郎的《體操詩集》。杜國清則分別於《笠》四十七期（一九七二年二月）、五十八期（一九七三年十一月）對日本主要的新即物詩人村野四郎、笹沢明美兩位的作品作了深入的研究和導讀，前後兩代的詩人都相當用心。新即物主義對笠主流詩人的詩傾向和創作方法的影響，至少有下列兩點：

(1)對當時既成詩壇，如「創世紀」詩社所提倡的超現實主義的詩觀，特別是迷失方向、走入歧路的狀況有所抗衡和導正，在追求、提倡新的詩潮，嘗試創作之餘，也穩居現實主義的立場和應有的位置，可以給予正面的評價與肯定。

(2)新即物主義作爲一種主知文學，以機智與反諷爲主要表現手法，可作爲對現實批判的手段。創作上則以日常事物爲對象，在語言表現上，注重意義性，是直接的、凝視的、思考的、探究的。而其即物性則表現在對自然與現實中一切事務的關心和體驗。這些特色和傾向的活用，頗有助於笠詩人積極的、批判的、入世的現實主義精神的發揮，也契合於笠詩社主流詩人用語平易、簡潔樸素、準確明晰、直接冷峻的作品風格，不崇尚空洞華麗、矯飾的文字遊戲，卻能達到深入探究事物本質的效果。[12]樹立了笠詩社與眾不同的一個特色，有其重大的意義。

可說，不管在方法或精神兩面，新即物主義的移植，對笠詩人確實產生了若干重大的、正面的影響。笠的戰後三個世代的詩人，經由新即物主義的引介、理解，而實際嘗試創作，也有不少成功的作品遺留下來：

跟車子保持距離

12 參見杜國清〈新即物主義與臺灣現代詩〉一文，是一九九九年杜教授在加州大學「臺灣文學國際研討會」發表的論文。

只要我和我的車
不失去調和
死仍會很莊嚴地
漫步在遙遠的地平線上

——陳千武〈高速公路〉

而銅像猶在堅持他的主義
對著無人的廣場
振臂高呼

——白萩〈廣場〉

那步態
那身姿
那背影
在我凝視的距離之外
踏著鐘聲　步入

杜鵑盛開的花園

——杜國清〈距離〉

這些帶有新即物主義色彩的詩，在呈現出詩人各自的風格之餘，共通的，也具有凝視現實中的日常事物，表達了即物性、思考性或諷喻性的效果。緊追在前面兩個世代詩人之後，少壯派詩人鄭烱明氏，初期的作品如「二十詩鈔」系列，就深受日本詩人村野四郎《體操詩集》的影響，他帶有強烈的新即物主義傾向的傑作之一：

我走在黑暗的小巷
沒有人看我一眼
……
我躺在公園的椅子上
沒有人看我一眼
我暴斃在一家店舖的門口
卻吸引了

這首〈乞丐〉藉明朗簡潔的語言，單純反覆的旋律（沒有人看我一眼），來表現日常中時時可以見到的場景，內含強烈的諷刺性，獨特的詩想，是相當成功的作品。

從世代的傳承，也就是：⑴經由對前代詩人創作和理念的熟稔，自身方法論的磨練，來嘗試創作，盡可能呈現出自我的風格。⑵從繼承到創新，達到共同（笠詩社）的，或各自（各人）的「詩精神的延續與擴充」，進一步產生新的詩想，形成世代特殊的風貌。笠的少壯派詩人，亦復如是。

四、風格的形成——個性的追求和詩的鑄型

笠詩社的少壯派詩人，從追求自我的個性，鑄形自身的風格，到毅然地擺脫集團的拘束，走出個人寬廣的詩路，無疑是自然必經的過程。詩精神與創作的追求畢竟是個人的行為，依然必須回歸自我的內面和深層去思考，不斷地自我挑戰、發現和創新。

底下，擬從第一次和第二次少壯派詩人，也就是同樣屬於笠詩社的戰後世代，相互間擁有的創作背景，及持有的表現（方法論）之異同，特別是詩風的相異點，決定個人風貌的一些要素，來探索少壯派詩人之間，存在的共通特質或完全背反的性格。

最終地，藉以決定少壯派詩人的風貌，呈現一個獨立世代的特殊性格，創作的類型或傾向等，主要的因素，大概不出於底下幾點：

⑴前節業已論及的，相關及世代傳承的要因，就社內詩人的相互交流而言，各人親炙、接近的詩人和詩風有所不同，諸如：陳千武之於鄭烱明、陳鴻森，錦連之於利玉芳，杜國清之於拾虹等等，特別是在創作初期往往賦予他們直接、間接的影響。就個人學習的過程而言，諸如世界各國詩（從早期的日本、韓國到最近的歐美現代詩）之於李敏勇，日本荒地詩之於陳鴻森，法國詩之於莫渝，拉丁美洲詩之於林盛彬，捷克塞佛特詩之於張信吉，日本四季派及象徵主義詩之於陳明台等。他們往往是透過直接閱讀或翻譯作品，吸收國外的各種新興思潮與詩法，消融而鑄形出自身的風格。可見，在他們風格形成的過程中，多有賴於對本土詩理念的繼承和拓展（縱的），及對國際詩潮和方法之攝取、接納與融會，這兩個重要的契機。

⑵創作的時代狀況，現實環境的差異。以少壯派詩人的出生、成長、開始詩文學創作的時期，出生於一九四〇、五〇至六〇三個年代，和在詩壇登場，呈現成熟風格的一九七〇至九〇年代間，其創作背景，既有重疊共通的一面，也有特殊的一面。

從出生的背景而言，一九四〇年代出生的少壯派詩人。對戰爭（終戰），及戰後臺灣的大環境歷經過的白色恐怖政治、社會的轉型與變遷、經濟的困厄和成長，都有比較深刻的體驗。他們和一九五〇年代出生的少壯派詩人，都遭逢了七〇年代臺灣的變局，親眼目睹了臺灣的經濟起飛，走向高度成長引發的社會問題（貧富不均、農村農業的崩壞、失業人口增加等）。一九六〇年代出生的少壯派詩人則在比較安逸、富裕的環境成長，卻也面臨了八〇年代以後，臺灣政治的巨大變局（民主化的加速、戒嚴的解除等）、多元化的社會問題（如環保、人權等各種自救抗爭運動的風行）和價值觀。在文學發展方面，一九四〇年代出生的詩人歷經了政治（反共）文學的極盛期，國際前衛詩潮（如超現實主義等）的移植、文學的極度西（現代）化，最後終於能走向凝視現實、關懷社會、回歸本土的路線。一九五〇、六〇年代出生的詩人，則歷經了鄉土文學論爭，文學加速回歸本土化的風潮，或文學多樣化開放的景觀（從政治、女性、母語民族到大眾文學等等）。上述這些詩人們各自存在、生活的時代狀況，他們參與文學創作之際所遭逢的現實環境，主流文學思潮的變遷等成爲文學活動的背景，都會影響到少壯派詩人文學思想的形成，創作的方法和態度。如第一次少壯派詩人，帶有強烈的危機感和問題意識，對社會、政治的題材十分敏感，對探索人生的主題，持有高度的關心。第二次少壯派詩人，則不受限地伸展廣幅的觸角，對生活寫實主題、日常題材的關注，以及偏向個人感受性的表現。這些因素，配合個人天生具有的文學氣質、觀照事物的態度、表現詩的方法，語言的運用就更能顯示出彼此的不同。

以第一次少壯派詩人的作品爲例。他們多數對臺灣政治、社會等現實性的主題能善加運用，把經常存在時代裡，人的危機意識，以問題詩、事件的型態表現出來。如共同以二二八事件爲主題的詩：

揭開歷史的假面
今天　讓所有認識和不認識的你我
互相牽手在一起
用力向天空喊一聲　永遠的二二八
因爲公義與和平即將到來

——鄭烱明〈永遠的二二八〉

從那天起
我們失去了自己
不再擁有什麼　擁有的只是
淡漠的生
淡漠的死

——江自得〈從那天起〉

讓我們種一棵樹作爲一種許諾

作爲一種堅持
樹會伸向天際伸向燦爛的星辰
樹會盤根土地
守護我們的島嶼
綠化我們生存的領域

——李敏勇〈這一天，我們種一棵樹〉

三首詩中，鄭氏和李氏在詩的結尾，都明白地呈示出各自的理念和意識型態，江氏卻以充滿感性的詠嘆調來收場。而在表現的方法上，語言的運用，三人都有以反覆、重複的句法和文節來形成音樂性和詩的低沉氣氛（如，鄭：「揭開歷史的假面」，李：「讓我們種一棵樹」，江：「從那天起」作開端），李氏以反覆的語言構造，配以物象的陳列（樹、血流的影像、土地、父兄的墓穴）和不斷敘說心情（作爲亡靈的安慰、復活的見證、慈愛的象徵……），相互交叉，來增強讀者的印象。鄭氏則以議論的方式，對錯的判斷、評理，再三提示，形成強烈的控訴意象。江氏則以哀傷的、令人感受的語言，來製造單調悽苦的旋律，看似平淡卻有力，看似柔弱卻深沉。可說，一樣的題材，三人對物、事的觀照、語言的節奏，相較之下，明顯地小同中有大異，饒富趣味。

以個人的氣質、文學的感覺來比較，則曾貴海的傑作之一〈劍與神〉，與筆者的〈黃昏〉，也是一個有趣的對照。同樣以「劍」為詩思考的觸發物，因著各自的精神內涵，顯示了風貌上極大的差異：

劍的尖端揮撒炫目的雪花
劍的光芒擊倒晚霞的地平線
持著劍的是
板著陰沉的臉孔哀傷的男人
……
夕暮的殘照裡　冰冷的一張臉孔
暗鬱的一株杉
陰沉的一把劍
威脅著天空美麗的顏色……
墜落的斜陽裡
一幅生的淒涼的構圖

——陳明台〈黃昏〉

仰望莊嚴肅穆的寶相
而隱約看見神的手中
緊握一把劍
……寺外嚴厲的守護神
一個個手中都有一把劍

更遠的地方
矗立金字塔的國度
照亮可蘭經字句的　不是蠟燭
而是劍光
……
無可置疑的
神的世界　必然有戰爭

——曾貴海〈劍與神〉

這兩首詩，除了共同使用「劍」作爲思考的原點外，幾乎沒有一絲一毫相同的表現。從詩的思想來看，曾氏的詩意圖表現的是形而上的神（信仰）觀念，導向告戒世人好戰的錯誤，所以神手中的劍象徵威嚴，雖是靜態的，卻可能是引起戰爭的禍源！支持作者藉詩、語言來展開論述是「公的，世界共同」的「理念」，及其理性的思想。筆者的劍，則是不折不扣的具象的物，在人生構圖中存在，把在不特定（也是人間共通存在的某一典型）孤獨的男人手中揮舞，閃閃發亮，充滿殺氣的劍，作爲「生」的一種象徵；透過劍，來表達的是個人的頹廢，虛無的思想。此劍是動態的，映照出死、破滅的意象，藉以展開表現的則是「私的，個人的」存在於外表、行動，與內心、精神深層的情念。

曾氏的詩，是採用觀念直接陳述的方式，在語言中展開辯證，引伸出詰問，用意在提醒對方。筆者的詩，是採取物象、心象的羅列，讓讀者進入虛實相間的情境中去感覺，用意在表現自我。一方是可理解的，一方是可理解的同時可感的。表現的方式，語言的氛圍，也都有極大的差異。

如此，個人風格的形成，可能取決於創作者對詩，或文學精神理解和把握狀況的深淺程度，還有個人無可改變的天生才氣，在同一世代的詩人間，呈現出風格的差異，毋寧是具有顯示詩人鮮烈個性的意味。從以上的比較分析，亦可看出笠詩社少壯派詩人自立的風貌，作品的內涵與形式相互背反的程度。

五、少壯派詩人作品中所見的特質述略

笠詩社少壯派詩人的作品風貌，依筆者前面業已提及，有土俗型、機智型、認識型和抒情型等四種類型。若粗略地加以概括式的解析，則土俗型傾向本土風物和精神的表露；機智型和認識型往往具備理性、幽默、驚訝和諷喻的表現；抒情型則具備耽美、哀愁的感覺，喚起讀者生的感情，愛的情緒，與美的感動。而構成這些詩型的基礎，則可統括爲：⑴異質的思考和飛躍的想像，⑵日常的寫實性格和生活感情，⑶美的情緒與氣氛等質素。本論文的最後部分，擬就這些特質略作論述。

少壯派詩人的詩，可能具有異質的思考、飛躍的想像，是基於一種詩人天生的敏感氣質，表出接近瘋狂的精神，或者豐富的推理力，多彩的思維，如：

但突然淒厲的一聲，只見他正以著狗的頭部，用力地向牆頭摔去；那瞬間，我彷彿看到——忠誠——像閃耀在陽光下的玻璃碎片，而太陽無疑是比什麼都更近於權力中心的。

——陳鴻森〈空虛的吠聲〉

我痛的感覺
一次又一次地

跟隨我暢快的顫動
在最痛楚的一刹
突然嵌進的心窩　唉
美麗的血啊
美麗的血啊

——郭成義〈薔薇不死〉

被感覺帝國燒紅的原野
遍開變異的花朵
追逐
不斷從靈肉的邊界
以俘虜的身分忘我的解放

——曾貴海〈男人和女人〉

陳鴻森氏的作品顯示了幾近瘋狂的、強烈的、潛藏在人內心中殘酷的癖性，以及「忠誠」價值的脆弱；郭氏的詩內含有極限的自虐官能意識，對異常的血和死的憧憬；曾氏的詩中，則對色彩有特殊的敏感，以異色的思考，把外部鮮豔的風景，和附著於靈肉的感覺連結，解放性與愛，形成飛躍的想像。這些略有不同的質素，毫無疑問的是構成少壯派詩人的一個中核——耽美的源泉。

美的情緒和氣氛，則是來自舒柔的視覺意象或浪漫的精神、纖細的感性，如：

輕輕的撞擊著
神秘的心靈城堡
一種愛意徘徊著　城外
總是低吟曾照在小水手臉上的
那朵月光

——拾虹〈浪花〉

爲了也想跟他道別吧
G君擠出了一生
最大的抒情
立即被拭去

——郭成義〈G君的眼淚〉

拾虹的詩，透過朦朧的景物、感覺，來表達愛與美的情緒；郭成義的詩，則顯示了面臨死的一瞬間，天人永別的哀愁感。都可能喚起讀者對愛的憧憬，美的陶醉，讓受到傷害的心靈淨化，得到安慰。

日常的生活感情，是經由對生活的觀察和體驗，運用明朗契合的口語所表達的人生感想。如：

緊挨你的住屋
我的根深紮泥土
這樣就夠了
沒有誰能移動

起風時
我更加溫柔地擺好姿勢
挑你注意

——莫渝〈苦竹〉

艱辛的旅程
但在一路遺下枯骨的旅人之中
必定有人
至少一個
將會達到終點
自己就是到達的那一個
這樣的希望
支持著我
踏出不轉折的步伐

——林豐明〈旅程〉

等在機場
世界變小了
時刻牌上收集著
散在不同角落的都城
正如人們在我眼前交織的

髮膚異色張徨
也許我們同機共渡
然後在某一個點上
像突出的枝幹
向各自的天空伸展
但請別忘了
我們都長在大地這碩大的樹幹上

——林盛彬〈過境〉

最前面一首作品，從物的凝視，產生物我的融合心情，和對物憐惜的眞感情。中間一首作品，把人生視爲旅程，安然自信地活著，充滿希望和覺悟，也表現一種融化在日常生活中的感情。最後的林盛彬的詩，主題則擴大爲人類之間連帶的感情，以日常偶然會發生的事情〈過境〉來抒發心情，把小小的、自我對人生的感想，一下子增大爲世界的共通的感性，令人倍感溫馨。

寫實的性格，或表現出樸素的、面對人生、社會之際，自身存在的意義。或探索現實的狀況，表現關懷的態度，對境遇有所批評。或以比喻來將現實與想像巧妙地結合，表達對周遭的感觸、自身的觀念。如：

不管　待我如何
我只有忍耐
因爲我只是小小的草
我也一直等待
有一天要吃你的脂肪
然後將你掩蓋

——陳坤崙〈無言的小草〉

要如何遠離索然無味的積壓的世界
假藉戰爭
道德的法律
正義的法律
哦哦　你們用廉價的語言
可以統治對方
憤怒　你們要付出

與死亡同等的
責難

——張信吉〈飆風襲擊的時候〉

原以爲貓的哀鳴只是爲了飢餓
我目睹他在寒冬遍布魚屍的堤岸
不屑地走過
然後　給冷默的曠野
一聲鳴叫
發現那是我隱藏已久的聲音

——利玉芳〈貓〉

陳氏的作品從謙虛的心情出發，存有對卑小的事物的憐憫和同情，也顯示了自身不服輸地活下去的意志。張氏的作品有冷徹的現實觀察和批判，發自內心的憤怒，明晰地洞穿政治、社會的僞善與醜惡的眼。利玉芳的詩則以貓來比喻，表達居於現實人生中，自我內心深層的意識，對周遭的不滿，誠實地反抗的心聲。

少壯派詩人的作品中蘊含的特質，從以上的概略論述，雖可加以把握，但是限於篇幅，筆者的討論仍相當不充分。混和著不同的詩質，表現出更複雜的內涵，或方法上、語言上，有著個人極爲顯明的色彩，他們的作品風貌，其實是極其多樣多面的，各自詩風演變的歷程也多有跡可尋，值得再作深入的研究。

六、結語

本論文以笠詩社的少壯派詩人爲主要探討的著眼點，但主要的意圖是想就笠詩社「世代的傳承」和這些詩人「風格的形成」兩個面，來理解笠詩社本土詩運動的形成、意義、推展的過程，及獲得的成果。從詩社的構成、詩人的追求、和詩風的形成，三者間密切的關連，全面性的探討世代交替的作用，詩社主流詩潮形成和推進的動力，也從採用的範例中，理解一些文學理念傳遞、方法論的學習，和詩人間相互激盪的「法則」。由此一窺笠詩社所揭示的詩精神之深刻內涵，發現笠詩社三個世代主要詩人的風貌，作品共通和相異的特質。

世代的傳承，作爲一種詩精神的延續和擴充，詩人尋求變貌、創新詩作的契機，確實有其機能的發揮與重要的作用。而從集團性離脫，形成風格，走向個人的「演出」，個性追求，也是現代詩人的宿命。詩的、文學的追求，畢竟完全立基於個人的意識，可謂是極端的個人表現。透過語言機能極限的發揮，表現深層的思想，詩人可能是個觀察者，或預言者，負責傳達，也跨過世代而傳承。未知或既存，深具價值的「意味」與「訊思」、提供無意味的生活中的美的感性，黑暗人生中明晰的批評，殘酷的現實中，心靈的安慰和淨化。

笠詩社的少壯派詩人，通過其詩、文學創作，所展示的多彩多樣的風格，也許正是一種生存、生活在本土本地的人們，共同持有，理當被分享的夢想。同時，他們也不停止地，在個人異數的詩世界旅行，不斷地去追求詩精神的超越，發現和創新。

相信，今後，亦將如此持續下去。

論臺灣現代詩的橫的移植——從風車詩社到笠詩社

一、緒論

從戰前以迄戰後，臺灣詩的現代主義的發展必須從兩個層面來加以思考，其一是現代主義的移植、成立與展開，包含方法上和主題上的變化革新，亦即臺灣詩的現代化的初步達成：其二是現代性格與精神的眞正掌握與確立，也就是經由接受而融滙，樹立詩人個性以及呈顯臺灣主體性格，在臺灣的風土上開花結果。換句話說，臺灣詩的現代主義的達成必須是包含技術、內涵、詩人個人精神以及臺灣本土風格等四個層面。

所謂橫的移植，應該是相對於縱的繼承而存在的一個說詞，橫的移植幾乎是一種宿命，特別是在臺灣固有的古典詩既已存有種種限制的前提下，詩的現代化的進展過程中，臺灣現代詩乃是在西方現代詩潮的接納和影響之下，克服層層難關才得以綻放的「移植之花」。擴大來說，詩文學的現代化也就是包含在文化的現代性追求中的一環，而取得了本身獨特的性格。

從嚴格的意義而言，臺灣的現代化是在日本殖民時代大力推進而促成的，臺灣的新文學運動也開始於日治時期的一九二四年。臺灣新詩的嘗試創作，名實上都由追風在一九二四年〈詩的模仿四首〉起了開端，即使語言的表現相當粗糙，卻也確立了臺灣新詩的雛形，[1]一開始就邁入了口語自由詩的階段，並且經歷過高昂的民眾詩的激情表達，才在一九三三年以後眞正達成現代詩的確立。此一時期楊熾昌主導的「風車詩社」可以說是臺灣戰前象徵現代詩成立的一個里程碑，而「風車詩社」對西方超現實主義詩潮的導入和試作，是經由當時日本新興詩潮的吸納和學習才能達成。戰前是如此，戰後臺灣雖然脫離了日本的統治，完全被納入中國文化脈絡之中，現代詩的展開卻仍然有與日本詩潮相互關聯，以此作爲媒介而發展的一面。不只如此，戰前的現代主義即使與本土詩的發展有精神上的聯繫，卻因著種種因素的存在而形成無法銜接的斷層，現代主義也必須重新接納推動，才能再度展開。其實質的內涵和形式上自然是可以於戰前有所區隔來加以思考，筆者以爲臺灣現代詩的成立與展開，若以戰前和戰後詩史的一貫性來考察時，一九三三年「風車詩社」的成立、一九五六年「現代派」的成立以及一九六四年「笠詩社」的成立，是三個重要的標竿。特別是後面兩個年代，標示著戰後臺灣兩個現代主義運動發展的不同時間點，雖然論者的見解不一，有人視爲

1　參見陳千武〈臺灣最初的新詩〉、〈臺灣新詩的性格〉等篇，收錄於《臺灣新詩論集》（高雄市：春暉，文學臺灣雜誌社出版，一九九七年四月）。

是一個延續性的運動，有人視爲是一個抗衡的結果，[2]在促成詩的現代化的意涵上應該是具有共通性的。不過，一九五六年所謂現代派運動和一九六四年笠詩社所掀起的本土詩回歸運動，最終的結果恰足以呈顯戰後臺灣現代詩源自兩個球根紛歧的方向。[3]特別是本土詩的回歸運動具有匯合現代主義和現實主義精神的雙重層面，確切地突顯了臺灣的主體性格。

本小論所承擔的課題是對於從戰前以迄戰後臺灣詩現代主義成立與展開的通盤考察，以上述筆者的問題意識爲基礎，以下擬展開論述的焦點，具體而言，可以歸納包含如下：

⑴從戰前以迄戰後，臺灣詩的現代主義成立與展開的過程，以戰前的「風車詩社」，戰後的兩次詩的現代化運動作爲著眼點，特別是對其與日本詩潮的關連，從吸納到融匯的問題來加以思考與追蹤。

⑵從臺灣詩壇內部的角度而言，臺灣詩史的發展尤其是本土詩的現代化歷經戰前及戰後，固然有其斷層存在，然而一九六四年以後，現實和現代主義交錯融匯，呈顯了本土詩的獨特性格，其脈絡也必須加以究明。

⑶戰前與戰後的臺灣現代詩人，各自與日本詩潮有所關聯，各自形成其個性，最終能夠使其創作植根於臺灣風土，因而可以從各個詩人和詩作的追蹤對此一問題有所析論。

⑷時代狀況與臺灣詩現代主義成立與展開的關聯，詩的風格與主題在時代中的變化和特色，涉及詩社的發展、詩人的位置和作品的評價等等整個詩史問題，也有必要加以檢討。

筆者擬以上述各點作爲拙論的架構，綜合地來展開論述。

二、楊熾昌和「風車詩社」

戰前臺灣現代詩的確立，實質上必須以一九三三年「風車詩社」成立，《風車》詩誌第一輯出版（該年十月）爲里程碑。作爲臺灣現代文學和藝術發展的一環，現代詩的確立乃是日治下近代化的成果之一。「風車詩社」三個最重要的同人，楊熾昌、林修二、李張瑞，都曾經是留學日本的學生，尤其是楊熾昌喜歡時髦的東京、摩登的氣氛，結交了一些當時新潮的作家。林修二曾經受過日本的超現實主義大師西脇順三郎的教誨，正如當時多數的留日臺灣知識分子，對於東京帝都的憧憬和現代文明的愛慕，刺激了他們追求現代化的心情和擁抱前衛文學的強烈欲求。「風車詩社」並不是一個多數人的組合，《風車》詩誌的發行時間也極爲短暫。但是以少數人的力量透過日本此一窗

2 參見座談會紀錄〈近三十年來的臺灣詩文學運動及笠的位置〉，收錄於鄭烱明編，《臺灣精神的崛起——笠詩刊評論選集》（高雄市：春暉，文學界雜誌出版，一九八九年十二月）。在座談會上，白萩的發言傾向於是抗衡的結果，而林亨泰在他幾篇關於臺灣現代主義的論述文章中則視為是延續性的運動。

3 參見陳千武的幾篇論述，如〈臺灣的現代詩〉，收錄於《臺灣新詩論集》。其中提及日據時代臺灣新詩的源頭和紀弦從中國大陸傳承的中國新詩的源頭，有所區別，此亦即「兩個球根」說。

口引進，諸如超現實主義等現代詩潮，強力提倡新的詩精神（Esprit Nouveau），才能使戰前的臺灣現代詩脫胎換骨，樹立嶄新的風貌。

從移植的角度而言，「風車詩社」確實有標新立異、追求時髦的傾向，若把它視爲是帶有「外來的」、「前衛的」性格並不爲過，譬如說，和當時存在的「在地的」、「樸素的」，「鹽分地帶集團」詩人的作品風格相互對照，就更足以突顯它特殊的模樣。

把「風車詩社」視爲是戰前臺灣文學現代化的產物，時代中存在的燦爛花朵，固然不錯，然而在現代意識的高昂促成了詩的現代化之背景以外，楊熾昌個人也曾經有過底下一段耐人尋味的說法：

> ……在臺灣文學百花盛開的當時，筆者不客氣地向每一位文學工作人士提出質疑；發揚殖民文學與政治意識的可行性，新文學的定義、目標、特色表現技巧等等。當時筆者認爲，唯有爲文學而文學，才能逃過日警的魔掌……
>
> 我體認文學寫作的技巧方法很多，寫實主義必然引發日人殘酷的文字獄，因而引進法國正在發展的超現實主義手法來隱蔽……[4]

可見前衛詩的表現技巧和其書寫策略，也在楊熾昌的思考之中，以隱晦的美學方法在時代中打開詩人書寫的一條出路，這也許可以算是殖民地臺灣在被限制的環境中，詩文學對時代狀況的直接反應吧！

「風車詩社」的成就雖然是開啓了戰前臺灣詩的現代主義流脈，使「現代詩」眞正成立和展開，但是筆者以爲它並未形成一種聲勢浩大的詩運動，比較成功而值得一提的是詩人個人的創作實踐呈現了某種程度的成果。林修二的詩顯然受到日本「四季派」詩法的影響，運用「寄物陳思」、「心境與風景」等相互映照的方法，顯示了流洩的氣氛、獨特的抒情風貌。楊熾昌從最初期接受日本詩人（如北園克衛）影響的嘗試創作到自我風格的形成，雖有明顯的痕跡可循，其後成功的作品，卻都具有個人個性的表現，而表現的方法和主題內涵上也極爲多樣，在此僅以「女人」爲題材的幾首作品爲例，來稍作考察。如〈茉莉花〉[5]一詩：「被竹林環抱的園中有涼亭／玉碗、素英、皇炎、錢菊、白武君，這些菊花將園中空氣濃暖馥郁／從枇杷葉抓出跳蟲，金色的絲垂著皎皎月色，蹓躂十三日的夜晚」、「丈夫亡故之後，扶拉烏傑就剪了髮／在白色喪服期間，太太磨著指甲

4 參見林佩芬，〈永不停息的風車〉，收錄於林衡哲等編，《復活的群像》（臺北市：前衛，一九九四年六月），頁二九八～三〇〇。

5 引用月中泉譯詩，收錄於羊子喬、陳千武合編，《廣闊的海》（臺北市：遠景，一九八二年五月）。

/嘴唇用口紅裝飾/畫著柳眉」，可算是他的傑作之一，在刻意修飾的語言運用之下，呈現出摩登的異國情趣、異樣的氣氛，從形式到主題都可以看出華麗時髦的現代精神。如〈沙羅之花〉[6]：「土地，涼幽幽的/是早晨/要開的花呀/沙羅之花　你看，開了哪/十幾朵/全部，日落時分/要飄零的花呀蟬兒，就是叫/這庭院/森森，鴉雀無聲/沙羅之花　沙羅，是佛陀的/花呀/森森，周遭/飄香　我想起/母親/總是，在睡/清純的臉」，以流動的詩的情緒表現，故意突顯怪異的宗教氛圍，而寄託詩人的母性憧憬，陳示詩人內心不斷湧溢的思念。〈沙羅之花〉和〈茉莉花〉都以花爲書寫的對象，卻呈現了極其不同的異質性格。如〈尼姑〉[7]一詩：「……被夜的秩序所驚嚇的端端走入虛妄的性之理念。我的乳房爲什麼比不上她的美。我的眼窩下面爲何祇映照著忘掉的色彩而已……/紅色玻璃的如意燈繼續燃燒著。青銅色的鐘漂浮著冰冷靈魂。尼姑庵的正廳宛如停車場一樣冷靜/在紅彩陰影，神像蠕動著/韋馱爺的劍亮出來，十八羅漢騎著神虎。/端端合掌，失神地昏倒過去。/跟黎明的鐘爬起來的尼姑端端。線香與淨香瀰漫著。端坐著的端端哭泣著。誦了一陣子經文。/——老母喲！老母/端端向神奉獻了處女尼姑的青春。」則以蘊藏在女人內心深處的欲情（情念）爲表現的主體，虛實相互交錯的場面，象徵、意識流（切斷、連結）的技法，構織出訴諸感官的多彩世界，陳示了東方的可堪哀憐庶民的女人像，超越表現方法的次元，注入了堅實的抒情和思想，因而一般研究者對此詩都有極高的評價。三首詩三個樣子，但是共通的、清楚的均可以讀到楊氏豐富的幻想，新穎的詩情以及詩法的講究，對潛在內面深層的詩的精神，能夠確切地有所掌握。而李張瑞的作品多數運用現代主義的技法來表現，有著濃厚的象徵意涵，如〈傳統〉、〈這個家〉等作品，都有立基於臺灣的風土，成為詩想源頭的傾向。而〈虎頭埤〉[8]一詩：「射在雜草叢生的防波堤上的陽光／無從發洩的無聊／就是虎頭埤的夢啊　非本意要反逆虎頭山傳說的太公望們啊／無空閒卻空閒出來的散步者／肩上扛著鐵鍬經過那邊的姑娘們的謎呢？水流之間偶而聽到爭水吵架而雨仍不下／農夫們想不出辦法集體去看水位在下降　從村子裏十三歲就被賣出去的女孩子／有一天被遊客逼來一起泛舟／便不知不覺地／流淚而脂粉褪落／被男人們竊笑百合花盛開的時候／用面巾掩著臉／戴斗笠的女孩子／要陶醉芳香的閒暇也沒有／卻被都市反覆無常的娘子們亂摘而散」也具有高度的表現意識，以臺灣鄉村的人事物構織風景中的畫面，宛如一幅鄉村的浮世繪，正是以前衛的方法表達鄉土題材的一個例子。以上風車詩人各具個性的表現，無可否認還是有其立足於臺灣現實的一面，顯示出戰前臺灣詩的現代主義的移植經由模仿實驗到融會的軌跡，可以確認風車詩人的作品屹立不搖，佔有臺灣現代詩史中，形成一個系譜的位置。

6　引用葉笛譯詩，收錄於呂興昌編，《水蔭萍作品集》（臺南市：臺南市立文化中心，一九九五年四月）。
7　引用月中泉譯詩，收錄於羊子喬、陳千武合編，《廣闊的海》。
8　引用陳千武譯詩，收錄於羊子喬、陳千武合編，《廣闊的海》。

三、林亨泰與「現代派」

戰後臺灣現代詩，因爲種種的因素（如政治事件、語言問題等）並無法直接和日治時期一脈相承。在一九六四年以前，臺灣的在地詩人（包含戰前和戰中出生的世代）不得不經歷漫長的隱忍期或全新出發，分散在當時各個由大陸來臺的中國詩人們發刊的如《現代詩》、《藍星》、《南北笛》、《創世紀》等詩誌作爲他們發聲的場所，相當漫長的時間裡，繼承了中國新詩傳統（現代、新月派等）的大陸來臺詩人們主導了整個臺灣詩壇的發展。這個時代，臺灣從政治支配的反共文學（或戰鬥文藝）鼎盛的階段而後轉入文學國際化的階段，有肅殺的時代氣氛造成了初期迎合國策文學，甚至反共八股、乏善可陳、內容空洞的現象，接下來文學走向西化成爲流行。不管如何，也帶動了戰後第一次臺灣詩的現代主義的發展。

這一臺灣詩的現代主義的確立與展開，基本上符合接受、併立、分流等過程，在一九五六年之後，《現代詩》的集結最盛期有超過一百位詩人參加，還有《藍星》象徵主義的提倡、《創世紀》超現實主義的追求，正可印證這一過程和詩發展的脈絡。如果視之爲戰後臺灣現代詩史上的一個突出的事象，這些詩誌的發展其終局都顯示了回歸中國縱的繼承的意圖（如新古典主義、純粹詩等）與傾向。然而，把這段歷程視爲一次戰後臺灣詩的現代主義追求，具有形成運動的性質的話，現代派從出現到分化也許具有開端的意義，正如林亨泰所指陳的從《現代詩》的成立一直到《創世紀》

詩刊的現代主義追求，是一個延續的現象跟過程。[9]

《現代詩》的成立一方面反映了時代環境。如其宣言中的第六條：愛國、反共、擁護自由與民主，就呈顯了在表面上必然存有迎合國策的走向；另一方面，各個詩人也有師法或吸納西方新詩潮個人的立足點，形成並不一致的風貌。但是以主導者紀弦多少具備日本經驗，尤其是基於指導理論重要地位的林亨泰及其他幾位詩人（如介紹日本詩的葉泥、錦連）的存在，使得現代派的運動和日本的新興詩潮密切關連，是不可否認的事實。

現代派詩運動和日本前衛詩潮的關聯，更正確的說林亨泰是關鍵性的人物，可以確定的是：如果沒有林氏透過日本吸取前衛詩學教養，主導和激起新的風潮，實驗和實踐摩登的詩作，現代派的運動必然大爲失色。在現代派風起雲湧之際，林亨泰所密切關聯的日本現代詩，依其自述，至少包括了新感覺派、未來派、達達主義、立體主義和主知主義等，現代詩人則至少包括了神原泰、萩原恭次郎、春山行夫等，[10]他所積極取法的對象，甚至可凝縮於一九二八年在日本成立的「詩與詩論」集團。

9 參見林亨泰〈現代派運動與我〉等幾篇相關論文，收錄於《找尋現代詩的原點》（彰化市：彰化縣立文化中心，一九九四年六月），頁二二一～二五五。

10 參見桃集訪林亨泰，〈有孤岩的風景〉，《現代詩》第十一期，一九八七年，頁十四。亦可參見本書〈笠詩人與日本前衛詩潮〉一文，頁一七六～二〇〇。

曾經參與現代派的詩人林亨泰和錦連追求現代主義的實驗創作，也可以視爲從移植日本經驗到確立自身個性的過程，如錦連的〈轢死〉：「1.窒息了的誘導手揮舞著紅旗／2.啞吧的信號手在望樓叫喊／3.激——痛／4.小釘子刺進了牙齦／5.從理念的海驚醒而聚合的眼眼眼睛／6.染了血的形態的序列／7.齧牙的輪子停住了／8.一塊恐怖……」全詩都以電影詩分鏡的方法來構成，與日本詩人竹中郁的電影詩確有同工異曲之妙，但是這首作品顯然也有錦連本身作爲鐵路職員生活體驗中的觸發才能形成的獨特詩想與題材，完全是臺灣經驗的表現。至於林亨泰在此一時期的代表作品如〈風景NO.1〉：「農作物　的／旁邊　還有／農作物　的／旁邊　還有／農作物　的／旁邊　還有／陽光陽光晒長了耳朵／陽光陽光晒長了脖子」，〈風景NO.2〉：「防風林　的／外邊　還有／防風林　的／外邊　還有／防風林　的／外邊　還有／然而海　以及波的羅列／然而海　以及波的羅列」都是效法立體主義以形式的羅列取勝的作品。可是，仍然可見出基本上是以臺灣特有的風景物象作爲題材來表現。又如〈農舍〉一詩：「門／被打開著的／正廳／神明／被打開著／門」，像這樣的作品，也是落實現代主義技法（有具象詩、形式主義的方法的運用），詩中風物完全是本土獨特的東西，巧妙地表出土俗構圖的佳作。

現代派運動以現今的時間點來看，偏向於藝術性（如形式主義）的強調，缺乏對臺灣現實的關懷和連繫。其實也有如林亨泰所云：「……當時臺灣詩人所渴望的是，能容許他們擁有充分自由性表現的自由，詩人不約而同地尋求能提供他們更自由天空的文藝詩潮，這是自然的趨勢。這就是現代派運動的近因。」[11]這樣的時代狀況的制約和一般的傾向。現代派對於其後臺灣現代詩的展開，諸如方法論的講求、掀起圖象詩創作的熱潮等等，也不能說完全沒有影響和意義。

四、現實主義和現代主義的交融——「笠」社的詩人們

戰後臺灣第二次現代詩的運動發生在一九六四年。這一年本土小說家聚結成立《臺灣文藝》雜誌社，隨後本土詩人們聚結成立「笠」詩社，兩者不約而同地都開啓了「回歸臺灣本土、立足現實時空」，歸趨現實主義文學的前兆。其時，臺灣仍屬強人獨裁統治的時代，處於險惡的氣氛中，回歸臺灣現實的路線充滿艱辛和阻力，自屬預料之中。兩者的出發必有其下意識地、清晰的理念，需要決心與毅力來支持。

「笠」詩社的成立，是臺灣本土詩人從各個不同方向、交集相異世代的「歸隊」。聚集了戰前出生的一代——這些詩人中有的完全接受日語教育，有的則混雜了中國語教育，形成兩個前後稍有不同的世代。以及完全屬於戰後出生的一代——這些詩人接受的是道地的中國語教育。而實質

11 林亨泰的這一段話，可參見其關於現代派的論述，收錄於《見者之言》（彰化市：彰化縣立文化中心，一九九三年六月），頁二四二。

上，有相當長的一段時間是由受過日語教育的所謂「跨越語言的一代」來主導「笠」詩社的走向。「笠」詩社和《笠》詩刊的出現也許是一個偶然，然而也是一種時機的成熟促成各個世代詩人的交匯。跨越語言的世代代表日據時代存在的臺灣現代詩球根的連結和繼承，是不同於中國現代詩的傳統，而戰後的世代（特別是一九四五至一九五〇年出生的詩人們）和他們的關連，類似父與子的關係，有著「以心傳心」的默契。[12]這兩個世代之間共通的是對於「臺灣主體性」的追求和「臺灣獨特歷史」的認知與意識。除此二點之外，笠詩人們一開始對詩的創作就持有嚴肅的態度，富有批評的精神。《笠》詩刊的創刊本來就含有糾正前一階段臺灣詩壇充滿逃避現實、虛無空洞、低靡不振，甚至把詩文學視爲語言遊戲等等偏差錯誤的現象和觀念，明晰的意圖。「笠」的詩人除了具有立基於臺灣現實時空來表現，以寫什麼作爲創作至要的前提之外，大抵由於其主要的詩人們各自有其外國語（如日、英、法語等）、文學的能力和教養，也十分注意怎麼表現的問題。

「笠」社的戰後臺灣現代詩回歸本土的運動，初期從生活的、樸實的日常性出發，漸行加強了對於時代的觀察反省、現實批判，也呈顯了對於臺灣的歷史意識和自身根源的追尋。基於此種實存的意識，以語言作爲武器，詩是他們面對時代狀況之際所作的發言、詢問及主張，甚至是表達思想的場所或媒介，迄今仍然不斷在發刊。在漫長的時間長流裡，「笠」詩人的堅持與努力，一則充實了他們現實主義的內涵，型塑出他們詩集團的風貌，一則也孜孜不倦地一直在追求現代主義，從《笠》詩刊對東方與西方更迭不移新的現代詩潮與詩作始終不懈地介紹，即可一目了然。因此戰後臺灣詩的現代主義的追求，以一九六四年「笠」詩社成立而展開的第二次現代詩運動，具備現代主義和現實主義交融的性格，誠屬自然。

「笠」社的臺灣詩現代主義的確立與展開，與日本新興詩潮有著密切的關聯，《笠》詩刊從創刊到一二〇期發行的二十年間，可以說是大力地介紹、導入，特別是以戰後日本「荒地」爲重心的日本現代詩與詩潮最爲蓬勃的階段。在這個階段裡，《笠》的第一個所謂跨越語言的世代，由於他們的日本經驗的背景，自然促使他們透過日本的窗口，形成他們對於現代詩的教養、觀念與認識，並表現在創作實踐中。而第二個世代（戰中出生者）與第三個世代（戰後，特別是一九四五到一九五〇年代出生者）則由其學養或經由閱讀理解，對日本的現代主義有所興趣和攝取，也反映在他們的創作風貌中。更詳細地分析，則各個世代各有其接納日本現代詩的淵源，諸如屬跨越語言世代的陳千武對村野四郎、北川冬彥、「四季」、「荒地」、「新即物主義」詩人的詩和詩論全面性的研究、引介；錦連對菱山修三和現代詩論精華的譯介；蕭翔文的現代短歌、俳句的引介和實驗等等。戰中的世代，如葉笛現代主義（超現實主義等）運動文獻的譯介、「列島」詩人關根宏的專訪；杜國清的超現實主義大師西脇順三郎的譯介及日本現代詩鑑賞。戰後的世代，如筆者對戰前「四季派」、「詩與詩論」前衛詩運動、戰後詩史、「荒地」與「列島」兩詩派的引介與研究；陳

12　參見李敏勇，〈戰後世代的夢與現實〉，收錄於《複眼的思想——戰後世代八人詩選》（臺北市：前衛，二〇〇五年十二月）。

鴻森對荒地主要詩人鮎川信夫詩作的介紹等等。

「笠」社的詩人現代主義的追求和創作實踐，具有多方面的意義。其一，對於戰前的風車詩社或戰後現代派的詩運動，有進一層的推展和補足，譬如說對於新即物主義的導入和方法上的意識，是前兩次的現代主義運動所忽視的。「笠」社的詩人們適切地以其爲實踐現實主義的方法，加以活用，其重要的意義，杜國清氏就做過中肯的評述：

……《笠》從日本導入新即物主義，也是對當時詩壇《創世紀》標榜超現實主義的詩觀的抗衡。就這點而言，《笠》詩社在臺灣現代詩的發展史上站穩現實主義的立場和應有的位置，值得加以探究和肯定。[13]

除此之外，他同時指出：「……在語言表現上新即物主義注重意義性，而使用的散文，是簡潔樸素、準確明晰、直接冷峻的，而不是美言麗句的古典詩意的重複，不是浪漫情緒的直接傾訴和狂熱告白，也不是扭曲、空洞、晦澀、矯飾的文字遊戲。《笠》詩人的作品往往被認爲平淡無奇，缺乏張力等等，可以說是由於評論者對新即物主義追求直接意義的語言特色並不瞭解。」[14] 新即物主義對於「笠」社詩人的啓示遍及三個世代，是相當廣泛的，如戰後世代的重要詩人鄭烱明，比較早期的「二十詩鈔」系列及其代表作品〈誤會〉：「我以爲他是在用另一種角度／來了解這世界，然而／他的夥伴卻說：／他只是想試試他的力量／能否舉起地球罷了」和村野四郎氏的名作〈吊環〉中的詩句：「看看走近的人們／看看那驚訝的人的臉／我正在／理解我底世界」相比之下，可見鄭氏巧妙地運用新即物主義的方法，吸收其詩趣，承受影響，轉化、消融為自身風格的痕跡，就是一個例子。再如，曾經主導現代派運動的林亨泰，在臺灣詩現代主義的推展上，從《現代詩》到《笠》詩刊他個人的演進軌跡和位置，陳千武氏就曾經做過以下的評論：

> 林亨泰把詩的形式革命期的實驗詩，為配合現代派運動特意自行創作，……這一點，林亨泰是承繼日據時期臺灣詩的根球配合紀弦，履行了戰後詩現代化嚮導的使命，功勞比紀弦還大。[15]
>
> ……〈像弄髒的臉〉等即比較趨向正視現實，表現人的感情與自然事象的融合，對社會環境的醜惡、不正心理等有所反駁批判，能看到其思想深入的內容，比較接近《笠》詩人們所實踐

13 參見杜國清，〈《笠》詩社與新即物主義〉，收錄於東海大學中文系編，《戰後初期臺灣文學與思潮論文集》（臺北市：文津，二〇〇五年一月），頁二一八。

14 同註13，頁二一九。

15 參見陳千武，〈林亨泰與風景〉，收錄於《臺灣新詩論集》，頁二八〇。

的「現實」與「現代」主義的融合，追求藝術表現的詩質。16

雖然這只是對林亨泰個人創作歷程的一個看法，也可見出從現代主義到現實主義的交匯，亦即「笠」社詩人創作的主流方向的轉變與定型是有其漸進的、階段性的進程。這也是「笠」詩人在臺灣現代詩的確立和展開上，糾正過去臺灣詩壇的迷失，所具備的導正、增補、加強等重大的意義。其二，「笠」詩人所結識的現實主義方向是透過他們所掌握的現代主義的內涵意識（如前衛、現代的精神）或方法來達成。以日本戰後的「荒地」人性回復的主張或「列島」社會現實的問題意識作為借鏡，置換在六〇年代以降臺灣現實的時空裡，跨越語言世代的詩人有強烈歷史文化意識，如陳千武透過對於臺灣宗教文化（如媽祖詩系列作品，以媽祖作為專制僵化的象徵）與傳統陋習（如紅包文化、迷信）的批判，甚至於有如〈咀嚼〉一詩：「……下顎骨接觸上顎骨，就離開——不停地反覆著這種似乎優雅的動作的他。喜歡吃臭豆腐，自誇賦有銳利的味覺和敏捷咀嚼的他。/坐吃了五千年歷史和遺產的精華。/坐吃了世界所有的動物，猶覺饕然的他。/在近代史上/竟吃起自己的散漫來了。」對中國人醜陋的民族性加以指責和諷刺。如錦連的〈挖掘〉：「……我們只有挖掘/我們只有執拗地挖掘/一如我們的祖先　不許流淚」表達強韌而不屈不撓的意志，在時間的長流中，臺灣人忍受悲苦的命運，即使在幽暗中也不曾放棄理想和希望。其根柢有著追尋自身根源、明晰的歷史意識和難以自禁、不斷湧現的鄉愁。而屬於第二個世代的杜國清氏，他的詩學教養綜合了中國（如李賀）、日本（如西脇順三郎）、西方（如愛略特T. S. Elite），他的詩不但具有高度的藝術性，顯示美學的一個頂點，而且正如他自己所言：「……現實是創造的材料也是對象，是創作的媒介也是目的。詩人介入現實，探究事物的本質，在日常性的題材中發現新的認知和視野，對現實中不合理的現象加以揭露和嘲諷。」[17]其詩作可謂集哀愁、驚訝、譏諷的質素於一體，能夠兼顧內容與形式；在西洋與東洋、現代與現實、內涵主題與方法，各個層面都運用自如、遊刃有餘。戰後一九五〇年出生的陳鴻森氏，遙遙對應於戰前出生的跨越語言的「父執輩」的世代，又有過軍人的背景和體驗，他的詩如〈魘〉，探討日治殖民時代，臺灣人成為日本兵的「夢魘」，戰前臺灣近代史的虛幻，臺灣人歸屬的問題；如〈比目魚〉、〈郢有天下〉、〈雞三足〉、〈卵有毛〉等系列作品，則嘲諷戰後中國內戰（國民黨和共產黨的鬥爭），特別是撤退來臺灣的中華民國政府充滿挫敗的政治實況、臺灣和大陸海峽兩岸處境的對照等等諸端重大的課題。多致力於探討臺灣主體性，也就是臺灣人不得不面對的環境現實，呈顯了他極其特殊的創作風貌。以上從「笠」詩人創作的面向，正足以說明笠詩社在戰後推展臺灣現代詩經由現實的意識與現代的方法之交匯，造就了詩人多彩多姿的創作，在詩史上所具備的深遠意義。其三，笠詩社的戰後臺灣現代詩風的確立和展開形成

16 同註15，頁二八一。
17 同註13，頁二二九。

一種運動，除了上述從共同理念的形成和發揚，方法論追求的重視，詩創作品質的提升，在一九七〇年代以後，承先啓後自成臺灣詩人堂皇的系譜，更持續地影響到其後詩史的走向（如回歸臺灣本土、強烈的現實主義），詩刊的風格（如《主流》、《詩人坊》等詩刊）。而一九八〇年代以後，有不少笠詩人如李敏勇、鄭烱明、曾貴海，基於現實時代狀況的變化從坐而言到起而行大力參與，諸如文化（「臺灣筆會」、《文學臺灣》雜誌的出版）、創立生態環境保護團體等社會運動，實質上有從詩文學的運動擴大而成爲文化的運動，饒富意義。

五、結論[18]

本論文主要著眼於從「横的移植」的角度來探討臺灣現代詩的成立與展開之詩史過程，特別是臺灣現代詩和日本詩潮的關聯諸問題。對於戰前和戰後兩個階段舉其代表詩社與詩人各自的特色衍伸的脈絡、時代狀況與現代詩發展的關係、現代主義成立的背景與各個不同時期的走向，也有意指陳主導現代主義的詩人與其引介日本詩潮，經由觀摩和實作，吸納融匯，希冀植根於臺灣風土，在內涵和形式上努力建立自身的風貌所得到的成果。

以上，雖然粗略地論述了一些筆者思考所及的主要題旨（在本文開頭，筆者所提及的幾個焦點），但是還留下不少課題，諸如戰後臺灣現代詩源自一九三〇年代日治時代與中國大陸兩個球根

（詩人與詩作）的比較，臺灣詩人與日本詩人作品的相互影響、對照研究等，尤其是從文本上加以深入分析和討論仍顯得缺乏，願將這些課題視爲筆者今後研究探討的線索，繼續下去。

18 本論文所引用的其他詩句，參見《混聲合唱：「笠」詩選》中所選入的各家作品原文（高雄：春暉，文學台灣雜誌社出版，一九九二年九月）。

笠詩人與日本前衛詩潮

一、前言

從戰後臺灣現代詩發展的軌跡看來，臺灣的現代詩確實有無法逃避成為「移植之花」的宿命，在其擺脫傳統詩的束縛與型態，從而變貌、革新的過程，必然不能不體會「橫的移植」的陣痛。簡單地說，那也是透過諸如對歐美前衛詩潮的理解、引介，前衛詩的嘗試創作等等努力，經由一種類似突破難關的試煉，來促成現代詩（文學）激烈變動的歷程。而詩人越是盡力要達成詩的現代化，企圖能眞正把握、發揮現代的性格，就越需付出「試行錯誤」的代價。同時，在接納、導入西方前衛詩潮和詩，嶄新的詩文學成立之際，往往也正是既存老朽詩文學崩壞的時機。接納新詩潮的方式則顯示出順應（adaptation）、併存（pluralism）、反撥（reaction）、習合（syncretism）等不同模樣，通過持續的影響，漸漸地才能在既成文學的性格裡，注入新的要素，而後方能步上全新的里程，這就是所謂再解釋→再構成→再創造，創新的必經之途。

因此，從進化主義（evolutionism）的觀點來看，戰後臺灣現代詩的發展史，可以說是等同於不斷在追尋詩的現代化，亦即詩的現代主義化的歷史。也是在此一不斷追求下，臺灣的現代詩才能獲得世界共通的國際性格。然而，現代化的同時，回歸當代的、自身存在時空的、民族的詩，也就是獲得本土詩的性格，更是一個終極的目標，那正是一種致力於現實主義精神的追求、把握和發揚。所以，促成、走向現代主義化的戰後臺灣現代詩發展史，也等同於詩人不斷地意圖回歸本土詩精神，回歸現實與傳統，達成詩的現實主義化的歷史。

……而戰後四十年新詩演變的實態，是經過一段過渡期的冷靜之後，採取橫的移植，吸收西歐的藝術精神，花費了二十年，後期二十年才恢復縱的傳統，表現本土意識的創作，……進入世界文學圈豎起一幟。[1]

如此，戰後臺灣現代詩的歷史，從另一個視野來看，也未嘗不可將之視爲是追尋現代主義精神和現實主義精神，詩人漫漫的長途旅程。或者說是雙頭馬車並進，致力於達成詩的現代主義化和現實主義化，雙方時而相互沖激，發生糾纏和葛藤，時而各成爲主流與旁支浮沉起落，所烙印下來的

1 參見陳千武，〈台灣新詩的演變〉，收錄於《月初的風景》（中國北京：人民文學出版社，一九九三年七月），頁二五四。

現代詩人精神折騰的軌跡。同時，此一不怠不休的追尋歷程，均可以歸結涵蓋於整個學習、吸納、融匯西方詩作、詩潮、詩學，進而從事實驗與創造的過程中。既充滿著致力去探索和掌握詩表現新技法的熱情，又洋溢著致力去追求新精神（espritniuveau），力求實踐與創造的焦灼感。

從現代詩必然經歷「橫的移植」的過程來看，戰後臺灣現代詩和外來（東方或西方）詩潮的相互關聯，確實是多面性、錯綜複雜的，在探討詩人系譜、詩風格的形成之際，若以其所接受外來詩或詩潮影響，即所衍生之相關諸問題作爲討論的焦點，則誠如詩評家蕭蕭所指陳：

……因爲學習背景、學習方法不同，其風格傾向，論述側重，自有不同的衡量。也因爲使用語言的不同……各有所親，各有所重的現象，當然出現在近五十年的臺灣詩壇……[2]

更重要的是，上述經由橫的移植而開放的本土之花——也即是接納外來詩或詩潮，蒙受影響和變貌——的過程中，必然顯示出種種相關的現象（亦即移植和接納的條件、方式和結果），常常也可能從中發現詩史演進的共通法則。[3]

因此，本論文承擔的課題，即試圖從上面所論及，對存在於戰後臺灣現代詩發展史裡面的一種重要現象，也就是戰後臺灣詩壇所受外來詩或詩潮的影響、其接納和消融狀況之探討，而以戰後臺灣現代詩和日本前衛詩潮的相互關聯作爲主題，以所謂「跨越語言的一代」的詩人群作爲範例，自流派的成立和傾向（諸如對詩運動的影響、詩集團造成的激盪等方面），各個詩人的態度和變貌（諸如詩潮的導入和吸納、詩作的實踐、嘗試創新與融會等方面），兩個基本方向展開論述，藉以突顯戰後臺灣現代詩史演進的一些樣態和內涵的問題。

二、共同背景的探索

本文中所謂「跨越語言的一代」的詩人群，指的是一九二〇年代出生的臺灣元老級詩人，包括詹冰、陳千武、林亨泰、蕭翔文、錦連等五位，這些詩人的共同點包含了：⑴經歷過兩種語言（中文和日文）捨棄與轉換的困境，而在戰後，有過被迫喪失自身熟悉語言（日文）的經驗，並且跨越難關，重新以新的語言（中文）創作。⑵受過日本教育，具備深厚的日本文學教養。正如評論家林亨泰氏所指陳是「從小就受過嚴格日語教育的一代」[4]。可以說自然而然地，在他們文學修業

2 參見蕭蕭，〈導言——新詩的系譜與新詩地圖〉，收錄於蕭蕭、張默編，《新詩三百首（一九一七—一九九五）（上）》（臺北市：九歌出版社，一九九五年九月），頁六七。

3 參見陳明台，〈楊熾昌，風車詩社，日本詩潮〉，收錄於呂興昌編，《水蔭萍作品集》（臺南市：臺南市立文化中心，一九九五年四月），頁三〇七～三三六。

4 參見林亨泰，〈跨越語言一代的詩人們〉，收錄於《見者之言》（彰化市：彰化縣立文化中心，一九九三年六月），頁一三五。

期會極爲親炙、深深地受到日本文學影響，甚至有如林泰亨氏：「我整個文學教育是透過日文而接受的……」之情況。[5]基於此，他們在汲取詩（文學）的養分，乃至從吸納到引介外來詩（思）潮之際，必然以日本爲優先，並能透過日本此一窗口爲仲介，廣幅度地接受世界的前衛文學詩（思）潮。儘管他們在文學出發期接觸的文類各自不同（如陳千武取自歷史小說，詹冰取自短歌、俳句，蕭翔文取自兒童文學），後來在選擇接納的對象上也各有所偏，各取所需，但是全盤地看起來，對於現代主義、現代詩和詩潮的理解、接納，其源頭與基石（包括時代、內涵）其實是極爲類似且相互接近的，以他們文學修業期的一九三〇年代（大抵始自中學時代）爲立足點來看，就涵蓋了可上溯至一九二〇年代，下達於一九五〇年初期，相當長的時期。期間前仆後繼、風起雲湧的世界新興、前衛文學詩潮，也正是他們詩、文學形成的素地，孕育他們成長、成熟的共同思想背景。

這些新興、前衛詩潮意指的即是西方在一九一五年間，所風行的各種各樣的詩運動或文學新主義，舉其要者，諸如一九〇九年義大利的「未來派」運動，一九一〇年德國興起的表現主義和美國興起的意象主義，一九一六年在瑞士興起的達達主義，一九二四年法國誕生的超現實主義，與一九二五年德國興起的新即物主義等等，都曾對世界文學的發展產生了相當震撼的作用。

而在日本，則稍微遲了一些，直到一九二〇年才有神原泰「立體派第一回宣言」的發表，接下來是一九二一年平戶廉吉的未來派宣言運動，一九二三年高橋新吉發表達達主義者的前衛詩作。一九二四年在中國大連，詩人安西冬衛、北川冬彥等的短詩、散文詩革新運動。在日本國內，則有詩人萩原恭次郎等等的達達和虛無主義混合詩風的出現。以及由於經歷了上述西方新興詩潮的日本移植、模傚和實驗，終能匯聚成爲追求現代主義的大熔爐，促成一九二八年由春山行夫、西脇順三郎、北川冬彥、村野四郎、安西冬衛、北園克衛等詩人領導發起的「詩和詩論」，綜合性的前衛詩（包括超現實主義、立體主義、主知主義、新即物主義）實踐運動。而其後，一九三四年以「四季派」詩人群爲中心推展的新抒情詩運動，則可說表示了戰前日本詩壇追求詩新精神的一個頂點。

上述自一九二〇年代以降，至一九三〇年代的新興前衛詩潮，固然可以說是成爲戰前（如風車詩社的詩人們）乃至戰後臺灣詩人追求與實踐現代主義、激起詩革新狂飆之際，共通地，必須汲取的基本泉源，影響甚巨。但是不僅僅於此，對「跨越語言的一代」的詩人們而言，特別是基於他們後來發起的革新詩運動之需求，往後延伸直到戰後初期，日本的主流詩潮和詩傾向，也成爲他們吸納養分的泉源，最具代表性的有一九四七年勃興的「荒地」和一九五二年出現的「列島」兩個流派，而在當時，他們所大力追求的方向，業已超過了現代主義的界線，具備更形強烈的現實精神與時代意識，顯示出混合了現代主義與現實主義的詩風，而落實於戰後日本風土的傾向。此點特別值得強調。

「跨越語言的一代」的詩人，對於戰後臺灣新詩現代主義與現實主義兩者的推展（也就是催生

5　參見桃集訪林亨泰，《有孤岩的風景》，收錄於《現代詩》第十一期，一九八七年，頁十四。

戰後具革命性的詩流派、推動詩運動等），顯然能充分地利用其日本詩學的背景，透過對日本新興前衛詩潮之大力引介、接納和實驗，終究在不同的時期，在革新臺灣的既存詩壇上，發揮了決定性的作用。在前衛詩和詩潮導入與實踐的過程中，對既成詩壇產生了激盪力，帶動風潮，進一步捲起新的浪潮，乃創造出戰後臺灣現代詩新時代的歷史，促使其不斷地往前進化。殆無疑義。

底下，擬以戰後臺灣主要的兩個現代詩集團（現代詩社與笠詩社）作爲實際範例，對其流派傾向與形成詩運動的特質加以分析，來突顯跨語言一代的詩人是如何介入其中扮演主導的角色，如何透過日本前衛詩潮的吸納與倡導，開創出新的局面，並且，對戰後這群現代詩人們是以何種方式各自接納外來（日本前衛）詩潮，他們的詩路歷程和其中所涉及的諸多問題，作一檢討。

三、「現代派」和日本前衛詩潮

戰後四十年間臺灣現代詩運動，若將之視爲是一個持續性的追求新詩現代主義、現代化運動，大抵是附著於詩社，即現代、藍星、創世紀和笠詩社四大詩社來主導實踐的，各取、各有主張而呈示了鮮明的方向。而在進行移植和接納的方式上，也確實與順應、併存、反撥、習合諸法則有所契合。以一九五六年一月開始迄一九六九年長達十三年的現代派運動（引林亨泰氏的論法，分前、後期）爲例，我們即可清楚看見順應（詩潮的引介、詩作的翻譯和實驗）、併存（現代、藍星、創世紀三社併存）、反撥（來自當時詩壇內外的批判、詩社間的詩論爭）和習合（現代詩社同人白萩等加盟創世紀，雙方的匯流）種種令人眼花撩亂的模樣，這可以說是一般進行「橫的移植」之際所必須承受的「共同條件」吧！但是，我們也可以自其中明白地找出各個革新主體（主導的詩社或詩人）偏向的差別。基於引入的方向與重心的不同（如方法和精神的比重不同），時代狀況的制約（如五〇年代和七〇年代政治、社會、文學環境的不同），其影響和結果自然也有差異。

以上述的前提來檢討，則戰後臺灣的現代詩運動和日本前衛詩潮有所關聯者，可區分為兩個階段來發現，即現代詩社的現代派運動時期（一九五六年至一九五九年，前期），和笠的現代詩運動時期（一九六四年以降）。而從全體的相互關涉著眼，如林亨泰氏就將之視為共同追求現代化、現代主義的連續性的運動，白萩氏則強調是具有相互抗衡的一面，前後背反補足、分段性質的運動，[6]帶有兩種對極的性格。但依筆者的看法，在日本詩潮的引進和實踐上，縱或互有增補，重要的卻是基盤的一致，背景（如前節所述）大致共通，且都由跨越語言一代的詩人來主導和推展。現代派詩運動（前期）和日本前衛詩潮的關連，林泰亨氏是關鍵人物，可以確定的是：如果沒有林氏

6 參照林亨泰，〈笠的回顧與展望〉，收錄於《見者之言》，頁二〇二～二〇三。另亦參照白萩的發言，〈近三十年來的台灣詩文學運動「笠」的位置〉，收錄於鄭烱明編，《臺灣精神的崛起——笠詩刊評論選集》（高雄市：春暉，文學界雜誌出版，一九八九年十二月），頁二五六。

透過日本吸取前衛詩學教養，主導和激起的新風潮，實驗和實踐摩登（modern）的詩作，現代派的運動必然大爲失色。而在現代派風起雲湧之際，林亨泰氏所密切關連的日本現代詩（文學思潮），依其自述，至少包括了新感覺派、未來派、達達主義、立體主義和主知主義等，現代詩人則至少包括了神原泰、萩原恭次郎、春山行夫等，他所積極取法的對象，甚至可凝縮於本論文第二節所述及，一九二八年在日本成立的「詩和詩論」詩集團。「詩和詩論」乃集一大成的現代主義實驗集團，代表了戰前日本引進西方前衛詩和詩潮的範例，特別在立體主義、主知主義、超現實主義和新即物主義，引介和實踐上受到極高的評價。而現代派運動的代表刊物《現代詩》對日本詩或詩潮的引介，除詩人岩佐東一郎（葉泥譯，十三、十四、十五期，其他和「詩和詩論」主導者之一北園克衛主持的《近代詩苑》也有密切的關聯）外，詩評如佐藤朔、富士川英郎（葉泥譯，十六、二十二期）、阿部知二（柏谷譯，十八、十九期）等都是「詩和詩論」實際的理論指導者。現代派運動所受日本詩潮影響的方向與實際可能顯示的成果，從此可見，自然和林氏主導的此一傾向會有緊密的關連。

林氏所主導的現代派運動，其實質內涵，在詩論方面，導入的主軸應是主知主義和立體（形式）主義的詩觀。前者如知性優於抒情，主知主義的秩序強調；後者如符號論，形式、內容對應思考等，都顯示了可以和「詩和詩論」的春山行夫、阿部知二、北園克衛等人相互照應的內容。比如說林氏在談到「主知與抒情」（《現代詩》二十一期）強調的主知「優位性」，和「詩和詩論」主導詩人春山行夫在〈日本近代象徵主義的終焉〉一文中駁斥萩原朔太郎所提出的感傷抒情的排斥，以主知的、樣式主義、純粹意識、分析、批評的爲先的主張，就是成爲對比而有趣的一個例子。在詩作實踐方面，眾所周知，對後來有相當影響的偏重形式實驗的具象詩、符號詩、電影詩乃至短詩等等，可以推想多曾受到一九二四迄一九二八年間日本未來派、達達主義、表現主義、電影詩、短詩運動的啓示，林亨泰的〈車禍〉：

車・車・車・

和平戶廉吉的〈時間的未來派的詩〉中的用句：

街街街街街——人人人人人——病了

也有異曲同工之妙。而居於林氏周遭，交友密切的詩人錦連氏，實驗性的電影詩創作，〈轢死〉或〈女的記錄片〉：

1. 窒息了的誘導手揮舞著紅旗

2.啞巴的信號手在望樓叫喊
3.激——痛
4.小釘子刺進了牙齦
5.從理念的海鷲醒而聚合的眼眼眼睛
6.染了血的形態的序列

——〈轢死〉

1.潛在的賀爾蒙
2.萌芽
3.刺激
4.分離
5.結合
6.・・・・・・

——〈女的記錄片〉

對照於日本「詩和詩論」系譜的前衛詩人竹中郁的〈足球〉：

1.湧過來的波浪和泡沫和美麗的反射
2.帽子海
3.・・・・・
9.美男子的齒
10.心臟躍動　心臟的午後三時　連結著工廠　飛著的活塞
11.上升的氣壓計
24.旗　旗旗旗
25.・・・・・
26.飛揚的報紙　空氣中的水母
27.・・・・・
28.落下的頭（似曾相似的青年）

其形式的雷同，詩趣表現的酷似都十分耐人尋味。

綜合來看，以林亨泰氏為主導，對日本前衛詩和詩潮的接納，也許只是當時現代派運動推展之際，多種多樣取爲借鏡的現代主義詩潮（現代派宣言第一項，所謂自波特萊爾以降的一切詩派云云）中的一部分，但是其前衛實驗的性格十分明顯，詩作形成和理論內涵都極引人側目，特別是對現代詩知性的提倡，後來廣被認同、固定爲臺灣現代詩的基本性格之一，影響不可不謂深遠。而從詩的新技法的追求，注入新鮮的詩情和詩感覺，喚起後來詩人對方法論的重視和多樣性詩風嘗試的熱烈心情，在改變臺灣現代詩的風格上，也饒富意義。

四、「笠」和日本前衛詩潮

詩（文學）的革新，通常是具有「發端」的意義——新奇的、先驅性的、前衛的東西之發端，經由一種開創性嘗試和努力來發現新的、未知的可能與潛能。詩創新的著眼點，即致力於鑄成前所未見的「型」，從而催生詩人新的文學價值觀。「笠」詩社自一九六四年成立以降，基於種種主客觀因素的配合，早期即已顯示出趨向建立新的臺灣現代詩「型」的態勢，產生堅持不移的文學價值觀。「笠」詩社的活動，敷設於其深層者，從出發期即具有強烈的現實精神，和回歸土俗（本土和俗精神）的渴飲，以之作爲磐石，特別是經歷三十數年（一九六四年至一九九七年）的探索和累積，其形成的現代詩文學運動，內涵是極爲豐富、幽遠深沉的。而從本質上言，其推動詩本土化的盛大運動，實際內涵就是促進臺灣現代詩現代化、國際化的運動，是一體的兩面。所以，笠詩社在外來詩與詩潮之接納和融匯方面付出的努力，自始即有其明確的研究動機和目的意識，其接受的方式是全面（多國籍而不拘於流行）且有所選擇（精華且饒富學習價值者）的。

以跨越語言的一代，陳千武、詹冰、林亨泰、錦連、蕭翔文等詩人作爲中心，笠詩社的日本新興前衛詩和詩潮的接納，事實上也發展了壯觀的運動模樣。而實際的作爲，除了在一九七期的詩刊上（至少二、三期就有一次）廣幅度的引介外，專門性的研究和翻譯也相當不少。同時，比諸現代派運動時期，幾乎僅由林亨泰氏一人主導的局面，後起的一代參與者亦大有人在。舉其有系統、重要且大者，諸如陳千武氏對村野四郎、北川冬彥、「四季」與「荒地」兩派詩人的詩論全面性的研究、引介，杜國清氏對超現實主義大師西脇順三郎的譯介，葉笛氏現代主義運動的譯介，錦連氏的菱山修三和現代詩論精華的譯介，筆者的戰前「四季派」、「詩和詩論」前衛詩運動、戰後詩史及「荒地」、「列島」兩詩派的引介與研究，蕭翔文氏的現代短歌、俳句的引介和實驗等等。

這些引介和研究，除了可能長遠地留下豐富的日本現代詩經典遺產，充實現在和未來本土詩文學的內涵、養分外，也有刺激本土詩人拓展詩的國際視野，經由比較、吸收和融合來創新自身詩作的功用。但是，超乎此，最爲重要的是，在整個「笠」現代詩運動中注入一些異質的詩要素，進而對依然推展中的現代主義、現代化運動帶來啓示（指的是詩方法的觀摩與吸納）、運用與催化（指的是藉此促成全面的反省、革新，顯示具體的成果）的功能。此種大規模的「橫的移植」涉及一些問題，底下，就以新即物主義的導入和反響，「荒地」詩派的研究與影響兩者爲例來加以說明。

一般以爲笠詩社的詩人「深受」新即物主義（neue sachlickeit）的影響，雖然是一種誇大和誤解的說法，但，「笠」在引介國外詩或詩潮的過程中，對此一濫觴於德國的前衛詩潮加以注目，卻是不爭的事實。從《笠》詩刊第六期以後，陳千武和錦連即長期間地連手譯介了日本新即物主義代表詩人村野四郎的詩論，陳千武也完整地譯出其代表作品《體操詩集》集結成書。《笠》二十三、二十五、二十六、二十七、二十八、二十九期則有德國、美國新即物主義詩的譯介和本地詩人的實驗創作。對此一過去在臺灣現代主義運動中鮮少被重視、提起的新即物主義的譯介，笠詩社應算是最初且比較有系統的。新即物主義乃是具有方法和精神並重的意識，強調冷靜、客觀捕捉、描寫事物本質的新興詩潮：

> ……在文學上，以即物性，客觀性、極冷靜地描寫事物的本質，產生報導性要素頗強的作品，思想上則是立足於海德格新存在論爲一基盤……這一派的詩人都抱持著懷疑跟譏諷性，排除一切幻想而寫實用……[7]

笠詩社著力提倡此一新興詩潮的原因，除了後述陳千武氏和村野四郎是相知交友外，正如筆者所強調：

> ……詩壇對詩理論的介紹和建設一向缺乏，過去雖然與新即物主義同時發展的超現實主義曾經大行其道，而新即物主義的介紹卻顯得缺乏，這種偏促一隅的不正常現象，實爲詩運發展的缺憾，……[8]

新即物主義既具代表性和重要性，作爲一種把握現代主義而必須通過試煉的關門，也有補充以往詩運動的付諸空如，提示世界詩潮不同發展動向之意義，自然值得作一介紹。至於對笠詩社整體發展的關連，最大的意義與影響則在於：新即物主義引爲特質的，「在空間形態上追求美學，在視覺性造形上追求方法」，亦即講究「即物性、客觀性，極冷靜地描寫事物的本質，產生報導性要素頗強……」的詩技法，對笠詩人追求現實、實存精神的詩創作，是可以善加借用、有所發揮的方法。笠詩人現實主義詩追求方向，也由於活用此一詩方法，終能達成表現意識（現代主義的方法、形式的、外部的）和現實意識（現實主義的精神、詩人內部的、現實、實存思想）表裡雙重合一。筆者所謂心境與風景的均衡、美和現實的對應。

笠詩社在提倡新即物主義初期，即引起相當的反響，後起的新銳詩人多有以之作爲一種自身

7 參見〈新即物主義〉，《笠》第二十三期，一九六八年二月，頁二〇。

8 參見陳明台，〈鄭烱明的詩〉，《笠》第二十三期，一九六八年二月，頁四四。

的試煉所必要通過的關門者，如鄭烱明氏就是最早率先從事實驗創作的一位，他的「二十詩鈔」系列，在今日看來依然十分有歷史意義。而如他後來的傑作〈誤會〉：

我以爲他是在用另一種角度
來了解這世界，然而
他的夥伴卻說：
他只是想試試他的力量
能否舉起地球罷了

和村野四郎式的名作〈吊環〉中的詩句相比：

看看走近的人們
看看那驚訝的人的臉
我正在理解我的世界

不難見出鄭氏巧妙地吸收其詩趣，承受影響，轉化、消融爲自身風格的痕跡。

而在「荒地」詩人和詩論的引介方面，也是在《笠》詩刊創刊初期就不曾間斷的工作。「荒地」代表戰後日本最為具體的「合流現代主義與現實主義」的實踐，且相當成功的詩派，其代表詩人有田村隆一、鮎川信夫、黑田三郎、三好豐一郎、中桐雅夫、吉本隆明等人，在今日甚至已成為戰後詩史上經典的存在。他們共通地，對於現代文明抱著絕望的思考，以戰後日本居於廢墟的景況，惡劣的時代環境中，意圖追求文學、詩來恢復人間的尊嚴，達成回復因物化而喪失殆盡的人性，他們的詩中有強烈的歷史意識，也表現了強韌的生命意志與飽滿的倫理性格。因此他們持有對現實的關懷同時，也具備現實批判的性格。而且，配合此種強固的現實、實存的內部意識，他們對詩的表現技法、現代主義方法論的堅持，也絲毫不曾怠惰，巧妙地獲得了現代主義和現實主義（藝術和現實）得以交錯並存的成果。

笠詩社詩人和「荒地」詩人追求的方向，其實有其共同性和一致性，自然容易產生共鳴。笠詩社不管在集團的歷史意識和現實的批判精神，個人的特色性格，如陳千武氏的傾向文化批評〈咀嚼〉、「媽祖詩抄」等，錦連氏的生命意志表現〈挖掘〉、〈鐵橋下〉等，與「荒地」詩人有所吻合，在吸收、融匯新詩潮的過程（如對其代表詩人鮎川信夫氏的詩和詩論深入的介紹）中，自會有一番印證，可能形成對自身更有力的內省與關照。至於像白萩氏對「荒地」代表詩人田村隆一氏的作品，帶有批判性的接納和鑑賞，也多少顯示出跨越語言一代以外的詩人，對戰後日本此一重要詩流派的興趣與關注。

總之，以上的說明，即可見出笠詩社推動的現代詩運動中，日本新興前衛詩（戰前以迄戰後）所擔負的推波助瀾的作用。重要的是，透過實質的努力，引進創造性的、未曾有的東西，給詩壇注入新的要素與營養。而即使僅以一般詩、文學接受外來影響的態度言，如對「新即物主義」和「荒地」詩與詩潮的接受，不管在笠集團本身（如新方法的觀摩，新精神的獲得）、臺灣詩壇的大環境（如補足缺憾和導入新風，促進詩運動的體質改變、往前進化等等）其實也有甚大的裨益，積極的意義。

五、試煉和變革——以跨越語言一代的詩人為例

不管是現代派運動也好，笠的現代詩文學運動也好，以上述日本前衛詩潮的介入情況來看，顯然對臺灣現代詩的發展有正面的意義，也對現代詩史的演進、進化、革新有良好的影響。外來詩或詩潮的接納，對臺灣詩人和詩壇而言，也許可看出詩人各自踏出步履，詩藝（業）修練、成長的歷程。本文的最後部分，擬以跨越語言的一代，各個詩人接納日本詩與詩潮的狀況檢討，對此一問題加以思考和討論。

在此，可資提起的兩個結論：(1)各個詩人接受外來詩（文學）的試煉，通常可視爲其個人發展的過渡和過程，隨其自身的成長與成熟，有其階段性的區分（如接納對象、範疇、方向的不同），

個人的品味可能從而產生變化。⑵重要的是接納、轉化而消融的程序，落實現代主義的方法去創造出個人獨特的、本土的、民族的詩，必須有將必要的養分或泉源加以完全吸收的才能和努力。

以跨越語言一代的詩人爲例，譬如林亨泰氏，對其參與現代派所主導和實踐的歷史，從其個人的立場，特別是對自身嘗試過的未來派，所謂具象（符號）詩的實驗創作，即有過如下的反省：

……我十幾首符號詩是在很短的時間内完成的，……到了最後自己對這種作品也感到十分厭惡，不想發表了……。

……我寫這些東西，……並非我寫詩的終極目標，……這就有如瀉藥，把對詩的固定看法瀉得乾乾淨，……在這之後，我第一次寫的就是〈風景〉，……這兩首詩是以全新的視點、焦點來表現的……。[9]

此種說法，顯示詩人清醒的意識，不耽溺於一時的興起、眩妙，雖勇於實驗創新，卻有回歸本流的覺悟，識別優劣的用心和努力。〈風景〉等詩的創作，固然呈現出詩人能善用階段性的實驗來

9 同註5，頁十六。

追求新意，正確地把握現代主義前衛精神，不曾走火入魔，也充分看得出他個人接納、消融、轉化爲本土風格的才能。如〈農舍〉一詩：

門
被打開著的
正廳
神明
被打開著
門

像這樣的作品，就是落實現代主義激發（有具象詩、形式主義的方法的運用），巧妙地表現出土俗精神（詩中風物完全是本土獨特的東西）的佳作。林氏其後的作品依然繼續創意和具強烈的現代性格，不拘一格，保持高度的水準，自有其道理。

錦連氏的場合，和林氏大抵相同，雖有現代派時期的電影詩實驗創作，其後透過對日本戰後現代主義各派（主要是新抒情派、荒地）的理解，不斷地加強其現代性格，如〈挖掘〉、〈日夜我在內心深處看見一幅畫〉等不只有強烈的現實精神，在表現詩的技術上也能運用自如，顯示出精巧節制的詩法。

陳千武氏的場合，可說是直接和日本現代詩人有所交際、精神交流最豐富的一位，與村野四郎、北川冬彥、田村隆一這些大詩人都有過密切的往來。他對日本現代詩潮的吸收、導入範圍因而既深且廣，影響及其自身詩發展的幅度與深度，產生極爲正面的效果。對於接受外來詩或詩潮影響的方式，他也有極爲明智的見解：

……詩的表現上，以怎樣的方法始能把它（筆者註：指詩的精神底流）抽出來，……要領略這種追求於表現的方法，就必須不斷地吸收營養和研究，……既有個人的自覺而具警戒，……那麼應該進一步以批判的精神，對於開拓自己的境界以及認清上一代的傾向……我們也可以了解詩人必須具有與自己人生並行的精神底流的重要性了。[10]

此對詩人務必擁有自身精神底流的強調，人生經驗和詩契合的要求，類似眞摯性的固執，確實不失爲是穩健的看法。

他的代表作品，〈咀嚼〉一詩中的一段：

10 參見陳千武，〈影響與抄襲〉，收錄於《現代詩淺說》（臺中：學人出版公司，一九七九年十二月），頁一一一～一一六。

下顎骨接觸上顎骨，就離開——不停地反覆著這種似乎優雅的動作的他。喜歡吃臭豆腐，自誇富有銳利的味覺和敏捷咀嚼運動的他。

坐吃了五千年歷史和遺產的精華。

坐吃了世界所有的動物，猶覺饕然的他。

在近代史上

竟吃起自己的散漫來了。

令人想起戰後日本新現實主義詩人北川冬彥所提倡的散文詩革新運動，但是，此詩從小小的自身，擴大至整個民族之劣根性來加以批判，毫無疑問的是一首落實表現民族精神的詩，其中新鮮的幽默感，深沉而帶諷刺性的表現方式，也使此詩蘊含了恆久不變的理智美，始終引人感動與震撼的質素。他也是能成功地將現代主義與現實精神交織混合，極具創造力的詩人。

跨越語言一代的詩人，還有詹冰和蕭翔文兩位，也都有過階段性的，接受現代主義影響和實驗的歷程，兩者均共同地通過俳句、和歌的教養而出發，前者後來曾透過圖像詩型嘗試現代主義的創作，如〈水牛圖〉、〈插秧〉，都是成功地借用前衛圖像詩的形式和內涵，表現本土農村風物的詩，既有現代性格也富含本土的精神。後者則透過日本現代俳句、和歌的導入和消化，創造出獨樹一格，調和理性和感性，展示空靈、脫俗，剎那間捕捉的詩意，表現充滿巧智的詩。

六、結語

本文經由詩運動和詩人個人雙方面的狀況探究，以跨越語言一代的詩人爲範例，來檢討戰後五十年來，日本前衛詩人和詩潮導入臺灣詩壇所造成的激盪作用。基本上，筆者以一己之見以爲，其影響深遠且是良性、正面的。如前文所述，以戰後臺灣現代詩史的發展，具有連續性、進化的特質而論，現代派的率先開創風氣，笠詩社浩大的現代詩運動創造出一個嶄新的時代，兩者的成就都有仰賴於日本前衛詩和詩潮導入的一面。從現代詩進化的觀點來看，則兩大詩社對日本前衛詩和詩潮的引進，既有些重疊的部分，也有些增加、彌補先前不足的部分，因而看得出往前邁步、進展的軌跡。同時，以接受的條件來論，不拘個人或集團，最重要的定律可能是各取所需，各自有所偏好。但，顯然也有不能不受時代、既成文學環境制約的因素，五〇年代現代詩社對政治禁忌的顧慮，形成純粹詩、技法的偏重、現實精神欠缺稀薄的方向，七、八〇年代笠詩社在漸形開放的環境裡，引發更大的前衛的現實主義精神的追求。又，笠詩社對既成詩文學主流低迷、虛浮現象的反逆，現代詩社對時代主流反共政治性文學的排斥，其流向所趨，形成的結果也有所差異。而不管是制約或反逆，就新興前衛詩潮的導入一點，其結果是有利的，加速了詩壇現代化的腳步，推動了現代詩開始往前發展。

其次，只立足於外來詩接受的視野，以日本統治時期臺灣新詩現代主義的發展，[11]與戰後的狀況做一比較時，則戰後的「橫的移植」規模不僅遠遠超出戰前（風車詩社），而且其內容也更加系統化，幅度極廣，十分深入。在引介和接納的態度上，則比之風車詩人等於直接置身在當時日本現代詩壇裡面的情形，即選擇接受範圍的狹小（僅限超現實主義和四季派）等，戰後跨越語言一代的詩人，在立場上，對象選擇上，詩作實踐上，都顯示了餘裕十足，更具冷靜與客觀的態度，始終不著痕跡地充分消化和融匯，進而成就自身的風格。其累積起來的成果不可不謂壯觀。

本文限於篇幅，僅能對臺灣現代詩接受日本前衛詩潮相關的諸問題，作概略性的論述，不足的部分，擬留待日後撰文補足。

11 關於「風車詩社」的詩和詩人與日本前衛詩潮的關連，可參照筆者所撰的論文〈楊熾昌，風車詩社，日本詩潮〉，同註3。又，戰前日本前衛詩運動的狀況，可參照筆者所撰《「詩和詩論」研究——昭和初期日本前衛詩運動的考察》一書，一九九〇年六月出版。

II 批評和想像

笠詩人論（一）

強韌的精神——巫永福論

一、前言

巫永福氏的文學活動展開甚早，於一九三〇年代出頭，迄今算來，前後也有六十多年漫長的歷史。單單就時間的累積而言，他就有充分的資格被認爲是臺灣文學史上的珍貴存在。況且，他的文學觸角延伸甚爲廣泛，從戰前的小說、詩、劇曲創作，到戰後詩、隨筆和文化評論各個領域，都留下不少作品，烙印下深層的足跡。而不管戰前戰後，他用心用力、持續創作不輟的則是詩這一個範疇，包括古典漢詩、短歌、俳句和現代詩，特別是在現代詩方面，毋寧是他全力以赴的一個創作重心，一九八六年至一九九五年之間，他陸續出版的詩集就有九冊之多，即可見出現代詩創作在他整個文學創作中所佔的比重與意義。

相對於他現代詩的創作數量，戰後關於巫永福詩的研究與論述並不算多，捨七〇年代各家相關的評論不提，近期的相關論述，較重要可資列舉討論的至少有底下三篇。

和特色，諸如：

(1)杜文靖氏的〈老而彌堅的前輩詩人巫永福〉[1]一文，明白地刻劃出詩人日常生活眞實的風貌

……在他的詩裡，表現出或多或少的理想主義色彩……民族精神和民權信念的追求，都成爲他目前詩中最爲重要而特出的訴求的主題，也是他詩觀中極爲重要的支柱。

……巫永福的詩，無論是具體的、意念的，都用具體的意象，表達顯明的精神內質，他的詩作到了以意義決定詩人地位，他眞正的站穩在民族、正義、人道、愛心的立場上，爽朗高歌。[2]

此一論文可以說是透過作者杜氏自身親炙詩人，觀察和體驗之餘，才能寫出的，筆鋒帶有強烈感性的評論。

1 參見張恆豪主編，《臺灣作家全集》巫永福（合集）部分（臺北市：前衛，一九九一年二月），頁二〇六～二〇七。

2 同註1。

(2)葉笛氏的〈巫永福的文學軌跡〉[3]一文，則將重點置於巫氏文學演進的歷程，從把握若干極具「轉換意義」的要素與契機（如時代背景、詩人抱持的文學理念等），中肯地來分析巫氏詩的特質，在最後以：

巫永福證明了詩人是歷史的見證人，時代的歌手。[4]

作為結語，可見葉氏不只有意識地從時代和歷史的角度檢證巫氏的詩和詩人面目，也意圖以詩是成為詩人自身「自己的歌」而創作的觀點，來閱讀、鑑賞他的作品，文中充分呈示出葉氏自身饒富趣味的「意外發現」。

(3)李弦氏的研究論文〈跨越與重建——論巫永福詩的語言與心靈世界〉[5]，則從揭露巫氏詩作中所蘊含的臺灣精神內涵為基點，透過語言、歷史、政治和詩相互關聯的探究，詩的隱喻和象徵功能的申論，架構起十分龐大的論述體系，對巫氏詩作作為個人精神史以及當代臺灣詩史的重要意義加以剖析和闡明：

……他試著重建臺灣精神的圖騰——一種神話式的隱喻符號；土裡的土地與母親，一個原型的母性象徵：種子與解凍，一個長久期待後的陽光與生命。他在各種摸索中，經歷過憤懣與不安，終於掌握一種新語言、新方向，也匯入一個重建臺灣精神的臺灣人行列中。[6]

確實，李氏的論文開啓了解讀巫永福詩作的一條必經門徑，也開發出連結他的詩和現實狀況，可資探查的通道。特別能彰顯出巫氏的詩作，居於臺灣時空座標軸中，具有強烈政治性和社會性之特質與意涵。

基於上述筆者對三篇繼承論述的檢討，可見一般論者多不約而同地能對巫永福詩的精神意涵具備共通的觀察和把握，如民族性、時代性等內涵特性，詩人精神史和臺灣詩史的意義等等指陳均是。因而在本論文中，筆者加諸自身的課題，及意圖跳越既成、既存的論述框架或方式，提供比較不同的解讀巫氏詩的角度，來探究巫氏詩作的特質。基本上，想自宏觀（詩人和外界狀況關連的探究）和微視（詩人的內部世界探索）兩面，來放大或凝集考察其詩作的焦點，經由主題和表現兩個基本層面來加以發揮，以便描繪出巫永福詩作中內涵的文學的異樣的質素。

3　參見葉笛，《臺灣文學巡禮》，（臺南市：臺南市立文化中心，一九九五年四月），頁六三～八一。
4　同註3。
5　參見李弦，〈跨越與重建——論巫永福詩的語言與心靈世界〉，收錄於《台灣文學創作研討會論文集》（臺北：臺灣筆會出版，一九九四年六月），頁四～二八。
6　同註5，頁二六～二七。

二、詩風的形成

葉笛氏曾將巫永福氏的全體文學歷程區分為三個階段，亦即：⑴東京留學時期，參與「臺灣藝術研究會」以降，至一九四一年在《臺灣文學》雜誌發表作品的五、六年間；⑵一九四二年至一九六六年，約二十四年的冬眠期；⑶一九六七年參加笠詩社，重拾創作之筆以降，老而彌堅的時期，[7]確實不失為一概括性的分期。而若單以其現代詩的創作歷程來加以區分，則筆者以為可大致劃分為前期，即日本統治時代（一九三〇迄一九四〇年代）的詩創作期，以及後期，即戰後重新參加笠活動（一九六七年）以降的時期，兩個階段。前期的作品大多收入《愛》（一九八六年二月），《稻草人的口哨》（一九九〇年三月）等詩集中，後期的作品則收入《時光》、《霧社緋櫻》、《木像》、《不老的大樹》（一九九〇年三月）、《爬在大地上的人》、《無齒的老虎》（一九九三年六月）、《地平線的失落》（一九九五年六月）等詩集中。前期的作品是以日文來創作，戰後翻譯成中文公開發表。後期則以中文來表現，跨越了兩個歷史時期，同時也跨越了兩種不同語言。

依筆者一己私見以為，巫永福氏其實算得上是一位早熟的詩人，自其文學出發期，就已提供世人足以顯示他鮮烈的個性和風格的作品。最早期發表於《福爾摩沙》第二期的兩首詩作〈乞食〉和〈故鄉〉就是證明，頗能顯示其詩創作的雛形：

生垢三寸　蓬亂生蟲又骯髒的頭髮三寸
穿著油垢和泥土而破爛的暗色茶色衣

〈乞食〉一詩的開頭，即批露了作者的洞察力，全篇內容極其飽滿，帶有強烈的寫實性。〈故鄉〉的末段：

未過苦難的荊刺之道
雖曾流出多少辛酸血淚
故鄉呀步步探索　勇敢求進
爲你子孫代代的榮光

則有其清澈的現代個人意識的呈現，強固的意志表達。兩篇都偏於短詩的形式，一則投入於外界描寫人物，一則深入內心抒發理念，令人意外地，不只詩風已相當穩健，內容與形式也都能保持適度

7　同註3。

的均衡感覺。

戰前巫氏的日文詩作，實際上已經經歷過各種詩型的試煉，抒情（如〈貝殼夢〉、〈三葉草可愛的花束〉）、理性（如〈權力不會賢明〉、〈自由的樹蔭下〉）和知性（如〈歡喜之河〉）乃至饒富童趣（如〈稻草人的口哨〉）的創作均雜然並存，顯示出相當多彩的風貌，在表現上也有所講究，又極注意語言機能的發揮，如〈枕詩〉一篇的清新感性、小巧形式：

乘馬過海
划船過沙漠

花在夜裡開
戀情在噴火口跳舞
在摩天樓上打瞌睡
跟情人在冰河擁抱
倒立攀上山去

言不由衷地害怕危險的懸崖
漫遊於空中
以白雲吊鞦韆

以各自二段，分割跳躍且鮮明的意象，來表示詩情和詩趣，沁入眾多的外在風物和事物來構織抒情的場景，在結尾利用風景顯示有趣的畫面作一收束，令人吟味。

相對地，戰後的中文創作詩，題材上雖然維持了多樣性，卻多集中、重複於抒發心情（通過風景或事物，如〈病後〉、〈芒草〉、〈夾竹桃〉等作品）或言志（對現實現象的批評或事件的感慨，如〈我的影子不孤單〉、〈尾行〉、〈開刀〉等詩）的表現，如〈木緣〉一詩：

而不忘二二八事件成根的草球潛活力
發出生命復活的堅強聲音
那是亡靈由傷亡鄭重喊叫有力的聲音

又如〈霧社〉一詩：

我企首的影子不孤獨
四十多年來帶著
二二八悲慘巨大的歷史傷口
與眾多犧牲的冤魂
親人朋友共識
不斷徘徊在臺灣上空
凝視臺灣美麗山河

這些詩表達的方式，比起前期的某些創作，不只詩風顯得凝重而深沉，在語言表現上，敘述性十分強，多屬意識的直接表陳羅列，或未加修飾的理念表白與說明，詩的內容和型態因而難免顯得冗長和雜蕪。九〇年代出版的幾冊詩集，就詩風而言，也看不出相互間有太大的變化，各冊中收入的作品，在題材和主題上，甚至多有雷同，可謂大同小異。和日治時代前期的作品相比，那種刻意於凝縮與節制的風格多已消失不復可見，確實有明顯的不同。

綜觀巫永福氏詩風的確立，前後期雖各有所偏，其一貫的方法，卻使其詩的脈絡依然有跡可循，筆者以為他的詩有著「極為強烈的個性」作為底流和依憑，他的詩世界，是以他作為一個詩人「個人」的主觀視點或意識鋪陳架構起來的。因此，他的詩，一方面是個人與外在世界（諸如現實狀況，物、事、他人感情等）對峙、對應、交感的產物，一方面自然又是一種個人內裡精神（內在的感性、理性世界）完全的呈露與表白。底下，筆者擬從此一觀點展開推衍，對其詩的主題作一探究。

三、詩的主題

以宏觀的角度來看，詩是詩人的精神往外散布或擴散的結晶體，詩人意欲保持不逃離、不逃避現實的姿勢，則他的詩必須是他自身和外在世界或既存狀況不斷對峙、對應的產物，如此詩人才能具備強烈的實存意識。所謂詩的投影，詩人勇敢地將自己投入於實存的世界即是：

> ……投影的實體，亦即我們自身的存在，既存在於現代生活的內部，……則對於在那兒會發生的或可能發生的所有事象，應以某種方式刻印在自己的經驗裡……。[8]

所以詩人可能成爲一個時代的見證者。透過詩，他的存在、個人的精神史可能成爲歷史、時代流脈

8 參見北村太郎，〈投影的意味〉，收錄於陳明台譯，《荒地集團研究》（笠詩社出版），頁一一五。

中的典型，他的悲劇可能就是時代的悲劇，他的掙扎和痛苦可能就是時代的痛苦。

從上述詩和實存的關聯，詩人所具備時代和精神史的意味兩面觀點，來閱讀巫永福氏的詩作，則他身經兩個時代的歷史經驗自然無法加以忽視，那讓他可能以某種方式將發生的所有事象印在自己的經驗裡，巫氏曾自述：

……日據時代我視中國為祖國，大戰後在臺灣經與大陸接觸，觀念改觀，即視我出生長大的臺灣為祖國。[9]

在他詩化的體驗裡，最重大者莫過於詩人自身身分的認同了。由於詩人確認自身所歸屬的對象（依附的政治實體），是隨著觀念而有所變動，巫永福在詩中所暗喻的精神史的意義，因而並不著重於單純的兩個時代（戰前、戰後）的印象來加以呈示，反而是投注在時代、生存環境和他自身的連繫上，特別是從自身依附的政治實體作為原點，作為基盤去思索，來進行自我檢證，他的傑作〈祖國〉一詩，從此一觀點來看就十分具有意義：

夢見　在書上看見的祖國
流過幾千年在我的血液裡

住在我胸脯裡的影子
呀　是祖國喚我
或是我喚祖國
……
戰敗了就送我們去寄養
要我們負起這一罪惡
有祖國不能喚祖國的罪惡
祖國不覺得羞恥
祖國在海的那邊
祖國在眼眸裡

〈祖國〉一詩，可以說是寄託了置身於時代脈流中，感到無可奈何，一個清醒詩人的苦悶表白。苦悶來自詩人對自身歸屬感和鄉愁難以清楚的掌握或認定，因此產生了愛恨交織的矛盾心理（祖國喚我？／或是我喚祖國），以及對於實體的憧憬和不滿（燦爛的歷史／……孕育優越的文化／祖國是

9　參見巫永福，〈自序〉，收錄於《稻草人的口哨》（笠詩社出版，台灣詩庫，一九九〇年三月）。

卓越的，對比於：有祖國不能喚祖國的罪惡／祖國不覺得羞恥？／……虛僞多了便會有苦悶……）等等情緒，終究祖國的印象是極其鮮明的，又是遙不可及的（祖國在海的那邊／祖國在眼眸裡）。這樣一篇屬於「認識的詩型」，是有其背景（臺灣歷史）認知的下意識創作，同時，詩人始終未曾覆沒於氾濫的感情中，才能作出理智選擇和判斷。戰後，巫氏更進一步，能創作許多內涵強烈批判精神的事件詩（如二二八事件的省察詩），也是由於他具備類似上述，對自己所置身的時代流脈（含自身的身分、歸屬認同），可清晰地加以自我檢證的能力所致吧！

以這樣的自我檢證爲基點，促使巫氏在他的詩中，可以自別的視角來凸顯作爲一個詩人在時代巨流裡的位置，刻意地引爆、散發「個人」苦悶掙扎的精神片段、痕跡，日據時代創作的詩〈遺忘語言的鳥〉：

頑固的心　遺忘一切
遺忘了自己的精神習俗和倫理
遺忘了傳統的表達語言
鳥　已不能歌唱了
什麼也不能歌唱了

被太陽燒焦了舌尖
傲慢的鳥
遺忘了語言
悲哀的鳥呀

以對立於民族的觀點，確保自身民族意識的心情，用鳥的喪失語言和遺忘一切來作暗喻，透過反面教材的批判，顯示了詩人和現實環境對峙、對應的強硬姿勢，也表達了對抗（下對上）殖民（統治）者的作者意志。同樣是戰前的創作〈愛〉一詩，也是含有淺顯隱喻的作品：

你想征服我把愛說成一視同仁
我知你花言巧語含有虛僞
你想擁有我的心情
但我的心常受騙已成了石頭

從對等的立場，簡單地暗喻時代（體制）和個人之間的間隙，難以解開的心結，所謂石頭對抗虛僞，也未嘗不是顯示詩人堅忍意志的一種隱喻。

戰前如此，戰後國民政府統治時期，巫氏也創作了不少同樣性質的作品，如〈候鳥〉：

離開家尋安適住所
候鳥與所愛的同伴共生死
如故園被糟蹋即遷離他去
堅定地不管高山大海
不怕風雷雨尋建自己的世界

這首詩中呈示的是勇於選擇和捨棄的「個人意志」，對抗異民族的心情轉化成本身尋求強烈自立、自由的願望，也可見出詩人在時代流脈中，對自身不同境遇的思考和對應方式。〈氣球〉一首則同樣平白地表達出在被禁錮的時代裡，致力爭取自由的詩人一己之願望，與其不變、堅強的意志：

氣球想飛到更高的地方去
也想左右移動尋找更廣闊的地方

卻沒有那種自由
又憂愁　又是恨
……
不能飛到更遠
不能有自己的意志
說是「自由」

不能尋得自由的逆說，也即是對詩人追求自由不屈意志的肯定。可見，覆沒在時代的巨流中，巫氏不中止地在追求一種「個人的意志」，經由此一堅持，也把時代裡發生的某些事象記錄下來，這正是支持巫氏詩作的一個原始動機，也形成他以詩來抒發「個人對應時代」心情的大主題，乃是一個人，一個詩人，對峙於自身所無法脫出的時代，不自願不自主地被捲入歷史的漩渦中流轉之際，投出自己而苦悶的精神軌跡。

如同巫氏的詩，表達時代流脈中個人意志的崛起，能凸顯出詩人個人和現實糾結的外在側面和姿勢。他的歷史思考和意識則可能深入事物內部，呈示出一種久遠深層、靜態的面貌。不管是戰前或戰後，巫氏詩中隱含的歷史意識，無疑地，也可能提供詩人見證自身，亦即見證時代精神的歷史變動和不變的一面。七〇年代以後，巫氏創作了許多事件詩（如以二二八事件爲主題的不少詩作），家族、歷史記事詩（如以時事爲主題的詩、以戰後臺灣人或事爲主體的詩）。這些作品都可能描畫出他自身時代變動的一面，並留下詩人個人的觀察紀錄。但也有如〈日月潭〉、〈沉默〉等，以臺灣風物爲主題，抒發自身內面鄉愁和鄉土情懷的作品，顯然更具有恆久不衰、不變的感動特質，值得一提：

在青藍的漣漪滾動著
頌讚生命的源泉價值
悠悠然把中心的愛誠
溫柔而無所謂的呈現日月潭
中央山脈的巒峰告訴我們
告訴我們故鄉城鎮的歷史
有如守護者　悠悠然地
把城建造之前　之後
長久歲月的愛憎悲歡
城鎮每個角落的生死別離
激烈無比的鬥爭變遷

詳細地告訴我們
……
爲了過多勞累了
終於美麗地沉默下來
以安靜的姿勢橫臥下來

兩首詩都顯露出詩人對故鄉風物的熟稔、親近和愛憐，其淡淡的筆觸，反而強化了沉澱於綿長時間、歷史中的空間感覺，雖然這樣的詩在巫氏作品中並不多見，卻也足以標示出詩人觀照自身歷史的一種姿勢。

再從微視的角度來考察，縮小巫氏文學的探究焦點，集中於其個人的內部世界，則巫氏的作品自然多是經由私人體驗以詩化的結晶，他內裡的世界也可能是充滿感傷、纖細、憧憬美的世界。巫氏的個人抒情中所內孕的質素即有著憧憬這一要素，戰前他寫過〈難忘〉一詩：

像幻影似的映在眼底
我能透視到
從那遙遠的地方

那個人確實存在著
常常叫喚我

明顯地，對遙遠、未知、不可預測的人、物的憧憬，即等同於對異質性的文學有所感動，此一異質的感動也可能轉化爲他詩的主題之一。即使耽美和異樣兩個詩素，在戰後巫氏的詩作中不見有所發揮，但從其詩集中收入類似性質的作品（如〈河〉、〈夢〉等），也未嘗不能讓我們窺見他擁有詩人纖細氣質，特殊的另一個面貌。至於爲數不少即興式的感傷詩，在戰前創作的如〈月夜〉一首：

月亮呀　憐憫我不知何從
爲了不成熟的愛憐
獨自在小路上
頌吟著月光光之歌

在戰後創作的如〈落葉頌〉：

片葉紛紛化成黑土滋潤大地後

一隻烏鴉飛來寒枝寂寂鳴叫
落葉的銀色眼睛看到花苞微笑
就知春的快車會帶新生小芽茁壯

可謂相互呼應，兩詩的底層均可看出，一直內孕在他詩世界裡的一個要素——借物抒情，由此而產生濃厚的感傷、情緒的成分。這些特質，正足以顯示詩人巫永福內部的「抒情與理性同居」的特色，提供讀者一種意外的發現，也是純粹屬於詩人一己的「私性氣質」，美的意識。

四、詩的語言和表現

從表現的語言來探究巫氏詩的特質，則正如前節筆者所述，他的日文創作詩和中文創作詩顯示出相當不同的面貌。中文詩的語言表現，居於白描階段，說明性濃厚者依然不少，如〈鼓挺花〉一首：

繼承固有遺傳基因
鼓挺花挺挺血色清淳

個性獨立不自傲
悅目耀眼的大花朵
在陽光中揮發充實的愛

習慣於多用形容詞，是敘述性強的語言。而直接鋪陳的方式，幾乎是他一成不變的特色，因此巫氏多數的戰後詩創作，不免降低了詩的質素而有散文化的傾向，比之戰前的作品，如〈落葉〉：

冷寞的風寂寂地颳一夜
堆疊成堆的枯葉們
於院子角落裡搖動風騷死亡

透過翻譯，依然可見其意象的變化，刻意表現的痕跡。詩性追求的重視，終究有所差別。

以巫氏自身居於跨越語言的一代，及臺灣前行詩人的位置，這一瑕疵自是無關緊要，何況他自身特有「強調追求詩本質」的觀點。也是基於此，對他的詩意義的理解，可能才是讀者應多加注意的焦點。縱使如此，解讀他的詩之際由於需從意義性的偏重著眼，或許在無意識之間，會讓讀者感受到過度鋪陳理念的毛病，進而感覺喪失了某些重要且優美的東西也說不定。

五、結語——強韌的精神

不可否認地，巫永福詩的內涵有值得令讀者思索的多樣「問題」存在，他跨越日治和國民政府兩個階段的歷史體驗，以及將人體驗詩化的過程，確實足以證明詩對於詩人個人乃至時代的精神史具備意義。巫氏作爲一個詩人，對時代、歷史關注的心情，導致他大量創作事件詩、時事詩，或以戰後臺灣的人、事、物爲主題入詩，其實是他有意識的作爲，意欲透過詩，爲自身的時代來做見證。他詩中蘊含表達的強烈現實意識，多少已經固定了他詩的走向，塑型他作爲詩人存在的意義。即使如此，我們也不宜遺忘他還是一名具備強烈個性的詩人，他的許多詩中也表達出個人濃郁的抒情風格，值得吟味。

但，超乎一切地，就如前節所述，巫永福的詩，呈示出居於時代中小小的、個人意志的堅持，以及對峙於黑暗歷史中頑固不屈的人的姿勢，也正是詩人硬骨精神的表現。因此，在他詩作的延長線上，我們自然不難發現，作爲詩人持久的、強韌的精神，那混合了「理想」和「忍耐」兩個質素的精神，如〈解凍〉一詩：

冷凍的地下蓄藏著種子
夢見春光裡騰空的花

強忍淚水滿懷希望
等待天暖再生的來臨
……
昨天今天明天世世代代
種子的眼睛拋吻太陽接手
發出清脆響亮的聲音
根在地下葉在地上甜蜜歡笑

帶有堅韌的意志，又抱持著追求未來、無限希望的理念。確實是一首足以喚起人們希望的詩。我們在這樣的作品中，彷彿可以看見詩人浮現爽朗樂觀的笑容，也重新感受到詩的溫暖和價值。同時，更不難發現老而彌堅的詩人巫永福，在他持續下去的文學創作和人生途中，正昇起閃閃發亮的新地平。

發生的事．發生的文學——陳千武論（一）

一、緒論

陳千武的文學創作包括詩、小說、隨筆、評論和兒童文學等數個領域，寬廣且多彩。對於他的文學所呈示的共通特質，筆者會歸納爲以下幾點，亦即：⑴從自身特殊的人生體驗出發，基於對自由、無限飛翔的憧憬，來反逆現實醜惡的壓力，追求善良的意志與美，或者探究人存在的意義，不惑溺於日常普遍性的感情，追求高度的精神結晶。存有這樣的認知與思考，可見出他創作的理念，不只注意到表現什麼，也極爲重視怎麼表現。⑵緊緊地扣住時代脈動中的大主題，借文學的形式來投影生存的狀況，凸顯尋根的意識，表達對族群、民族、鄉土的深厚感情。⑶棄古老的文學觀念，採取依賴思考表現意義性的方法，以現代感覺捕捉現實經驗，達成文學感性和知性的平衡。⑷人道主義和深刻的思想（生死觀等）表現，並充分在文學中發揮抵抗不公義體制的精神，批判荒謬文化現象的意識。[1] 確實，陳千武的文學跨越兼含了戰前和戰後兩個時代的主題，生命和生活則混合了日本、臺灣和中國等不同的經驗。而他作品中所呈示強烈的「現實的和歷史的」意識，更使他的文學底流裡充滿著實存主義的自由思想。他的文學所具備的特殊性格，毫無疑問地，可以用「時（空）間構造的文學」此一特別的角度，深入地來加以凸顯和闡釋。所謂：

> ……文學的時間，亦即人的時間，是漠然的以人的經驗爲背景的時間意識，換言之，也就是包含了以「人間生活營爲編織基盤」的時間意識。……可以通過文學作品，來對文學者個人的，且是主觀的直接、親身經驗的「時間」作一檢證。[2]

文學家常常是以自己過去的經驗，或現實生活中難以捕捉的「生的認識」，透過語言表現此「場所」，來建構他獨特的文學世界。因此，從文學的構成面來看，時間處理的方式其實和文學家的精神有著密切、深深的相互關聯，以此一前提來考察陳千武文學的兩大支柱，「詩和小說」持有的深層意味，自然可能經由他自身的「以生活營爲編織基盤的經驗世界」構成的「文本（context）」，即是成爲文學者陳千武一生「總和體驗」呈現的「人生的文本」裡，來解讀與獲得。

本論文基於以上思考，擬在筆者迄今爲止，對陳千武的人、作品表現和主題[3]等三個研究基本焦點之延長線上，透過對其文學作品（文本），特別是以詩和小說爲重點的閱讀和考察，提示其相關層面的諸多問題作一探討，借以理解其獨自的文學世界裡所蘊藏的奧秘。

二、發生的事，發生的文學

若把陳千武的文學，視爲是在特定的「時空構造」下，有意識創造的「發生的事＝發生的文學」，則首先必須對陳千武的文學所涉及的「文本」諸多前提（亦即論述的基盤）加以思考，並作一些概略的說明。與本論文相關的文學論述的基盤，可能包含了：作品成立的概念設定，如把作品視爲文學者一期一會（僅限於一回的作者全精神表現），無法預測突然「發生的事（含作者的經驗）」，經由語言表現再形構成的產物；如文學的時間，作家內面的時間（精神），所造型的文學，即「時空裝置的文學」的概念；如作家，作品和時（空）構造之間相互關聯的種種思考等。

1　參見陳明台，〈永遠的文學者——陳千武的人和作品〉，收錄於《第六屆國家文藝獎專輯》（臺北市：國家文化藝術基金會，二〇〇二年九月），頁八～十五。

2　參見〈時間意識〉，收錄於三好行雄、竹盛天雄編，《近代文学10　文学研究の主題と方法》（日本：有斐閣，一九七七年十一月），頁一六八～一九三。

3　筆者已發表比較重要的有：〈歷史・詩・現實與夢——試析論桓夫的詩〉、〈死和再生——桓夫和鮎川信夫詩中共通主題的比較〉等，收錄於《桓夫詩評論資料選集》（高雄市：春暉，文學臺灣雜誌社出版，一九九七年四月）。

（一）關於文學的發生

文學的發生緣由於「事」的發生，緣起於一片黑漆漆之中，充滿了謎。發生的事，指的是突然發生的「事」，特別是指迄今爲止不曾持有的「場域」，出乎所有人的預料之外，俄然出現。文學，終究必然和發生的事會有所關聯，因爲他是創造出場域而發生的東西。也就是說發生的事若是「非現實的虛構」，那文學就不單是文化的一個型態，一個表現的範疇，而是更具根源性的事物。基於此，對人或對作家的存在而言，可不可能存有「發生的事」就成爲問題了，那也就是與文學的精神息息相關的問題。

歷史上、社會上，均還以作品的概念來看待文學。而對作品來說，作家則是最大優先的契機。作品的題目（主題）和作家是一組的，具備製作者和製作物的關係。其所有權是無法移動、永遠不可能讓渡的。因爲背景解說是不可或缺的，不可避免的。作家的作品，若不將其置於現實的文本中，必然無法了解。即使如此，在這之前，必須還原作品於其尙未出現之前的狀態，當作無可預期的，被認爲是突然「發生的事」來理解才行。

而表現的行爲，並非是發生的事單純的記憶或反覆。毋寧說，不可能表現的事才是促使其成立的原動力。由於受到不可能表現的事的衝擊，作家超越種種困難和危機，突破表現的不可能性，才達到看來極爲樸素的「可能的」表現。如此，經由苦悶之餘產生的作品，最後終究是屬於作者精神本質的東西。[4]

（二）作家和作品

作品產生的契機，早已不只是依據作家的自由主體而已，不如說是可能看出作家和作品間的一種根本不可能存在的關係。「作家在意識上，並不盡然知悉自己作品的一切，甚至對作品是盲目的。」[5]這樣的說法，豈不等同於作品不全部歸屬於作家？但是，作家本身絕對無從認知自己的無意識，若沒有他的「意識與無意識」之間相互的協力和互動，即無法孕育出作品來，此乃肇因於造成這種結果的語言組織，並非絕對屬於作家主體所能支配，也非他的責任。就是因爲存在這一個前提，才打開了讀者「閱讀的可能性」的通路。在精神分析的無意識理論，構造主義所謂語言的超越，非人稱的自律性理論，[6]所引導出來的東西的延長線上，我們才能和文本的概念互相邂逅，並

4 參見小林康夫，《文學的發生——時間錯誤的構造》緒論和第一部各篇（日本東京：講談社，二〇〇〇年四月），頁三～八八。又，相關論述可參考永藤靖，《時間思考》（日本，東京教育出版社，一九八〇年三月）；谷川渥，《形象と時間——美的時間論序說》（日本東京：講談社，一九九八年八月）；山本皓岡等編，《文學的方法》（日本：東京大學出版會，一九九六年六月）等書。

5 參見谷川渥，〈表象的時間〉，收錄於《形象と時間——美的時間論序說》，頁十三～二五。

6 參見谷川渥，〈瞬間的變容〉，收錄於《形象と時間——美的時間論序說》，頁二〇七～二三九。

且才打開了——與其說是以作家爲契機特權化的作品概念，不如說是置於語言組織的文本契機作爲重心的——鑑賞和理解、研究的途徑。

而文本較諸一切，乃是語言記號的織成品，也就是以語言準物質此一契機，作爲基礎來規定的文學場域。此一概念，將文學家從作家的感情或思考，即人間的要素解放出來，說是作家的表現，毋寧說是經由語言來鑄型「發生的事」，即把文學視爲是「關聯於意味」的「發生的事」。文學若是「發生的事」，則必須是存在我們看（讀）得到的語言中，即記號的織成品中，而非文本以外的作家的「生的現實」中。語言，就不只成爲人與人傳達的道具而已，更是自身有自律的秩序和運動的「意義組織」。亦即作品是獨立於作家的意圖或思想、感情、意味的構築物，替代經由作家表現的契機。當然，通過文本的閱讀來解釋此一契機，反而被視爲更加重要。[7]

（三）文本和時間構造

文本不只是還原到已發生的事，還以獨自的特異的意味組織而存在，有著無可限制的解讀可能性，再如何閱讀一個文本也閱讀不完，經常會殘存在那兒。甚至還可以注視到文本的本質空間，如詩行的構成、詩行往下移動的效果等。文學有其遲緩的構造，隔著過去的時間，而產生兩個對話的空間，在文本底下，無條理的時間，錯誤的發生事，就是如此才發生的。因而它才可能分屬於雙重的時間，即「過去所導致的現在」和「文學的現在」兩個時間。閱讀文本，而與文本——即由於時間錯誤而發生的事——有所關聯是有可能的，此即文學此一「發生的事」和文本此一「發生的事」的必然化。

文本絕對不是只憑意味的交錯，其所擁有的層疊的構造性，就可以還原的東西，它具有和異質的東西相互複合的本質。已不是記號一元的或平面的織成品。不如說，是對不見得可能還原的「發生的事」開放的複雜裝置。若將其視爲是迄今爲止的作品解讀的延長的話，正是特殊的時間構造。種種記號的排列被動員，各種特殊的固有語法被發明，組合這些，文學者才創造出獨特的一個世界。而透過幾個空間交錯在一起，結合在一起，才導致以往未曾顯現的「現在時間」出現，透過這樣的時空裝置，文學者不只表現，不只表象，且進行種種的創作行爲。文學者個人的存在，遠遠超越了他的「生」和他的意識。本質上，他是一種時間裝置的錯誤，由是，以各式各樣的方法，才與在某一個固有名詞（語言）下想定的存在邂逅，存在經由邂逅，成爲發生的事。文學，就是在這種無限制的邂逅下，眾多「發生的事」所形成的場域。[8]

7 參見小林康夫，〈作品，裝置〉，收錄於《文學的發生——時間錯誤的構造》，頁十二～三四。

8 參見註4。特別是《形象與時間》序章，《文學的發生》序章和第一部的論點。

（四）文學和時間構造

所有文學的技法和語法，均可還原到時間價值和時間系列的如何處理，與如何由對立而提示效果這兩點上。

時間是由過去到未來，勇往直前一直線來表象的，形成下、上和後、前（過去和未來）的序列。時間的根源表象，又屬於「對極間的振動和連續」。如晨和夜、年輕和年老、乾燥和洪水、生和死等，對立物象的反覆、震動、往來，形成時間的「連續和非連續」[9]。時間所表徵的意味，則有以下四點：⑴不停的動，移行不停，具運動性。⑵過去的不再復回，具有不可逆性。⑶經常連續而不切斷，具連續性。⑷有一定的方向，決定的方向，具方向性。基於這些特性，造就了日常生活的時間無開始和結尾，物語（文學）的時間卻有開端和結束的特殊性格，經由結束而賦予文學的壯觀和價值，以及各個瞬間固有的（文學的）意味。在從發端到結束的秩序中，獲得各個瞬間固有的意味。此可成爲對文學「對一連串永遠的（現在）的斷片化」[10]。

理解人（作家）的內在時間，包括兩個方法，⑴對記憶和直視的瞬間，或死的認識等諸多問題，由於語言表現的世界來探詢其構造，形成作家論。⑵也可由形式的構成面來對文學作品作分析，形成作品論。[11]文學的時間，必然不可避免地會受到人（作家）內心的世界和主觀的觀念作用所支配。對文學者而言，「生」只不過是並立羅列的多數時間的「瞬間的一型態」而已。但，

「生」首先遭遇到的第一個現實，卻經常是基於「一個瞬間」。比如說，看來近似於量的時間的詩，其實不過是質的時間，即使只有三五秒的閱讀，在其字裡行間卻可能有更形巨大的觀念時間在持續著。而知覺的時間，即指讀者閱讀作品時必須擁有的體驗時間的幅度，意味著作品在作家自身中展開的虛構的時間。賦予時間形體，即將構成的時間加以「個人化」的組織作用。作家的時間意識，即將在其經驗的世界，或不安定的現實裡，流動不定的「自己的生」，借由時間來加以重新組織。而基本的操作，即繫於如何思考、如何處置自身經歷的過去和未來（包含作者的原體驗在內）的時間之上。只有作家注重構成，賦予時間形態，才能在手中掌握事件明晰的脈絡，才能產生一定程度的因果關係，就是清楚地描劃出過去和現在的關聯性。而時間若和空間切離，則無法達到表象化。時間的表象，必須是時間觀念和空間觀念，在經驗、在理論上都是後續的，即同時形成存在的設定下，才有可能。

以下，擬以本節中的各項「時間論述」作爲基盤，以詩和小說爲重點，對其作品中的內涵、特質，特別是「時空構造的文學」深層的構造和內面的精神表現，作進一步的探討與解析。

---

9 參見谷川渥，《物語的時間的危機》，收錄於《形象と時間——美的時間論序說》，頁二五四～二五八。

10 同註8，兩書的相關部分。

11 同註2。

三、歷史的時空構造（一）——殖民的記憶，束縛和離脫

正如前節所論，從「發生的事，發生的文學」的觀點來解析陳千武的文學，則他的「生」，即每一個階段作家的內面時間，都只不過是並立羅列多數「生」的連續時間裡「瞬間的一個型態」而已。首先，明顯地浮現在其作品裡，在讀者眼前的是厚重而多層次的戰前時代經驗，借語言來表現形成的文學場域，可姑且稱之為歷史的時空裝置的文學。鋪設在其底層的則是被殖民和參與戰爭的記憶與體驗。

早在一九四〇年九月發表的作品〈油畫〉中，已可見到殖民記憶詩的雛形：

監禁室的牆上
我凝視著一張油畫
浮出鮮明的赤黃
的風景
遙遠的昔日的夢
奔向我的腦中閃過
赤黃的風景的山

是懷念的故鄉
毫無華美的生活
人生二十的煩惱是什麼
童心喚起我

正如作者的自剖，因著反抗殖民當局改姓名運動而被監禁的自己，並無悔意和煩惱，出自一種自覺和醒悟，卻有著對自身被殖民的命運會怎樣的疑問，[12]成爲詩表現的深刻內涵。重要的則是，此詩以流動的時間（腦中奔馳不停的意念）和監禁室的油畫（對比於故鄉的山的風景），時間、空間並存的「時空裝置」，來表達作者不安定且兼具飛躍的情緒，終究得以在精神上獲得解脫，掙脫被囚禁（等同於被殖民）的困境。從「對極振動的時間」，映照出「監禁和自由」對比的意象，充分發揮了文學表現的效果。

一九六三年十月發表的〈童年的詩〉的前半段，則對於被殖民的暗喻的生的歷史，透過童年敏銳的「哀痛感」有所描述：

12 參見陳千武，〈詩的自述，油畫〉，收錄於《詩的啓示：文學評論集》（南投市：南投縣立文化中心，一九九七年五月），頁一三七～一四一。

我底童年　上公學校的書袋裡
裝滿著教我做「賢明的愚人」的書籍
我們朗誦「伊、勒、哈」
合唱「君が代」的國歌
禁止說母親的語言　違反的紀錄
被貼在教壇的壁上　記錄著悲哀
養成「賢明的愚人」的悲哀……

對照此一哀痛的感覺的是，代表統治者陰影的存在（大人）所直接帶來的恐怖的感覺：

爲什麼有「大人」的恐怖威脅我
銀色的佩刀響著冰寒的亮聲
……
我爲什麼害怕　害怕「大人」的腳步聲
陰天覆蓋著幼稚的心靈

黑雲懸掛在枝梢
不尋常的權勢禁止我們說母親的語言……

非常清楚地記錄了人生〈過去的一個瞬間〉，即消逝的童年時期，黑暗的精神內面感受和體驗。然而〈童年的詩〉的後半段，卻出人意外地展開了截然不同的場面：

哦　母親
用祖母的語言灌溉我成長
赤裸的腳跟自由的跳躍
向茶園　向曠野　奔跑在燙熱的小徑
擁在族人的擁抱裡　自然的恩惠裡
我的童年　在紅土的山巔自由的跳躍
用祖母的語言灌溉我呵　母親

以明朗的場面、輕快的敘述，與前段的暗喻風景形成強烈的對比。前段表現的若是殖民統治下禁錮和束縛的時間，後段就是經由母體的回歸、族人的依附、自然的恩惠，奪回生的主體性，離脫被拘束而自由自在的時間，兩者也是對立的「對極振動的時間」，母體和殖民者（即大人），禁止（語言的禁忌）和自由奔馳（故鄉的空間，紅土的山巔的跳躍）之間鮮烈的對照，顯示出只有切斷被殖民的現實時空，作者自身才可能連結在想像中擁有主體性的自在奔馳的故鄉大地。這首詩，依憑作者過去的記憶，以眾多的「生的時間」裡的一個型態的顯影，而確確實實地獲得永久停格與「瞬間」的固有意味。也就是說，以委身於歷史和時代裡，作者自己等同於其他一般的臺灣人，全都無法避免的遭遇和認識作為主題——即作者的視點所凝集的這一外部「生存狀況」的巨大主題——通過對過去時間的適當處置（構成文學的場域），因而得以透過作品把主題相對化和普遍化，成為足資反射歷史鏡像中「光和影」存在時代裡的永恆的主題。

而前述以「對立的時空」意象來表現的方法，也有所延續，在作者紀錄殖民主題的詩作中，反覆被運用。如〈網〉詩中：

於南方的紅土山巔
移植花　移植智慧　移植許多種子
——栽培我們綠色的命運
……
如奴隸　被綁在網中

被吊在傳統的蜘蛛絲

〈雨中行〉一詩：

千萬條蜘蛛絲　直下
包圍我於
——蜘蛛絲的檻中
被摔於地上的無數的蜘蛛
都來一個翻筋斗，表示一次反抗的姿勢

「網和花」、「蜘蛛絲和蜘蛛」都是（表徵殖民、被殖民或反殖民）時空構造裡對立的意象。

可見，戰前殖民時代的記憶、印象和延伸，在陳千武的「時空構造的文學」（詩）中，是有脈絡可資追尋的，始終有其雙層的時間，即「過去導致的現在」和「文學的現在」兩個時間存在著。一九四〇年的時間，從當時看，具備「文學的現在」的時空構造（監禁和事件的同時性），從作者戰後或以後的任何時間來看，卻必然是「過去導致現在」的持續時間的回溯。一九六三年的詩作則剛好相反，是「過去導致現在」的時間和事件，以過去的記憶爲原點，構成「文學的現在」書寫，含有延續「過去的時間」的意義。這種時間構造的表現正好符合前節所述，作家將其在經驗的世界或不安定的現實裡，流動不定的自己的「生」，藉由時間來重新加以組織，藉此產生因果關係和關聯性，文學操作的方法。

四、歷史的時空構造（二）——戰爭體驗、生和死的意味

陳千武作品中，第二種歷史的時空裝置，就是以戰爭的體驗為原點的生命經驗與人性認識。可以舉他帶有強烈自傳和戰爭小說性質的短篇小說集《獵女犯》為代表。《獵女犯》一書在一九八四年十一月出版，各篇發表的時間，最早在一九六七年十月，最晚在一九八四年二月，大部分作品則於一九七六、一九八一、一九八二這三年中發表，是一種「時間回顧的文學」。對於此書的評論，諸家均集中於作品的主題和內涵思想。[13]筆者對本書也有過很簡單的評介，除關連於主題思想（特別是戰爭中人性的認識與描寫）的部分：

本書各篇的主題和內容，從悽慘的戰爭描寫，種族間愛憎情感，連帶和疏離，人生深層的微妙變化的捕捉，異國生活和景觀的刻劃，到亂世中生死、愛情的主題等，可謂多彩多樣，極其繁複，……作者的創作意圖，明白可見即以戰爭的反面的教材來凸顯和平的寶貴，祈願人類的

大愛化解仇恨和傷痛，以寧靜和關懷取代紛亂和鬥爭。[14]

之外，特別對於本書具有「時空構造的文學」的特質加以指陳：

除情節、人物、和事件糾葛極為複雜，極具戲劇性之外，在文學進行的時間（一九四二年七月至一九四六年七月），與空間（臺南、新加坡、爪哇、帝汶島、雅加達、基隆），往往藉凝縮場面的映現和鋪陳，來顯示時空大變動和移動的模樣，本書的內涵足以呈現作者的創作版圖，同時也足以重現作者消逝了的青春期的生命地圖。[15]

在《獵女犯》書中收錄的十五個短篇，是以虛構（可能也是眞實）的「故事」相互穿插，來構織戰爭和人間，呈示劇變和糾纏錯綜複雜的國際（東南亞）大型舞臺，全然是一種「過去的瞬間」所發生的文學。對作者而言更是重疊了消逝的青春期經驗，巧妙地安置於「時空設計」底下的文學

13 參見陳千武，《獵女犯——臺灣特別志願兵的回憶》（臺中市：熱點出版社，一九八四年十一月），附錄（一）至（四）宋澤萊等人的評論，頁二四五～二六一。

14 同註1，頁十五。

15 同註1，頁十五。

表現。而關於戰爭的經驗，透過時空構造的變換，形成表現的場域，除了《獵女犯》這本小說之外，具有可資重現作者個人〈人生的時間〉軌跡的，還有〈信鴿〉（一九六四年七月）、〈野鹿〉（一九六六年二月）、〈指甲〉（一九八六年四月）等三首詩，值得探討。在這些詩作中，重心已不置於和戰爭追憶有關聯的事件、人物等互動的場面，而回歸到作者的人生，自我生命的範疇中，「過去的一瞬間」成爲原點，衍生出對「生和死的主題」深刻思考。「死」由於生，繼續存在的「生」而產生，具備更大的意義：

我瞞過土人的懷疑
穿過並列的椰子樹
深入蒼鬱的密林
終於把我底死隱藏在密林的一隅
於是
在第二次激烈的世界大戰中
我悠然的活著
……
一直到不義的軍團投降

我回到了，祖國
我才想起
我底死，我忘記帶回來
埋設在南洋島嶼的那唯一的我底死

——〈信鴿〉

血噴出來
以回憶的速度讓野鹿領略了一切
……
野鹿橫臥的崗上已是一片死寂與幽暗
美麗而廣闊的林野是永遠屬於死了的
野鹿那麼想　那麼想著
那朦朧的瞳膜已映不著霸佔山野的那些猙獰的面孔了
映不著夥伴們互爭雌鹿的愛情了
哦！愛情　愛情在歡樂的疲憊之後昏昏睡去

——〈野鹿〉

把剪下來的指甲
裝入信封
給人事官准尉
在戰地粉身碎骨
拾不到屍體　就當骨灰用
那個時候
我當日本兵長
……
長了就要我剪
每次剪下來的指甲
都活著　然後慢慢地
替我死去

——〈指甲〉

在三首作品中，都共通地以啓動過去青春期的時空裝置（回顧戰爭的時間、戰爭的經驗，和因而形成的人生認識〉，以文學此一場域，來表達作者個人對「生死」巨大主題的領悟。〈信鴿〉中的「死的虛構」是戰後作者再生的基盤，由於過去時空中的死，才確實地保證了未來（戰後、現在）時空中的生；〈野鹿〉中的死，也內蘊著戰爭期間，殘酷和醜惡的死的體驗與悽慘不忍卒睹的印象，所以，才經由臨終前獲得解脫的畫面，刻劃出作者心中憧憬的美麗、寧靜、平和的死；〈指甲〉把日常剪指甲的行爲和異常的過去時空（戰爭期）中代替作者生命，集生死雙重的象徵，形成奇特的觀念連結在一起，指甲，也永遠作爲存活下來的作者生命獨特的一部分，繼續具備透視生死意味的東西。過去的死，成爲文學的主題，也就是經由文學的時空構造，使重大的生死體驗轉化爲「觀念的時間」，得以持續下來，「過去的死」連結於「現在的生」，死的意味和認識，在作者剩餘的生（現在、現實）的時間中不斷地被反芻、被吟味，必然轉化成爲支持作者未來的生的意志，堅定他人生的使命感，也成爲綿延不斷的「時空構造文學」的源泉。

五、時空構造的連續——戰後現實狀況的凝視和批判

上述具備連續性，綿延不斷的時空裝置，正是促使文學者陳千武，雖處於「戰前和戰後」兩個極其不同型態的空間（如統治體制、社會生活規律、語言和思考方式）中，卻能經由文學場域的構成，賦予自身（＝人）的內面時間，亦即各個「瞬間」的固有意味，進而明晰地掌握時代前後的

脈絡，清楚地描劃出「過去和現代」時間的關連性（或說形成在文學時空中才具備的「開始和結束」特殊的構造），而讓自身創造的「時空構造的文學」顯得「壯觀」而且富含「高次元的精神價值」，最主要的原因。

關於此一時間構造和空間構造的個人化和組織化，在作者的經驗，亦即「生的經驗和認識，文學虛構的場域」裡，具有（或形成的）同時性和後續性所代表的意味，筆者考察陳千武的戰中經驗，曾以底下的一段論述來加以說明：

……戰中對死的思考，無理的強制的反抗，在戰後成爲再生的精神的源泉，從而……轉向重生，他的重新出發，卻不能不受制於語言的改變（等於語言的喪失），以及歷史的巨大變化（等於抵抗對象的轉移），……後者即依然延續戰中對對象的凝視，……來調整自身內部和外部狀況（即現實）之對應方法。[16]

換言之，戰前戰中的體驗，透過時空構造和語言媒介形成文學表現的場域的同時，也轉化爲對戰後出現或存在的政治體制（如高壓的強人專制）、社會和文化（不合理的社會律則與落後的文化思考、醜惡的俗世現象等）的凝視，進而加以痛烈的批判。

在詩集《媽祖的纏足》中，透過作者對戰後狀況敏銳的凝視和批判之眼，將作者的思想血肉化、觀念化，媽祖因而往往被暗喻爲綜合著政治、社會和文化的負面表徵，必須顚覆的對象，經由時空構造的呈現，來提示作者批判俗惡時代，抵抗不義體制的意圖：

媽祖　坐了那麼久你的腳
在歷史的檀木座上
早已麻木了吧
……
這是非常冒昧的話
可是　應該把你的神殿
那個位置
讓給年輕的姑娘
……

——〈恕我冒昧〉

16　參見筆者〈死和再生〉一文結論部分，收錄於《桓夫詩評論資料選集》。

尤其　媽祖廟的屋頂
用最精彩的姿勢
在保佑著
我們的一切

……
我們相信
是屋頂
證實我們的愛和誠實
然而　瘋狂的屋頂
使我們一再地痛苦
曾有一次
我們更換了屋頂

可是屋頂還是同樣的屋頂
不夠溫暖
漏得更多

……

——〈屋頂〉

這兩首詩都把作者內部的政治、社會（含宗教文化）的意識，以時間（如歷史的檀木座上早已麻木）、空間（如無法走出屋頂——空間的隱喻）的構造來交錯，藉以凸顯戰後被歪曲了的現實醜惡環境和狀況，對其展開批判。並在「時空構造」個人化、文學化之餘，顯示出作者內部意志，和外部實存世界的對立「對極的振動」，構建出強固的抵抗文學的場域。

六、結論

本論文以文學時空構造的若干重要法則，重新組織蘊藏在作家經驗和精神中，過去和現在的內面時間（生命體驗，生死的認識等）來呈示意味，如陳千武非日常的文學時間，有其開端和結束，才形成特殊的因果關係與連續性，具有崇高價值等，作爲思考和考察文本的底盤。對陳千武文學的時空構造諸層面，藉由創作文本的閱讀、剖析，也作了一些概略性的論述與檢證。陳千武的文學，不折不扣地，是在時空構造中轉化個人內面的體驗或觀念，下意識創造出來的，由於突然（或宿命的）「發生的事」因而「發生的文學」。不管有無時間的錯誤和遲緩的構造，作爲一個語言表現的場域，在時空變化中「瞬間的一個型態」，他所建築的文學世界，基於內蘊著巨大的主題，並且努力以清晰的場面或意象，呈現出個人（人生和時代）的光和影，確實足資充分彰顯其個人實存的意義，也成爲對時代狀況忠實的紀錄而存留下來，具有見證過往歷史，和高層次的文學價値殆無疑義。

本論文只以陳千武經歷的戰前和戰後兩個不同時代，若干重要的主題，如殖民的記憶、戰爭的體驗，和戰後現實狀況的（批評）書寫等作爲議論的焦點，對可能佐證作者生命成長經驗的時空構造，如〈旅情〉、〈旅愁〉等多數詩作，表現人生寄於流轉、浩瀚時空中的哀愁和孤獨，以及小說《獵女犯》中處處流瀉的生死無常，人世悲歡離合的感慨與領悟的主題，或男女愛情爲主題構織的恍惚、陶醉的世界，兒童文學幻想的、異想天開、變化自如的世界，即「夢幻的時空構造」文學，都無多餘的篇幅來加以探討。

最後，擬引用陳千武分別寫於戰前和戰後的兩首詩作的一部分，略作論述，作爲本論文的結語。

……

怠惰的命運　人身的變遷
胡琴的曲調　揚琴的音響

萎縮的笑聲　襲來的非情
都是寄宿在一葉花草的同化的嘆息
……
沉默的院子
從無聲的變遷　有聲的生命的自然性
純良命運的變化必須也純善……
——〈無聲的院子〉

時間。遴選我作一個鼓手
鼓面是用我的皮張的
鼓的聲音很響亮
超越各種樂器的音響

鼓聲裡滲雜著我寂寞的心聲
波及遠處神秘的山峰而回響
於是收到回響的寂寞時

我不得不，又拼命地打鼓
鼓是我痛愛的生命
我是寂寞的鼓手

——〈鼓手之歌〉

一九四〇年的作品〈無聲的院子〉以對院子「寬闊的空間」的冷靜觀照，來默默注視無可預測的人事變遷、生死流轉、愛情緣起緣滅的模樣，乃至故鄉的人物等等，終段卻以對純愛和幸福的憧憬和期待，「純情的童心活潑躍動的可愛/就會湧現愛/可愛才是人的幸福的微笑/愛才是人的幸福的微笑」來收場，在時間和空間的交錯中，顯示熱烈追求美和善的心情。一九六二年的作品〈鼓手之歌〉，則以置身永恆時間中孤獨的心情，呼應廣漠無邊的宇宙空間所引發的寂寞感，結尾卻藉不停地打鼓的動作，顯示對生活的熱情和生命的熱愛。在此明白地呈示了，陳千武的「文學的時間構造」和「時間構造的文學」的一致性，相互契合，共通地存有透過生命的意志，努力去提升「人性」、純淨精神的意涵。無庸置疑地，對陳千武而言，不管是現實或虛構，文學的追求和人生的追求，必然都是同樣的，含有其深沉的境界和高尚的價值。

計算的美學——詹冰論

詹冰認爲寫作是一條快樂的路，「我們的生命，只有沉浸在美的時刻，才眞正的活著」。因此，他勤於寫詩，寫兒童文學，寫劇本，寫隨筆，甚至勤於作畫。迄今已出版的著作有：《綠血球》、《實驗室》、《詹冰詩集》、詩集《銀髮與童心》，兒童詩選《太陽·蝴蝶·花》、詩文集《變》等。

存在詹冰詩基底的特質，一言以蔽之，即知性美。一般論者以爲，他的詩是屬於精密計算以後的精神結晶。他善於透過生理感官的感覺與色彩，呈示視覺性的畫面構成，塑造新鮮的意象，因而他的詩常常顯示出一種獨特的造型美。

繼承戰後初期所寫的〈五月〉等作品，基本的視覺詩型，到四〇、五〇年代，他的詩在多方嘗試之餘，更進一步發展出不少獨特的形式。這一階段，可說是他漫長詩作過程中的高峰期。在此期中發表的詩，如〈金屬性的雨〉、〈透視法〉、〈實驗室〉等，風格上看不出太大的變化：

銀白色的雲
發射白金線的雨
於是少女的胸裏
就呈現七色焰色的反應

——〈金屬性的雨〉

愛上了馬　薔薇
呀　白色的腦髓中
紅色的花朵開了

——〈透視法〉

安靜的水銀　蒸餾水
憤怒的臭液　發煙硫酸
……
眞美　火焰中的焰色反應
好奇　白絲上的朋沙珠試驗

——〈實驗室〉

都是沿襲他基本的知性、色彩美、晶瑩透明的意象等，追求造型美的作品。但接下來，五〇年代後半期所試作的一些圖象詩，卻帶有前衛詩的色彩，開拓出異於他往日詩風的新的領域。如〈雨〉（一九六五年）、〈淚珠的〉（一九六七年）、〈水牛圖〉（一九六七年）、〈二十隻的試管〉（一九六八年）等，均採取藉由圖象形式來加重視覺印象的方法，可視爲他基本詩型的延伸和變形：

雨雨雨雨雨……
星星們流的淚珠麼
雨雨雨雨雨……

——〈雨〉

感情　的　露點
球形　的　晶體就凝結　淚珠有
意志　的　表面張力

——〈淚珠的〉

擺動黑字型的臉
同心圓的波紋就繼續地擴開
等波長的橫波上
夏天的太陽樹葉在跳扭扭舞

——〈水牛圖〉

試管中有帶電的花朵
試管中有蜜甜的果實
試管中有芳香的詩篇
試管中有美麗的定律

——〈二十隻試管〉

〈雨〉和〈試管〉大抵相同，以疊句反覆的旋律來增強視覺效果，表現出鮮明的圖象。〈淚珠的〉則在圖象外加上形容和說明，表出意義性，使物象和主題更爲清楚。〈水牛圖〉則綜合圖象和印象式自然流動的畫面（風景），新奇而有趣。正如作者自己的說明：「……圖象詩，就是詩與圖畫的相互結合與融合，而可提高詩效果的一種詩形式。」

這一時期的詹冰的詩作，也可看出他對音樂性的講究和注意，如〈蠶之歌〉、〈那首歌〉、〈足音〉（均爲一九六六年發表）、〈船載著墓地航行〉（一九六九年）等：

我認眞地吃
我認眞地吃下現實
我消化現實中的苦惱

——〈蠶之歌〉

初次　那首歌
由乳房聽到
……
其後　那首歌
瞑想時　銀色的閃電般

——〈那首歌〉

老人　蒼白的墓碑
男人　蒼白的墓碑
女人　蒼白的墓碑
小孩　蒼白的墓碑

——〈船載著墓地航行〉

都是以再三重複的旋律，來喚起讀者聽覺感受的詩法，特別是〈那首歌〉，以思念母親爲詩的主題，每一節用「初次」、「其後」、「比如」、「有時」、「只要」等不同的「時間」或「狀況表現」的語詞作開頭，更加強了詩的音樂性效果（彷彿具備催眠曲的作用），極爲成功。

六〇年代迄七、八〇年代的詹冰，詩的風格產生了大的變化，有走向用句平淡、加重敘述性、散文化的傾向，且大都以自身的生活、感想、往日追憶爲題材。如〈老境〉：

快速來臨的老境　好像有
經過多次提煉的茶葉
被熱水沖泡出來的味道
我已學會對人生的嚐味方法

就是一例。

詹冰晚年又提倡十字詩的創作，以爲：「十字詩是世界最短的詩，只用十字來表現詩意、詩感。它的特點是簡潔和留白，增加創造空間，讓讀者參與合作完成深遠的詩境。」從短詩型式的嘗試，企圖打開自己創作的新方向。

詹冰在兒童詩、兒童劇的創作方面，也極有成果。他的輕歌劇《牛郎織女》多次獲獎，且一九八六年四月曾在法國巴黎公演，受到好評。

詩、夢、歷史與現實——陳千武論（二）

一

埋設在南洋
我底死，我忘記帶回來
那裡有椰子樹繁茂的島嶼
蜿蜒的海濱，以及
海上，土人操櫓的獨木舟
我瞞過土人的懷疑
穿過並列的椰子樹
深入蒼鬱的密林
終於把我底死隱藏在密林的一隅

於是
在第二次激烈的世界大戰中
我悠然地活著
雖然我任過重機槍手
從這個島嶼轉戰到那個島嶼
沐浴過敵機十五厘的散彈
擔當過敵軍射擊的目標
聽過強敵動態的聲勢
但我仍未曾死去
因我底死早先隱藏在密林的一隅
一直到不義的軍閥投降
我回到了，祖國
我才想起
我底死，我忘記帶了回來
埋設在南洋島嶼的那唯一的我底死
我想總有一天

一定會像信鴿那樣
帶回一些南方的消息飛來——

這是詩人桓夫（陳千武）所寫的題爲〈信鴿〉的作品。這首詩在他的眾多作品中具有十分重要的位置。其一，這是一首寫個人精神史的告白詩，是以在南洋參戰的經驗，也就是詩人的青春期中最重要的一段日子與體驗爲內容，而展開敘述。同時，截然地指陳了詩人的生與死的分界的歷史，以及詩人存在的歷史的巨大變化，「一直到不義的軍閥投降／我回到祖國……」任何人都可以理解這是敘說臺灣光復、臺灣史的空前變化。其二，這是一首寫戰爭體驗的詩，特別是死的體驗的詩，然而，就詩人而言，其意義反而是在經由「隱藏死」的虛構的逆說，強調沒有死去，逃脫了死而活下來的生的重要事實，「埋設在南洋島嶼的那唯一的我底死／我想總有一天／一定會像信鴿那樣／帶回一些南方的消息飛來」這兒，詩人預言著「唯一的青春的死」時時在他殘留的生之中會反覆出現，被反芻而持續的必然性。更確切地說，詩人的一時代的死的意識，已經宿命地成爲強烈支撐著生的意志而永遠存在。歷史改變的客觀事實，對詩人桓夫的重要意味，在此可以令人體會。

譬如　從霧裡
或者　從所有的樓梯的跫音裡

遺囑執行人　模糊地顯現了姿影
——這就是一切的開始

這是作為戰後日本現代詩最重要的存在，「荒地」集團主導詩人鮎川信夫氏的〈死去的男人〉開頭的一節。作為自覺於「遺囑執行人」而存在的詩人，同樣是從戰後歷史的死的空白狀況再度出發。我們可以確信，鮎川和桓夫兩位詩人，必然同樣具備了回顧死去的空白、個人的精神及生的歷史，強烈地期待新生歷史形成的心情吧！

不管願不願意，被迫去接受歷史改變的事實，對任何人而言，都是一種精神的悲劇，因為單純地接受歷史改變的事實不可能存在。通常是籠罩於歷史與時代龐大的陰影下軟弱的個體的存在，必須連帶地否定個體的，附著於逝去歷史的生，從已經體驗生成的歷史經驗中，再重新接受，思考新的歷史經驗。而延伸於往後的生涯中，過去的歷史又往往會成為無法褪除的傷痕，會再三地重現，所謂「遺囑執行人」的存在實在是孤絕而艱苦的搏鬥。

相對於鮎川氏存在的重新形成日本的戰後史，桓夫的歷史改變卻含有更大的意義。他們的世代歷史的改變正如同自己的生所背負的宿命一般的東西，從開始就連結於他們誕生的根源，所謂沒有鄉愁的孤兒宿命，並非只是像戰爭的勃發或某一種狀況的變更而已。這也正是不斷地、再三成為殖民地而存在的臺灣歷史悲慘的宿命。桓夫曾經藉〈屋頂下〉一詩來表現這種時代的悲劇：

從進入的屋頂
我們永遠跑不出來
……
我們相信
是屋頂
證實了我們的愛和誠實
然而 瘋狂的屋頂
使我們一再地痛苦
曾有一次
我們更換了屋頂
可是屋頂還是同樣的屋頂
……

「我們更換了屋頂／可是屋頂還是同樣的屋頂……」的詩人的心情，可以說是深深地連結著過去自己誕生的歷史，並將內部個人的生與外部的存在加以重疊才感受得到的強烈心情。那麼，以此種歷史意識作精神的底流，桓夫如何回顧他的生，如何記錄他的個人與存在的精神史呢？同時，如何使內部的表現意識與外部的現實意識加以連結、衍生呢？透過他的詩的世界，以下擬作一概略式的考察。

二

對於爲什麼想寫詩，桓夫自己曾指陳了：「……現實的醜惡常變成一種壓力，以各種不同的手段，挾制著人存在的實際生活……感受這種醜惡的壓力，而自覺某些反逆的精神，意圖拯救善良的意志與美，我就想寫詩。」而他曾經回憶過：「……在戰爭體制下，只感到一種反逆……」、「……上了中學，就不一樣了，一方面心智較開，也逐漸感受到社會上的種種壓力，譬如凡事都要照日本政府的政策去做，當然這種壓力不是針對某人或某事而言……」。桓夫的童年是在：

> 我底童年　上公學校的書袋裡
> 裝滿著教我做「賢明的愚人」的書籍
> ……
> 禁止說母親的語言　違反的記錄

被貼在教壇的壁上　記錄著悲哀

——〈童年的詩〉

被禁止說母親的語言，而曾經有過違反的記錄，在反抗的狀況下度過的。配合他的自述，則他對於歷史意識萌芽極早可以推見。而被殖民時代的個人體驗，或歷史體驗，促成他對自己生的根源的省察、追尋，以及對於自己眞正歷史的憧憬，在被壓抑時則以詩的反逆予以表現，這可以說是他開始寫詩時的心境吧！

基於此，桓夫的歷史意識首先透過詩而連結起來的是他的鄉土，或根源的意識自不待言，在〈網〉一詩中：

啊！命運的花一瓣瓣
放著不甚透明的悲哀
如奴隸，被綁在網中
被吊在傳統的蜘蛛絲中
繫吊的蜘蛛似種子、你我、傀儡
——絲織繽紛的世網

在〈在母親的腹中〉一詩中：

珊珊來自霧海
雕刻年代曆的靈牌
福建　漳浦　赤湖
我底命運的原始地
而我被棄於世網負隅的
——一粒種子
在母親的腹中
我底歷史早已開始蠕動
來自柔如山羊的眼睛
暖如深谷
賦予泥土的命運
綁在網中
掙扎於斷臍的痛苦

我底歷史早已開始蠕動
哦，在母親的腹中

這些作品裡，一方面對誕生的根源顯示了無限的親近、熱愛，一方面也對無奈的命運發出悲嘆與感傷。特別是「網」的象徵，常常在他的詩中被使用，或轉化爲雨絲而出現。如〈雨中行〉一詩：

一條蜘蛛絲　直下
二條蜘蛛絲　直下
三條蜘蛛絲　直下
千萬條蜘蛛絲　直下
包圍我於
——蜘蛛絲的檻中

如〈窗〉一詩：

有雨

雨滴流在窗玻璃上
窗玻璃的雨絲
構成密密的鐵格子
囚我於黯然的籠子裡

大抵上，附著於鄉土的詩人強烈的感情，往往呈現了同時被「網」、「絲」圍困，不能自由自在地顯示自己生的存在而苦悶，如此，往往發展成爲如〈雨中行〉的：

被摔於地上的無數的蜘蛛
都來一個翻筋斗，表示一次反抗的姿勢
而以悲哀的斑紋，印上我的衣服和臉
我已沾染苦鬥的痕跡於一身

母親啊，我焦灼思家
思慕妳溫柔的手，拭去
纏繞我煩惱的雨絲

弱者依附於母體的渴望，或以弱者的抵抗命運雙重性格而呈現。這種雙面的體認，事實上正是詩人桓夫以鄉土爲素材的詩中常見的方式。

對根源的歷史認識如果是桓夫與生俱來，配合了鄉土感情而存在的認識，則在青春時代經歷的戰爭體驗，也就是在歷史演進過程中，不管願意與否，被迫遭受戰爭體驗，也成爲他的血肉，而影響了他的詩風格的形成。

桓夫的戰爭體驗是連結於對「生」與「死」，對「體制」的印象而加以表現的。像〈野鹿〉一詩：

很快地
血色的晚霞佈滿了遙遠的回憶
野鹿習性的諦念
品嚐著死亡瞬前的靜寂
而追想就是永恆那麼一回事

嘿　那阿美族的祖先　曾擁有七個太陽
你想想七個太陽怎不燒壞了黃褐皮膚的愛情

誰都在嘆息多餘的權威貽害了慾望的豐收

……

野鹿橫臥的崗上已是一片死寂與幽暗

美麗而廣闊的林野是永遠屬於死了的

野鹿那麼想　那麼想著

那朦朧的瞳膜已映不著霸佔山野的那些猙獰的面孔了

映不著夥伴們互爭雌鹿的愛情了

哦！愛情　愛情在歡樂的疲憊之後昏昏睡去

睡……去……

在這首詩裡，詩人以對於生的「自然」憧憬做引發，描寫死的瞬間感情，其中敘及了暴虐的現實與生——以太陽爲象徵，又強調了對於安樂死的憧憬，不可否認地，這首詩是他的傑作之一，他曾經自述創作的動機，提及：「野鹿是從自己的經驗中發現素材，以擬似故事的構造寫成。」所謂經驗，事實上就是戰爭中被徵召至帝汶島服役的經驗。不管如何，對於死的憧憬，在後來的〈影子的形象〉（「暗幕的形象」）長篇詩中也曾出現過：「……大地的死永遠是健康的／我們必須等待／從大地萌芽的死／等待一個死眞正得到另一個死爲止……」這種對於死的憧憬，實際上可以說是對於生的醜惡現實的反抗與不信，透過抵抗和對生的批判，後來成爲他詩開展的一個關鍵，不能不說根源於此。而作爲暴虐象徵的太陽的形象，也再三地出現在他的詩中，如〈影子〉一詩中：

專制的太陽壓在頭上的時候
我底影子長不起來
影子好像是脆弱的自尊心

如〈屋頂下〉一詩：

從太陽的暴虐
從淹溺的殘忍性
我們逃避

如〈夜〉一詩：

她是愛的叛逆者

在白天繼續著對太陽的無言的抵抗
總可以在夜生活中尋找快樂而活著的她
內含著叛逆的美醜惡的白晝啊　消滅吧！

如〈太陽〉一詩：

我張開眼睛
乃是一粒被迸出了的種子
飛落於荒野
茫然　面對著太陽

當然，在作爲現實的暴虐的象徵，也就是說，經常令詩人感到重大壓力的醜惡現實的象徵，不只是太陽一種存在而已，在他的詩中，經常顯示了對立於弱者或孤獨的「我」的物象與對象，這些對象也正是他後來在詩中展開批判、抵抗的對象。如此，形成了上述對於生活不信，也就是存在的疑問，以及對於物的、現實的客觀的嘲諷，這些都歸納於他的批判的性格裡，加以收斂而存在。

三

根據上段論及的歷史意識——連帶於鄉愁感情，以及歷史的戰爭的體驗——連結於自己的生與死與現實，雙層的表現方式，才使桓夫的詩從個人的精神史，經由內部的反省發展出來，成為他的作品特殊的性格——抵抗與批判兩種素質。正如他所言：「……抵抗不是單指抵抗某種對象，像反對殖民政策啦，是對自身的一種內省……」把他的詩所具有的批判的性格，視為透過詩，投射他所持有的「回歸自己內部」、「回歸歷史」的精神，和「不確實的生」、「醜惡的現實」風景的知性產物，應當是沒有太大的失誤吧！而詩人作為批判與抵抗的題材大抵不脫以風俗的、世態的（或現象的）以及習性的，也就是存在於周遭現實的劣根性為範疇。以下，我們約略地探討其內涵。

對於風俗的揶揄、批判，大抵是根源於詩人對民俗的認識與人的信仰問題的考察。詩人的一系列以媽祖作為素材的作品，最足以顯示其意圖，就詩人而言，媽祖有時候是傳統的象徵，有其正面的意義，例如〈魂〉一詩中：

媽祖廟不是也有廟魂那樣的東西嗎
像泰耶魯精神或大和魂
或安格魯撒克遜的民族意識

那種誇耀正氣的精神
使人永遠不會忘懷古代語言之美的那種

然而，整體而言，媽祖作爲象徵而展開的詩人的意圖，無非是要對於已經僵化了的傳統、缺乏自我檢視的惰性，以及附著權勢而成爲醜陋的形象加以抵抗、反逆，而其基點除了詩人對於歷史傳統的凝視、關懷及諷諫之外，實有一種追求合理主義的心情和發現事物新的、眞的本質的要求。在〈春喜〉一詩中：

〈象杯〉她俯伏
拾取了月形杯筊的時候
〈象杯〉她俯伏
拾取欺騙自己的錯覺的時候
她那彪大的臀部就遮掩了
媽祖的金身

在〈廟〉一詩中：

他們喜歡在神話裡做活
他們預感終將變成神
陰間和陽間越來越接近

在〈神〉一詩中：

她信仰媽祖
也信仰城隍爺
她拜土地公
也拜觀音菩薩
她把信仰歸因於母親而把追從現代的流行歸因於自己
不管歸因於母親或歸因於自己
她連一點把握都沒有

都含有詩人對於眞的事物本質的確認，一種焦灼的心情。而在〈魂〉一詩中：「……沒有誇耀正義那種靈魂／也無所謂的自由的椅子／有權力的，頭目的權力／能夠任你胡作非爲的／方便的椅子／拔掉美的語言的心軸／僅是鑲金的椅子／有權力的／頭目的權力，面向媽祖，一張有權力的椅子……」。在〈平安〉一詩中：

我希望你信神
雖然
我無信仰
但是
我喜歡你信神
……
你就
不再跟我吵鬧了

則對於變質而野蠻的權力、政治神話的本質，也就是對根源於政治文化的劣根性加以痛切的考察與檢討。〈部落〉一詩更有著眼於宗教文化傳統與舶來（本土與外來）的矛盾的檢討：

建築廟宇　又短絀經費
於是天主堂落成了
樓頂懸著搖幌的銅鐘
祖傳遺教　祭祀鬼神雕刻像
那不是太土氣了嗎
來一套橫的移植吧
聖母．瑪利亞眞帥眞誘惑
羨慕的乳房
文明的源泉
文化是被吊在枝椏上
那些骷髏的變相是不！
通姦有罪　便用供獻的
豬和酒灌醉部落民吧
灌醉了土神
神會遺忘了所有的罰則呢
天主堂的鐘嚴肅地嗚響了

「文化是被吊在枝椏上/那些骷髏的變相是不……」一般的直截的疑問，可以顯見詩人對於橫的移植與縱的繼承的文化的一種體認，這種對文明觀、文化觀的關切與探詢，在藉著詩去呈示時，可以看出詩人對於以詩作爲現代存在的「意味」的探究方法與企圖，亦即是透過民俗、宗教、信仰的文化考察，去省察內部歷史的一個表現樣式。

在對於世態的批判、諷喻，則基本上正符合詩人自己的詩作的動機：「……認識自我，探求人存在的意義，將現存的生命連續於未來，爲具備持久性的眞善美而努力，就必須發揮知性的主觀精神，不斷地以新的理念批判自己，並注重及淨化自然流露的情緒，但不惑溺於日常普遍性的感情，而追求高度的精神結晶。」正是基於此種心情，詩人從事著連結他的生的內部和外在的日常性的檢視。

如在〈大拍賣〉一詩裡，對附著於觀光事業的賣春的揶揄；如在〈映像〉之中對賄賂不正的現象的糾彈；如在〈歌仔戲〉中，以歌仔戲爲素材，對於哭的文化、怯懦無知的行爲的憤怒：「女扮男裝以假眼淚洗臉/演唱愛情的戀態/以情愁抹殺理智/以員外的長袖攪拌泥女的故事/活在今天的追憶/沒有明天的飛躍/永恆被黏在愚昧的瀝青裡/……失去了意義的哭，還要哭……」而透過世態的凝視，也表達出他強烈參與社會關懷的意圖。在鮮烈的詩的社會性格中，有詩人清醒的眼存在著。

在對習性的批判裡，詩人桓夫的出發點可以說是基於凝視民族的劣根性，而展現共通於人的劣根性，也是含有一種強烈的文明批判性格。譬如〈咀嚼〉一詩對吃的文化的批判：「……坐吃了五千年歷史和遺產的精華／坐吃了世界所有的動物，猶覺饕然的他／在近代史上／竟吃起自己的散漫來了。」在結論上，連結傳統的劣根性、民族的劣等性格，可見他的歷史意識的延伸。在〈紅的迷信〉一詩中，對於「紅」的顏色受到過分的渲染、偏愛，而引發出畸形的文化現象，基於政治與社會的次元加以省察：「餘暉染紅了他的傲慢／紅紅的血潮湧現在臉上／他喜愛紅／相信紅紅的紅色在夕暮風景裡／能解脫厄運／把兩扇大門噴漆得紅紅……／潔白的掌上留紅一點血痕／那是拭不掉的暴虐／他仍然相信紅象徵著幸福／以紅的保護色／穿過夜慾望的街心／冀求晨光反照／血染滿地紅」可以見出他對根深蒂固的習性的正面反駁，以及對釀含在內部深層的習性嚴苛地批判的理念。

可以說，從省察自己的內部，企求回歸歷史的心情而出發，桓夫擴展的詩世界，乃是藉著詩作爲凝視現代文化、批判現代文明，以及追求新而合理的、眞摯而善良的現代精神，才能達成的現實性的世界。不管過去的生活與死的體驗，歷史的、宿命的感覺，造成他對現實的如何不信，對現實存在的意味持有如何的疑問，他都是以關懷與親近自己的生活內部的歷史的誠實心情，想透過詩奪回自己理想的「現實」。在這兒也可以看出，他的文明批判和現實批判的詩的實踐。同時，他最終的考察往往能夠回歸於自我的內裡，也就是以對一個「人」的確認而加以履行，如〈花〉一詩：

是不是曾經想過我們底幸福是怎樣形成
　的？
拘泥於形式的虛幻的語言
擁抱著我們，於是我們
對著浪子放蕩的惡性
注視著眼睛
閉上了眼睛
壓死了叫聲
……
花是
開在心的角落裡弱不禁風的美德
……
種植花　讓花開在心田裡吧
不要再做那些無意義的禱告

種植花，讓花開在心田裡的詩人的誠摯心情，實在包含了詩人的愛、他的歷史、存在，以及對其投以無限希望與期待的感情，而回歸「是不是想過我們底幸福是如何形成的」最小限度個人存在的立足點，這是對渺小的存在——人的立足點的確認和回顧。

當然，在桓夫具有批判性格的詩世界裡，不止對文明的凝視，尚有多方的觸角，如對於人的虛僞的本性的揭發、個人籠罩在單一體制下的反抗等等。而整個地看，這種批判、抵抗的性格，是源於他的自省、歷史的意識，配合著現實的精神，透過詩建構起來的個人精神史，這是他整個存在的精神史的縮影。

四

詩，如果是詩人持之作爲對現實與歷史、自己生之內部的結合，詩人立場顯示的一種追求與實踐，則對桓夫而言，應該是一種類似「夢」的追尋行爲。誠如他自己所言：「對於飛翔自由世界的夢幻，樹立理想鄉的憧憬……」在詩中有他無限的夢的飛翔與理想鄉。詩人桓夫有其敏銳而新鮮的感性，也有其多樣的面貌。在〈鼓手之歌〉一詩中他如是歌詠著：

時間。遴選我作一個鼓手
鼓面是用我的皮張的

鼓的聲音很響亮
超越各種樂器的音響

鼓聲裡滲雜著我寂寞的心聲
波及遠處神秘的山峰而回響
於是收到回響的寂寞時
我不得不，又拼命地打鼓

鼓是我痛愛的生命
我是寂寞的鼓手

類似此種不休輟的打鼓，帶有狂熱的追求精神，投射在無限時空的自我寂寞感，是一個藝術家、詩人付出全部生涯、全部生命的熾熱追尋。這正是詩人桓夫創作時最大的原動力。也只有秉持此種純粹的追求心情出發，桓夫的詩的面貌才增加了無窮的魅力與多樣性。

依照創作先後的階段，大體上，〈密林詩抄〉是屬於比較抒情性的發展時期，在這兒，他透過各種詩的方法，如象徵、戲劇性、故事性的嘗試。而到了〈不眠的眼〉時期，則已有了相當強烈的現實意識的呈現，對鄉土的歌頌、詩精神的捕捉，都付出鉅大的努力。《野鹿》詩集的出版可以說是他創作高潮，從偏重感性的詩的方向過渡於現實精神的呈示的階梯。〈剖伊詩稿〉雖然是以性與愛爲考察的主題，但我們已可以發現詩人的極端冷澈，以女人爲對象、客觀的物，和具有分析的詩意識及酷冽的現實精神的創作方式。《媽祖的纏足》與《安全島》兩部詩集則是他的現實理念，成熟的批判性格的展現，特別是在《安全島》的後期，有「回歸於自己」強烈的傾向，值得注目，如〈春夢〉：

年輕的夫妻
種完了肥沃的稻田
盼望即將到期的豐收
不求名　不奢侈
只抱負　繼承祖傳的美（夢）
要堅強地活下去

如〈高速公路〉：

只要我和我的車子
　不失去調和
死仍很莊嚴的
漫步在遙遠的地平線上

如〈安全島〉：

我不是喜歡長久站在
安全島上看風景
但因川流不息的車輛
造成交通紊亂的淫海使我久久不敢下來

許多作品已經有由對外界的嚴酷批判，漸漸轉向自己的周圍，溫和關切的傾向，如果配合他所撰寫的一系列的自傳體小說《獵女犯——臺灣特別志願兵的回憶》，時時表露出一種對於共通人性的愛與虔誠感情交流的渴欲，則他回歸於內部的企圖，或許是他創作的新轉捩點也說不定，值得我們加以期待。

硬質而清澈的抒情——錦連論

一

日本已故作家武田泰淳的名作《司馬遷——史記的世界》是詩人錦連愛讀的書籍之一，筆者的記憶中，那已經是十年以前的事了。詩人的眼中閃亮著異常熱烈的光芒，滔滔不絕地談論著武田氏對司馬遷的評價，其中的一段：

司馬遷是被去勢，活在恥辱中的男人……日日夜夜啃噛著難以忍受的恥辱而繼續活下來，而且抱著堅忍執著的意念不眠不休地創作他的《史記》，……許多的名著都是痛苦的產物，司馬遷所忍受的，刻骨銘心的痛苦卻是無可比擬的。活著即是恥辱這樣的苦楚，乃是致命的東西，讓任何人都束手無措。

當時，那一刹那詩人的神情，確實令人難以忘懷。在現實生活中，錦連氏自然不必有，也不曾經歷過司馬遷的體驗和屈辱，重要的卻是，錦連氏能像武田泰淳氏一樣，深刻地理解司馬遷——亦即所有處於悲慘境遇中，受盡屈辱的人——的心靈深處，並且強烈地感動於那種忍耐逆境，轉化莫大的苦楚振作發憤、狂傲不屈的精神。錦連氏之所以自覺：「……精神生活中如果沒有詩，我一定會更加痛苦和絕望。追求詩文學是我唯一的慰藉，如此而已……。」不斷地，在空虛和寂寞的人生中，堅持擁有詩作爲精神糧食，或許就是根源於能夠忍受內心痛苦的煎熬，擁有類似上述司馬遷生命內裡燃燒的強韌意志吧！可以說，由此形成了詩人錦連獨特的、有所不爲的潔癖，極端的自我節制，始終一貫追求詩的純粹心情。

然而，錦連氏絕對不是抑鬱終日、畏畏縮縮過活的詩人，反而極易讓我們感受到作爲平易親切的一個人，內在樂天的、根植於大眾生活、積極入世的庶民感情，甚至帶有一種出自草莽的豪傑氣概，充滿生命力，具備反骨的俠氣，滔滔不絕雄辯的才能。他的氣質中，幾乎是混合了大量明朗和颯爽的要素，像磨得雪亮的剃刀一般，時時刻刻顯露出硬質清澈的抒情性格，促使他輕而易舉地發揮著他幽默的感性和鞭辟入裡的諷刺本領。

因此，縱然詩人錦連氏自己認爲「……我一直以孤單及緩慢的步伐，走過近半世紀的寫作歷程。」、「……我自然一直蹲踞在詩壇上一個陽光照不到的角落。」[1] 其實，他天生具有與眾不同的詩人風采與氣質，早足以證明他的踽踽獨行絲毫無關、無損於他成爲巨碩發光體之價値和存在。

眾所皆知，錦連氏是屬於跨越語言的一代，一九二八年出生的當代臺灣元老級詩人。他的詩作開始甚早，更經歷過戰後漫長的臺灣詩史過程，雖然稱不上是十分多產的詩人，從「銀鈴會」《潮流》、《現代詩》、《南北笛》、《好望角》、《現代文學》、《創世紀》，到《笠》詩刊等重要的詩刊、雜誌，都曾留下他的足跡。已經出版的詩集有《鄉愁》、《挖掘》、《錦連作品集》等。

二

錦連氏曾自謂日據時代即開始詩作生涯，而參加銀鈴會「……確實改變了我的人生，……現在回想起來，當時如果沒有與張彥勳兄主編的銀鈴會相遇，可以說，也沒有我的文學生涯。」[2]因此，在區分他創作演變的階段時，也許可以把從戰中到銀鈴會的歷程，當作是他文學修業的一時期，在此一時期，已初步塑造出他詩的風貌。或者在浪漫的情懷中呈示具象的人間風景，或者在現實的觀照中孕含生命的思索，或者在節制的感性中表現青春的哀愁，都顯示了明晰的心象，平實而飽滿的構成。

風打北方吹來

盯盯地望著天空
我的心隨著每一擊波濤
逐漸給叫醒過來
突然抱著胳膊
爲何我會悲哀
分外明亮的天空

——〈在北風下〉

閉上書本丟棄筆
睜開眼睛　我站了起來
我的面前
聳立著一面耀眼的白壁

1　參見錦連，〈自序〉，收錄於《錦連作品集》（彰化市：彰化縣立文化中心，一九九三年六月）。
2　同註1。

不許否定的現實的相貌……

——〈無爲〉

仰望著細雨濛濛的天空
老頭兒
噗噗地吐出煙絲的灰煙

小火車的嘆息
和陳舊煙管的渦形煙圈
輕飄飄地糾纏在一起

——〈寫生畫〉

〈在北風下〉發表於銀鈴會出版的《潮流》，〈無爲〉和〈寫生畫〉則同屬於戰後初期的作品。共通地，均以寄物陳思的方法，借外界的物（如白壁、書本、煙、小火車等）或自然風物（如天空、波濤、風等）來表達內裡的詩思。〈在北風下〉是表現一種我與物的共感，季節（時間）變遷中的孤寂；〈無爲〉則帶有哲理和思索的性格，陳述一種虛無的日常生活情緒；〈寫生畫〉則用遠近法、印象式的筆觸寫生客觀的風景，從外界的物象引發出自身（也是一般人易於體會的）的感傷。

通過這樣一段傾向浪漫抒懷的時期，《鄉愁》（一九五六年，是他四〇、五〇年代詩作的集成）詩集的出版則劃分了另外一個階段，顯示出當時詩人求新求變和更加一層飛躍的渴望。收入集中的作品多爲短詩形式，和隨後不久發表的前衛實驗創作相互輝映，令人感受到詩人鮮烈的知性、豐富的想像與多采的意象塑造：

西瓜——
　紅的鮮艷之閃耀
水分——
　從少女們雪白的牙齒間
滴落下來
夜市——
　眞現般的露水之氾濫

——〈夜市〉

一絲絲的
銀髮之鐵線網
一滴滴的
眼淚之圖案

——〈雨情〉

蚊子也會流淚……
因爲是靠人血而活著的
而 人的血液裡
有流著悲哀

——〈蚊子淚〉

有著

重量的悲哀
有著
期待著奇蹟的恐怖

——〈妊娠〉

疲憊之極
我倒在床上而哭泣

我的淚
沁透了感傷的核心

我——
我是個天才的
僞善物

——〈我〉

〈蚊子淚〉中顯示人與物的哀憐，是對極爲渺小存在的同情，帶有回顧自身的心情；〈妊娠〉呈示對生命敏銳的感覺，極端神經質而纖細。「我」既有自我憐憫也有自虐的情緒，在自我反省中表達了複雜的心理。這些訴諸詩人的癖性和感覺的作品，其實最能顯露出他精微小詩世界的風貌。而在前衛詩的實驗創作方面，他獨樹一幟的cine poeme（影像詩）的詩作雖爲數不多，如〈轢死〉、〈女的記錄片〉都生動有趣。納入此期的創作群中，則具有一種不同的意義，添加了異質的面貌。

經歷浪漫的、短詩型和前衛詩的試作，錦連氏詩風格的確立和成熟，應該是在六〇年代以降，顯示出強烈之現實主義精神的時期。此一時期詩人參與「笠」詩社的創立和活動，剛好隨著《笠》詩刊的成長，呈示他個人圓熟的風貌，可比喻爲從以往零落散在的金屬亮片形成連綿的豐饒礦脈的時期。對時代的強烈抵抗意識，對自身所背負的歷史根源的思考，乃至人生恆久的鄉愁、現實的諦觀〈凝視〉和批判，充實了他詩的內涵，擴大了他詩的視野。立基於自身存在時空的詩主軸之探測，更深化了他作品的內奧世界。發表於《笠》詩刊第六期的傑作〈挖掘〉正是典型的例證：

許久　許久
在體內的血液裡我們找尋著祖先們的影子
白晝和夜　在我們畢竟是一個夜

對我們　他們的臉孔和體臭竟是如此的陌生
如今
這龜裂的生存底寂寥是我們唯一的實感

分裂又分裂的我們底存在是血斑斑的
面對這冷漠而陌生的世界
固執於挖掘的我們的手戰慄著
晚秋的黃昏底虛像之前

我們只有挖掘
我們只有執拗地挖掘
一如我們的祖先　不許流淚

這是〈挖掘〉一詩開始和結尾的兩段。以追尋祖先的影子作爲起首，透過執拗的發掘行爲——其實是無意義，徒勞的反覆行爲——來呈示無比堅持忍耐的精神，引爆壓縮鬱積在內心深處的生命意志。這首詩投影了作者回顧自身根源的熱切渴望，和對生存現實空虛無奈的感受，詩中的水（原文：在流失的過程中將腐爛一切的水）和火（原文：在燒卻的過程中要發出光芒的火）的對比，正表達了作者對現實（即存在狀況）的絕望和批判。而「我們」一詞意指的共同意識，則擴大了作者個人的理念引申成爲群體（土地共同體）的思考，交錯在詩中的過去和現在兩個時空座標，使詩中內孕的問題可以無限地延伸發展，成爲深刻、嚴肅值得深思的龐大主題。在詩人創作的圓熟期，類似〈挖掘〉此種以人生、存在、現實爲主題的作品（如〈鐵橋下〉、〈日夜我在內心深處看見的一幅畫〉、〈沒有麻雀的風景〉、〈操車場〉等作品群）數量不少，可以視爲是錦連氏延續至近期，代表性且具備重量感的深層作品。

三

錦連氏的詩風從較早期的浪漫傾向，經歷短詩型的強調知性，到近期依然維繫強烈的現實主義風格，雖然可以作一明顯的區劃，但是，共通地潛藏在他的作品內裡，成爲精神底流的四大要素（特質），亦即：硬質的抒情、纖細的官能感覺、追憶消逝的情緒、諷刺和批判的精神，才是構成他詩作的中核。

如作品〈序詩〉：

蠟光下
生命對永恆的愛獻上眞摯的供養
朋友
自古以來神不曾住過教堂或條理之中
神必定存在於人類的溫柔的心中

是充滿溫情和關愛的詩篇，卻顯示出極爲硬質的抒情，絲毫未沉溺於流瀉的情緒之中。類似此種十分理性、冷徹的現代抒情，正是錦連氏詩有情世界的基本要素。因此，作爲一個抒情詩人（錦連氏本質上是一個感情豐富的抒情詩人），他的詩與牧歌式的古老感傷的韻律是無緣的，像〈貝殼〉一首：

海何其廣闊
而希望卻何其渺小
在沒人知道的海灘
一枚貝殼曾經靜靜地聆聽著波浪之歌
如此地

快樂　快樂的歲月被遺忘了

在優美流暢的抒情旋律中，孕含著詩人自我凝視的心情，自身和時空相互照應的意識，見不到空幻的唯美表現，又是一例。

如作品〈寂寞之歌〉：

深遠的痛癢的某處
許多未命名的存在都圍繞著構成的核
那裡……
苦於沒有綠素的茶葉堆積如山
嫩
柔
紫黃
白金
始原於簡陋結構的夢在徘徊
在這類似寂寞的慨嘆裡

你得舐吮口腔内壁的浪漫渣滓
因爲夜已過長
而且還未天亮

表現纖細的心理感覺，以豐富的色彩，塑造夢幻之夜晚氣氛，透過各種感官機能的發揮，構建出虛實相間、朦朧恍惚的詩境，讓讀者輕易地墮入極富魅力的感性世界，純粹是一訴諸感覺性的詩型。

像〈修辭〉：

無限的字眼是空洞的
好像喊著永遠一樣……
我凝視你而知覺著現在
這亦是尋得而又會失落一樣……

詩中「……」的運用已顯示出不落言筌的餘韻，小巧的對比形式裡暗藏著抽象的、形而上的思考空間，靜待讀者去感知。這類的作品，在錦連氏的《鄉愁》詩集裡隨處可見，乃是詩人個人癖性的一種露呈，極爲異質的東西。

如作品〈我的病〉：

我記憶裡的過去——
想起來我是經常如此的　周期性
從無法重見的車站出發
……
我的哀愁無限地延伸著
甩開悔恨的過去到乾透了的砂漠去

而我的痛楚穿過空洞的心裡城鎮
將把哀愁撒散在像彎頭釘般敗北的路上
那裡時間早已停止
而只靜靜地流著永遠不語的絕望的
記憶的砂
如今我得在此等待　我只得在此等待不可

詩中充滿著追憶消逝歲月的情緒，此種懷念過去的情緒，即時間的感慨，對於詩人而言，並非只是映照現在自我的鏡子而已，它毋寧是他自身人生過程的重現（經常如此地，周期性地）。所謂「記憶的砂」是「可以展望不熟識的四季風景/而載著希望和不安奔向下一站」的源頭，現在的時間則可能是「只得在此等待不可」的時刻，所以在虛無的人生中，記憶的砂——回顧過去的時間，即回顧在時空中消逝的情緒——對詩人而言，是一種極富意義的東西，過去涉及現存和未來的時間。因此，詩人得以在詩中寄託對人生、生命、時空無限的鄉愁，還有對現實存在（也許只是鏡花水月般的幻夢）的希望與期待。這種追憶消逝的情緒，或許是時時淨化詩人的心情，強化詩人生命意志的活水吧！

昔日的挫折裡有著海鳥掠過的影子
在記憶的深處　我還記得
那海鳥兒打從不可知的方位歸來
帶著令人振奮和憂傷的訊息
……
脫掉那些憂傷的頹喪的潮濕的衣裳

波浪沙沙地推　徐徐地退
波浪一波一波地……而我必須回歸
回歸我的位置——那高亢的生活的現場

——〈回歸〉

忽然　我從苛酷的人間劇場回來
……
用清洌的溪水洗掉滿身儈氣
我投入於這幅令人嘆賞的風景
急忙調整呼吸與這世界的脈搏同步
我猛醒悟——剩餘的時間無多
我該有所作爲
我坐在堆積如山的山柴堆裡
耐心地　點燃再點燃……

——〈出發〉

〈回歸〉和〈出發〉兩首詩，同樣讀得到詩人濃厚的追憶情緒，而此種洋溢著哀愁感的回顧情緒，並未引發詩人的感傷和頹廢的心情，反而轉化爲堅強忍耐的意志（耐心地／點燃／再點燃……）和成爲重新凝視現實的精神契機（而我必須回歸／回歸我的位置……）。基於此，則詩的完成即象徵了詩人自身精神重建的達成，也是詩人在現實生活中，用來對抗挫折和敗北的方法！

如作品〈軌道〉：

被毒打而腫起來
有兩條鐵鞭的痕跡的背上
蜈蚣在匍匐　匍匐……
臉上都是皺紋的大地癢極了

蜈蚣在匍匐
匍匐在充滿了創傷的地球的背上
匍匐到歷史將要湮沒的一天

透過簡單且具備創意的形象描寫，幽默地表達出人類面臨世界覆滅的大主題，詩裡隱藏著強烈的諷刺精神，由於作者能巧妙地運用短詩型來壓縮、顯示出自精神內面的揶揄，也擴大了趣味的想像空間。

有人在車廂裡吐煙
涼風從窗外突入
煙的意志
慘澹地潰走了
發作時的
狂人的腦子的電流圖——潰退的隊伍
——〈吸煙〉

這媽祖的臉
發著苦惱的黑光
（坐得太久了）

由香爐昇起
思念的縷縷煙
歷史流過廟宇之上
依然
裝著冷漠的
媽祖的臉的憂憂
（坐得痲木了）

——〈媽祖〉

〈吸煙〉借人的意志（潰退的隊伍），〈媽祖〉則以生理感覺（痲木、憂憂等）來引喻，如小巧的具象畫似的，都鮮明地捕捉、造型了特定的物象，賦予十足的反諷意義，產生調侃的效果，兩首詩不只給予刺戳了讀者神經的快感，在節制的短詩形式下，也令人充分感受到諷刺詩的美感。

如作品〈沒有痲雀的風景〉：

鐵軌緊緊地綁住地球

高壓線爬滿了通至未來的路程
機車頭集電弓發出裂帛的火花
啣命朝向未可知的方位奔馳的這頭怪獸
它們在監視　它們在威壓　它們在叱咤
整個風景似乎感知不吉祥的預感
而哆嗦著

失落的樂園
已不再有麻雀回來
少數偶爾在熟識的電線歇腳的也不敢久留
曾經成群的一隻挨一隻玩的麻雀
牠們也隱隱地感到
被捆綁的透不過氣的地殼
從深處的內部隨時要裂開
要送出一股悲憤的岩漿

是表現經歷恐怖事件後，生存大地的悲慘模樣〈從深處的內部隨時要裂開……〉，雖說以麻雀和樂園來象徵，卻很容易讓我們回憶起類似白色恐怖年代殘留的種種傷痕，也許作者是在詩中透過暗喻，描繪自身曾經歷過的黑暗殘酷的現實風景，爲時代狀況留下忠實的記錄。失樂園的描寫也讓我們聯想起日本的反骨詩人小野十三郎在軍國主義橫行時期，透過詩來記錄國土荒廢的景像。同樣地，〈日夜我在內心深處看見一幅畫〉和〈貨櫃碼頭〉兩首詩，也是對現實體制暗中加以批判的作品：

畫面是承受著層層的相疊的黑雲
和由四方匯集而不斷加重的雲層
雲層下有支撐者
天空看不見的重壓的無數手臂
和由八面趕來增援的許多手臂

看著這幅畫　我會隱約聽到
骨頭輾軋的聲音
手臂斷裂的聲音

身軀碎散的聲音

——〈日夜我在內心深處看見一幅畫〉

從前這碼頭充滿著喧嘩和歡愉
碼頭的身軀因幸福而舒展著筋肉
碼頭的脈絡因希望而膨脹又鼓勵

自從這來歷不明的貨櫃堆積於這碼頭
它們遮斷了遙遠的水平線
使我們看不見燦然的日出和日落

颶風一次又一次地掃過
海浪一波一波地洗過這貞潔的碼頭
如今期望的瞳孔浮出魚白的哀愁
碼頭的臉孔淚痕斑斑

淒涼的碼頭　起了血腥的狂風
無聲的哀號在貨櫃間漂散

——〈貨櫃碼頭〉

顯然地，〈日夜我在內心深處看見一幅畫〉寫出處於政治高壓時代受難者的形象，在重壓的惡夢中人們的痛苦呻吟；〈貨櫃碼頭〉則以加害者（貨櫃）被害者（碼頭）的暗喻來批判存在現實時空中，蠻橫的政治權力。但是，雙方共通地在批判和失望之餘，都沒有放棄詩人內部存在的一絲希望，致力追求光明和理想。〈貨櫃碼頭〉一詩將批判的心情轉而化為詩人內心的憤怒：「……這巨大的棺材／急需待運出海……」意圖葬送萬惡的根源（棺木、貨櫃），尋求逃脫悲慘的現狀；〈日夜我在內心深處看見一幅畫〉一詩則顯示堅持不屈的理念和理想：「……我依舊將日夜看見的這幅畫／掛在期盼和貞潔的良心壁上……」作為支撐活下來的信念。

總而言之，錦連氏的重要作品，都努力地在表現人生的主題。所謂「……對存在的懷疑，不安和鄉愁，常使我特別喜歡一種帶有哀愁的悲壯美……」[3]他的詩，根源於對大至宇宙萬物，小至自身人生的虔誠與熱愛，進而去追尋一種富含悲壯的美，以及生活、生命之堅強意志。他的詩包含清

3　同註1。

澈的抒情、纖細的官能感覺、濃厚的追憶情緒、批判和諷刺的精神等等質素，經常透過明晰的心象風景，有意識而完整的形式構成來呈示，時時令讀者品味得到新鮮而戰慄的感性與知性。在冷冽的觀照中注入了異常熾熱的感情，即使在他每一首詩的字裡行間，沾染著人間的體臭，投影了複雜的現實景象，他的詩卻依然是眞正的「詩」，是他無垢無欲的精神表現，絲毫不含任何雜質。

錦連氏，確實堪稱是當代稀少罕見的，純粹的詩人。

III

抒情和即景

笠詩人論（二）

凜冽的現實精神——白萩論

白萩本名何錦榮，臺中市人。他的半生大抵過著和藝術、文學息息相關的生活。他不只寫詩和詩論，醉心音樂，從事室內設計的工作，也精於書法藝術，是對文學的本質理解甚深，能正確把握創作奧秘的詩人。

白萩的詩歷程，幾乎等同於臺灣戰後詩的發展史。他文學才華顯露極早，十六歲時，即已在報刊（臺中市的《民聲報》）發表新詩和散文。其後在《公論報．藍星週刊》大量發表作品。一九五五年以〈羅盤〉一詩，獲得中國文藝協會第一屆新詩獎。自此以後，參加現代派，成爲藍星詩社主幹，創世紀詩社同人。在一九六四年，又與本土詩人創立「笠」詩社，並主編《笠》詩刊。可見，他隨著臺灣戰後的主流詩潮浮沉，一直居於第一線旗手的位置。不管是浪漫、古典、超現實、寫實、鄉土的詩風都有所歷練，養成他表現自如，揉合各家之長，縱橫詩海的工夫。他確實足堪列入臺灣戰後最傑出的詩人之一。

白萩的詩受到國內外高度的評價，許多作品都被譯爲日、韓、德、法等各國文字，且時時受聘擔任文學講座，對後學的啓迪不遺餘力。他已出版的詩集有《蛾之死》、《風的薔薇》、《天空象徵》、《香頌》、《詩廣場》、《風吹才感覺樹的存在》、《觀測意象》等，詩論則有《現代詩散論》。

白萩詩的中心，是以一種人本主義的精神，作爲他表現的基底。以人的實存意識和現實意識，來眺望人生與環境，經由日常的體驗、都市生活的題材，來架構詩的世界。白萩詩的發展歷程相當多變，有強烈的表現（技巧和語言的重視）意識，主張形式和內容的合一，追求完美的構成。他有過勇於實驗的時期，如圖象詩〈流浪者〉：

望著遠方的雲的一株絲杉
　望著雲的一株絲杉
　　一株絲杉
　　　絲杉

正如他所言，這樣的詩，

……描述著一個流浪者眺望的心情，從音感量感和意義上表現逐漸失望的情緒，我之重複並且變化一個句子，而不願敘述或比喻，因我相信，這種含蓄，更能直接表現流浪者悲哀的情緒。[1]

幾乎他所有的作品，在表現上都無隙可尋，但白萩詩的魅力卻不僅止於此。他的代表作品，特別是在四、五〇年代的作品，都有深沉的實存意識在根底支持著。他的實存意識，所顯示的是人和自身生存場所，以及永恆的時間、浩翰的空間的對峙。如〈雁〉：

我們仍然活著　仍然要飛行
在無際無邊的天空
地平線長久在遠處退縮地引逗著我們
活著　不斷的追逐
感覺它已接近而抬眼還是那麼遠離

「無邊無際」、「那麼長久」，表現空間和時間的感覺，這種廣漠無限的感覺，看似抽象的形而上的思維，其實內裡潛藏著人和生存的時間、空間的對抗意識。雁所追逐的、飛翔的時空是「冷冷的」，也如同日本俳句詩人芭蕉所創造的「青蛙跳入」的《古池》一樣，是無可超越、萬古長存的，人的微小是難以與之匹敵比擬的。白萩的詩，由於此一超越的實存意識，且都以「在這擾擾的世界／只剩下我一個／一個……」（個人），「極端孤獨的一個人」陷身其間來照映，因而詩中的人生，通常是荒謬無意味的；活著的模樣，通常是充滿苦澀和傷痕累累的。人生存於其間則是飽受摧殘、堅持對抗，類似悲劇裡的英雄，有一種近似於自虐的精神潛藏其中，反覆著悲涼淒美，乃至空洞的形象。

像一座被遺棄在路邊的屋子
我們空望著門前的路沒入遙遠的前方
——〈秋〉

捕手待球於暮靄蒼蒼的球場
彷彿一個意志　赤裸地
等待轟馳而來的星球撞擊
——〈Arm Chair〉

1　參見白萩，〈由詩的繪畫性談起〉，收錄於《觀測意象》（臺中市：臺中市政府文化局，一九九一年七月），頁七〇。

裸立在寒風中　眺望
如一枯樹
堅忍且咬緊著嘴
無一聲禱告

——〈冬〉

〈秋〉的「被遺棄」，〈Arm Chair〉的「等待與意志」，〈冬〉的「咬緊著嘴」，都看得到對峙於實存場所，孤絕至極的人的形象。

然則，白萩的詩，並不甘僅止於表視這樣的「個人生活」、「個人內部和外部」的實存意識而已。七○年代以降，臺灣的社會、政治、外在的「現實」產生極大的變化，白萩也極其敏感地把詩人之眼轉向外在的社會、政治去思索問題，由此賦給了他新的素材，形成他強烈的現實意識。由個人而全體，由孤立的淒涼而變爲連帶於共同體的悲憤或關懷。在〈雁的世界及觀察〉一詩中，分爲觀察者和受難者兩段來構成，寫的是對政治「迫害者」與「被害者」的意識與行動深刻的觀察：

一隻就獨飛

二隻就並肩
三隻就排列
四隻就成隊
……
一隻就獨飛
飛向生命的原始
擔著日與月
有疾風掃面
就奮身而上
不似無志的堆雲
隨風倒退

——〈雁的世界及觀察‧受難者〉

這幾段清晰地把作者的立場表達出來了。事實上，作者本身介在詩中，是兼具觀察者（非迫害者，而是共同體的一員，也是同情者，冷靜地觀察事件始末）和被害者兩種身分。基於對加害者的深刻觀察和認知，產生與被害者的連帶感，也就是作者對現實的批判和抵抗的方式，改變了以往他詩中自虐式的孤立，雕塑出肯爲了理想而成仁的悲壯形象。詩中以堅定的意志，參與共同體的「一隻」，已不再是以前孤零零的「一個」，消極地倒在命運的時空裡，而具備了積極、不惜犧牲一切的姿勢。如此，白萩從「凝視自身」的實存意識延伸、牽引出來「凝視他者」的現實意識，使他詩世界的象徵性大加擴充，個人的生命得以介入共同體的命運裡，嚴苛的〈非只題材，非只表面的，深層的〉現實主義精神在此也表露無遺。從此一轉變，引出了他的新方法，如〈SNOW BIRD〉：

無論你用愛來凌辱
無論你用恨來呵護
在你塗抹的一個基調
我體認了你的冰雪
從所有樹林的死
一株樹的生
從所有種子的生
一株樹的死
將成爲你的病毒

比喻生存的時代、環境爲冰雪，在冰雪中自身化爲不動如山、堅忍不屈的樹。面對生死的問題、存在的問題，從以往作品中習以爲常，以廣漠無邊際的時空爲對象，表現形而上思考和個人的挫敗模樣，經歷一大轉折，成爲腳踏實地、立基於現實，對苛酷環境和不義權力的諷喻與抵抗。如〈火雞〉一詩：

他吃一口自由　叫一聲自由
然後嘔一口酸污的自由
濺給那些螞蟻們領受

發揮反諷的效果，刻劃出獨裁者的醜惡面目。又如〈廣場〉一詩：

所有的群眾一哄而散了
……
而銅像猶在堅持他的主義
對著無人的廣場
振臂高呼

則一方面展示了群眾的威力，一方面徹底打倒了政治權力的象徵（銅像）。以往個人式的悲劇英雄形象，在此完全消失無蹤了。這些表達出作者現實意識的詩作，成功地把現代主義的詩技法和現實主義的精神融匯爲一，也讓白萩的詩作攀上了另外一個新的界域、新的高峰。在〈領空〉一詩中，則把視野擴大到國和國之間，以廣爲國際注目的墜機事件，透過玩電動遊戲幽默的場面，用報導的眼，記錄詩的方式寫下：「……雷達上／都這樣地閃出了／不明意圖的點／問題是／一隻鴿子的飛行／在鷹的領空被攻擊了／一隻鷹的飛行／在鴿子的領空被護送了……」對國際間，國與國的強弱，力的現實，加以批判性的解讀，呈示出作者正義的立場與銳敏的問題意識。

白萩的詩從主題來看，也是極其多樣的，在此特別必須一提的則是他的情詩。白萩是寫情詩的高手，他的情詩，可看出他的生活歷練、女性觀察，及對男人和女人之間情慾愛恨糾葛、相生相剋，細膩的描畫與微妙的體會。從《蛾之死》時代的浪漫和夢幻氣氛，到《香頌》百經錘鍊的愛情、夫婦生活的表現，演變的軌跡十分清晰，足堪令人深深吟味。

白萩所發表的詩論雖不算多，但從他對實驗創新、追求技巧的要求，對生活體驗的重視，對意象和象徵意味的塑造，到對語言機能的思考，方法和內涵一體化的觀點，確實能顯示出他創作實踐與理論相互契合的系統性：

……情緒代表個人體驗的到達，沒有體驗即沒有情緒，沒有情緒即沒有眞摯性……情緒也是詩人所要表達的一個隱伏基調，他必然以他的教養能力來盡力的表達他的體驗。

……語言的力量產生在語言的新關聯時才迸發出來，……操作語言，尋找語言新關聯的能力，便是詩人能力的指數。

……詩是存在於語言的斷與連之間，爲了思考的完整需要連，爲了思考的飛躍需要斷。

等等，可見，他對詩的情緒控制，語言的斷與連，都有極其精闢的見解。不斷努力地去超越自身的創作意識，生活體驗的深刻和廣度，對表現與內容完璧的自我要求，這是白萩永遠不失爲一個優秀的詩人，賴以憑藉的最大條件吧！

一九九九年四月，白萩獲得了臺中市立文化中心頒發的「第三屆臺中市文學特別貢獻獎」。

美的狩獵者——杜國清論

杜國清，臺中市豐原人，在本土詩人中，是學養至爲精湛的一位。他從臺灣大學外文系畢業後，先後赴日本、美國留學，獲得關西學院大學文學碩士、史丹福大學博士。專精領域橫跨了中國、日本和歐美文學三個範疇，特別是對李賀、西脇順三郎、艾略特的詩與詩論，有十分深入的研究。他是一位具備了學者氣質，優雅的詩人。現在任教於美國加州大學聖塔芭芭拉校區東亞語言文化研究系教授兼臺灣研究中心主任，爲該校的永久教授。

杜國清的詩創作開始於大學時期，參與《現代文學》的編集和活動，又在一九六四年參加「笠」詩社的創立，作品除了在《笠》詩刊發表以外，也散見《中國時報》副刊、《純文學》、《中外文學》等報刊、雜誌。他的詩集已出版的有《蛙鳴集》、《島與湖》、《雪崩》、《望月》、《心雲集》、《殉美的憂魂》、《情劫集》、《勿忘草》、《愛染五夢》等，重要的翻譯著作有《艾略特文學評論集》、《西脇順三郎詩學》、波特萊爾《惡之華》等多冊。

杜國清的詩觀，認爲詩的產生是一種進化的過程，由猶疑到成熟，由幻想到思想，由幼稚到成熱，詩人必須不斷否定自己，不斷重新立定起點，向前邁進。[1]而構成他詩的中核者，則是美。所謂「唯美是愛，因愛而哀」，他的詩，在追求東洋的幻影和西方的知性中，表達交錯恍惚的感情，以愛的體驗作爲支柱，訴說發自內心的純情與眞情。他所追求的詩的三昧是哀愁、諷刺和驚訝。他的詩世界，一言以蔽之，即有情的世界，至情至聖昇華的情感世界。

杜國清的情詩，是他的神韻所寄。蘊藏在杜國清情詩中的基本元素，則是純粹、狂熱、夢幻和超脫。所謂「……詩言志，而情動於志，情動於中而形於言，……詩是情的體現，而情詩，歸根結底，所寫的唯情而已。」[2]

純粹，是一心一意的追尋，不含一絲雜質的情愛。如同〈望〉一詩中的「一片玉色的純情」、「意綿綿／繫著長長的／幽怨的思念」。

狂熱，是無以壓制的狂癲痴情，纏綿悱惻的愛欲，如〈愛染五夢〉詩中的：

一切纏綿的慾念
紛云　如雲煙

1　參見中華民国「笠」編集委員会編集，《華麗島詩集：中華民国現代詩選》（日本東京：若樹書房，一九七一年），頁二五二。
2　參見杜國清，〈殉美的憂魂〉，收錄於《愛染五夢》（臺北市：桂冠，一九九九年三月），頁一。

繚戾　如曲水
迴旋　如蒼鷹
相火妄動　蒼鷹
長驅直下……

夢幻，則是痴情之後的迷失，若即若離，亦夢亦眞亦幻的心靈體驗：

美的瞬間
魂的喜悅　在現實中
卻又隨即幻滅

——〈露〉

夢土裏　一片寂寥
亂影　虛幻　空妄

——〈愛染五夢，夢之芽〉

超脫，則是人生生命層次的提昇，在飽經愛情的滋潤與折磨之後，了悟人生的體現。由愛情理解眞情，由眞情認識人生的智慧。如〈冰雕〉一詩中：

凝立　冷然
透視人間　無常的
愛
恨
……
愛也徒勞　恨也徒勞
我的生命　終於
化成一泓清水
映照著　浮雲
美醜　泯然
無跡

在追尋→契合→喪失→頓悟的深情輪迴中，杜國清的情詩譜出了愛的旋律，也表現出生命從追尋、失落到悟脫，趨向完成的過程。感情的巡逡和完結，其實也就是人生的成長與成熟。

杜國清的詩中，也有著濃濃追憶情緒的表現。這一情緒，在他思憶故鄉的鄉愁詩，與追憶童年的詩中顯露無餘。那是他居於異國的特殊體驗，表達出對自身根源的愛戀、思慕與哀愁。〈月夜思親〉中：

母親呀　我是在你的思念中
成長的一棵樹
……
今夜在你的夢裏
今夜　仍然流著你所灌溉的淚

〈鄉思樹〉：

我以生命供養
這棵鄉思樹
根纏著我的心
誰也不能將它移植

在濃郁的愛情的追尋外，這是一種回顧誕生的根源之際，對親情和鄉土執著的表現。

杜國清在一九七八年出版的詩集《望月》中，有些是不以「感情」爲主題，而以「物，動物」爲對象的作品，在大都以哀愁爲質素的愛情詩外，出人意外地，也有以諷刺爲質素的創作，亦即「生肖詩集」組詩。生肖詩集包括十二首創作，作於一九七一年，顯然是他有意識的試作，共通地以鮮活的動物形象來描寫。如：

在這地球上　假如還有德先生的話
我願意在白天出來
和所有哺乳類動物競選
——〈鼠〉

都來呀　用鱗當瓦蓋一間國會
都來呀　用龍骨刻一把驚堂木
——〈龍〉

他仰起頭來向著青空長嘶
狠狠地後退一踢
他的夢衝走了破陋的茅頂

——〈馬〉

他戴著一頂周公制定的帽子
穿著燕禮服前面開著兩個兜兒
伸出手來和小孩兒握握手
然後將那屁股朝向觀眾

——〈猴〉

折射出滑稽、荒唐的人間百態，是對芸芸眾生精彩的浮世繪，充滿人間混濁體臭的作品。

杜國清的詩，其實終局地，是他詩論的實踐。他的情詩帶有虛構性的華麗表現，可視爲是他對詩語言、詩人感受力極限的實驗與挑戰。他的詩，以哀愁和諷喻兩個主要要素，表現出美和驚訝，也是他所力倡的詩學三昧（哀愁、驚訝、諷刺）的一種實行與發揮。

……杜國清的詩，有接近於生活實感的抒情，容易感染新鮮的感動。因此產生幽默感或諷刺感，都令人叫絕。……杜國清的清純，在他的詩的生活裏永不消滅，保持著永恆的哀愁感。[3]

對杜國清而言，這確實是適切而中肯的評語。

3 參見桓夫，〈詩的鄉愁：論杜國清的詩〉，收錄於《臺灣新詩論集》（高雄市：春暉，文學臺灣雜誌社出版，一九九七年四月），頁二四九。

風景鮮明的詩——論李魁賢的旅遊詩

一、緒論

所謂旅遊詩，可以說是紀行（旅行）文學的一個領域。李魁賢詩作的題材十分寬廣而雜多，他迄今爲止的全部作品中，旅遊詩一類，確實呈示出相當特殊的樣相。居於旅途中，詩人與全新的人、事和物偶然的邂逅裡，或下意識地借物陳思，經由「風景」映照自身的「心境」，有所抒發和詠嘆；或於賞心悅目之餘，隨興之所至，自由揮灑，表達悠悠的人生閑情和詩趣；或觸發旅愁，傳達出感傷與甜美、夢幻的情緒；或在變動不定的狀況中，深刻思考生與死、流離與飄泊、人生際遇等等的終極意味，在在都有其獨特不凡的蘊含。同時，閱讀他的旅遊詩，也足以窺見詩人創作技法的多樣性和匠心所寄之處。因此，李魁賢的旅遊詩，從數量上來看，在他全體詩作中佔有的比例也許不算高，但從類型或內涵來看，卻無庸置疑地，足資顯示其各期風格演變的過程。從書寫的時間和空間來加以排比，則其振幅既廣且深，涵蓋、貫串了六〇年代到最近期，及以亞歐的日本、印度、瑞士、德國等爲重心而遍及世界各地域，似乎已經成爲恆常存在、固定下來的一種創作對象。較諸一般日常主題的詩作，其實更能見出不同的精神發展的軌跡，極具意義與重要性。

本論文從上述的思考出發，擬專注於李魁賢旅遊詩的各個層面和關連的諸問題，來作一綜合性的考察。特別是要對旅遊和文學（詩）相關的本質性問題，以及對李魁賢兼爲詩人和旅人兩種立場所形成、揭示的深層精神面貌加以探究和理解。

二、「旅」在文學上具備的意味

以「旅」作爲文學研究的一個主題之際，重要的是對「旅」所具備的文學意義，或說是對作家、詩人在作品中表現出的，關於「旅」的文學世界的本質，必須有所闡明。「旅」的意味，一般指的是「移動」，身體、空間、時間的移動，從固定的住所脫出，前往不確定的地點，從已知走向未知的狀況。而在文學上的意味，則往往含有高次元的「精神上」的意涵。比如把「旅」視爲脫離現實秩序的拘束，悠遊自在的生活方式——帶有類似狂狷的作爲——以之爲精神方法與生活實踐的形態，來確立新的文學精神。舉近世日本的俳聖芭蕉的作品爲例，他貫徹一生的「不羈之旅」與「俳句」（文學）的關連，及所具備的意味，確實十分耐人尋味。對芭蕉而言，在「旅」的過程中，「經驗和旅」都成爲普遍的觀念而抽象化，可視爲自身美的、精神的範疇自立的過程。同時，流轉奔波各地的「旅」，一方面是深刻地把握、體驗「俗」與「現實」精神的方法，一方面卻投出整個生命，在永遠變動和不安的境況中接受挑戰，進而脫出閉鎖束縛的日常性時空，沒有絲毫既存俗世的羈絆，藉此獲得純粹的「自我」精神。由是，芭蕉的「旅」，本質上不是一種偶然的出遊，是人生中永不中止的「歷程」，放棄（故鄉），反而在「沒有故鄉」的視點上來眺望「他鄉」（他鄉即吾鄉），不把他鄉視爲故鄉，也不把他鄉視爲他鄉，芭蕉的旅遊文學的意味，終極的指向即是「旅＝居住、居所」，[1]是一種人生生涯永不停歇的持續行爲，企求達到從「現實生活形態（旅）」的虛構（文學表現）裡完美地發揮他「詩（俳句）的創造力」的目標。

又如，將旅視爲悲劇的人生，宿命的自我放逐和飄泊，無法終止，永遠的彷徨和流轉，旅人則被視爲飄泊者，用「人生不住和無常」的觀點，來對應「固定不變、常住的現世」，則「飄泊」和「風狂的精神」[2]是表裡一體的行爲：

……飄泊此一行爲，必然要以離開世間，捨棄世間，眞正的、徹底的孤獨爲前提。

……也就是，在飄泊中，必須覺悟到「死才是生」的課題，飄泊者命定必須是終生的旅人。[3]

而寄寓於文學來表現的旅人的風雅，亦即「旅的心」必然是：

……悟知風雅，就是隨順森羅萬象的自然，與無常的時流爲友。換言之，亦即將森羅萬象和自己完全託付於悠久流轉時流的本質中。[4]

因此，……人隨順造化、四時之際，心之花即成超越心之花，像之花亦成超越像之花而盛開，兩者合一化爲「雅」來顯現，此乃悠久流轉、吹蕩不止「風」所成就之業也。[5]

在此，不難窺見旅和旅人居於「移動」的時空體驗中，產生的脫俗性格與精神意味。可見，「旅」在文學上具備的意味，必然受到它本身性質上的約制，即是：

---

1 參見廣末保，〈旅──非定住の生きかた〉，收錄於《芭蕉─その旅と俳諧》（日本：NHKブックス，東京日本放送出版協會，一九六七年），頁十五～六二。

2 風狂的精神，指的是追求純粹性的極端精神，對「美」狂熱至極的態度。風狂和飄泊的行為是表裡一體的。參見吉田究，《中世的思想─風狂と飄泊の系譜》（日本：東京教育社，一九八三年七月），頁一二五～一八八。

3 同註2，頁十一～二五。

4 同註2，頁二五。

5 同註2，頁十一～二五。

(1)視爲「到處移動的行爲」之旅，如《廣辭苑》（岩波版）所載：「出門而遠赴他鄉」，即離開自宅一段時期去別的地方，這樣的旅的觀念，被界定於「移動」與否的範疇裡來解釋。

(2)視爲「人、事、物乃至自然的體驗」之旅：

> ……旅的界定，並不限於出門遠至未知的他鄉，也可以把它視爲是一種環境的變動，即使遠赴異地，周遭卻毫無變化一如尋常，豈非等同於日常生活的延長。[6]

此一觀點以爲「移動」並非界定旅的本質的要素，「感知環境的改變」才是旅的內涵最重要的質素。也就是，不拘泥於「日常」或「非日常」，必須敏感於自身周遭種種的變遷，而去體認、發現完全的「新奇」的意味，蘊含著「體驗」＝「旅」的思考。一點一滴的體驗，均會深深烙印在自己追憶中的「人生之旅」，意想之外的邂逅所形成的「不可思議之旅」、「惡夢般之旅」，都可歸於此類。

然則，不管是「移動」之旅，或「體驗」之旅，轉化成爲文學創作的素材之際，其實都無法離脫與下列事項的緊密關連，以資形成詩人或作家紀行文學（詩）的基本精神和主題：

(1)移動之旅，往往也會產生探索的意義，如歷史古跡、因緣（亦即與自身所熟知的古典文學作品，歷史中出現的人、事、物，或經典文學家相關）之名勝地的巡禮，帶有追跡或追憶的意味，必然會產生強烈的感動。

⑵體驗之旅，包括種種雜多、異樣的體驗。其中最具意義的即是：經由偶然的邂逅與觀察，和異國（地）文明或文化摩擦出火花，因而形成主體（個我和本國）與客體（對象和他國）的對應、衝突，甚至產生不愉快的違和感。從主體性的自國觀念出發，感受到特別強烈的印象，帶來新的發現與收穫的同時，自身深深的有所感慨，而形成批評（類似於對相異文化的認知，異國文明的批評）的意識。

⑶從外在的角度，即涉及人生、故鄉的部分：「人生之旅」，乃是自身脫出既存的拘束或日常的範疇，回歸自然，接受心靈的淨化，重新發現存在的意義，形成人生再出發再振奮的新契機。「故鄉脫出之旅」，則是確認自我人生絕對必要的行爲，旅途中經由「環境的變化和未曾有的體驗」，受到啓示與指引，注入生命新的泉源，也形成再度回歸和連繫故鄉強有力的磁場。

⑷從個人內面的角度，帶來個人的孤獨，自我解體和自我解放，正是「旅」的基本功能。自由與悠閑，風雅和感傷，就是詩人內面的浪漫精神和「旅途風景」交錯撞擊所呈現的映像。

⑸「旅」在文學的領域裡所具備的最有效的功能，即是脫出日常性的強力規範，自由自在的行

6　參見〈旅の意味〉，收錄於三好行雄、竹盛天雄編，《近代文学10　文学研究の主題と方法》（日本：有斐閣，一九七七年十一月），頁一六二一。

動，並且顯示出向夢幻之境飛翔的憧憬，大大地刺激詩人的想像力。「紀行的文學」因此有絕大的機會轉化成爲不可思議的「夢幻的文學」。

所以，「旅」涉及文學創作的課題，大抵可區分爲：「移動和體驗」、「故鄉（自我）的脫出和回歸」、「探索和發現」，而具備了「風雅」、「浪漫」、「飄泊」、「孤獨」，乃至「理性的認知和批判」等等諸要素，豐富了文學創作的題材與內涵。

三、李魁賢的旅遊詩創作

李魁賢的紀行文學，至少包括了：⑴隨筆性質的遊記，《歐洲之旅》（一冊，一九七一年），《東南亞見聞散記》（五萬字，一九七一年），以及《詩的紀念冊》（一九九八年）裡的若干篇章。⑵旅遊詩的創作，則全都收錄在《李魁賢詩集》（六冊，二〇〇一年）。對照閱讀這些已發表的散文和詩，對其創作的理解，應有相輔相成的效果。

而李魁賢的旅遊詩，依筆者一己之見，應可概括地區分爲兩大類型，一種是屬於廣義的旅遊詩，雖未親臨，卻往往在詩中呈示出異國異地的「地圖（地名）」，或映照出「心象風景」和「現實狀況」，可歸類爲觀念的或想像的神遊紀錄詩。一種則是眞正身歷其境的旅遊記事和感想，不折不扣的旅（詩）人的「心境和風景」的表達。此兩種類型的詩，均架構於他人生不同的時間與空間順序裡，劃出座標軸來加以呈示。

廣義的一類，從早期的〈出發〉（一九五八年六月）、〈夜航〉（一九五九年五月），帶有旅愁和夢幻情緒的抒情作品，到中期如〈故鄉〉、〈鄉愁〉、〈悲歌〉（孟加拉、越南，一九七四年八月～一九七五年四月）兩首，長篇詩〈國際機場〉（一九八一年十月）、〈冬〉（日內瓦、那霸、布魯塞爾、臺北、巴黎、雅典，一九八二年二月～一九八四年六月）系列，都是致力於表述自我理念、現實印象的詩作群。作者在清晰地掌握國際局勢之餘，轉化異地發生的事件、情況或風物，作爲隱喻的主題，來顯示對世界各地發生的重大事件或問題之省察和關懷。近期九○年代則有如〈雪的聲音〉、〈詩的終點〉等借風景風物來表達心境或意念的作品。身歷其境的旅遊詩，則可沿著詩人一九六七年以降的旅遊地圖來加以追溯。屬於早期的如「瑞士、歐洲旅遊詩」（一九六七年～一九六八年），中期的如「日本、美國旅遊詩」（一九八四年～一九八五年），近期邁入九○年代的作品，比較重要的如「中國旅遊詩」（一九八九年～一九九一年）、「俄國、東歐旅遊詩」（一九九三年～一九九四年）、「印度旅遊詩」（一九九七年）。主題和關注的焦點，確實相當多樣。許多詩都表現了詩人對各國「現實」深入的認識和洞察力。

綜觀上述李魁賢旅遊詩的「型（形式）」，則我們不難發現有若干特色值得一提：

⑴結構完整，重視形式上的藝術性表現。李魁賢多數的旅遊詩，都符合「起、承、轉、結」的作法，維持著清晰的焦點和統一的秩序，單純寫風景的詩如此，表達心境的詩如此，經由特定的風

景和事件來抒發理念和觀念的詩亦是如此：

躺下來　伸長兩臂
左手屯湖　右手布琳茲湖
任第一班遊艇從心臟的動脈滑過
白手帕還掛在昂首的喬木上
呼吸著阿爾卑斯森林公園醱酵的綠泡

——〈印特洛肯〉

這首比較早期的旅遊詩，用輕巧的形式容納了數個小風景的意象（湖、遊艇、喬木），相互之間的場面雖有所交錯，卻自然地在結尾把擴大的風景點（公園）勾劃出來，顯示出完整而放大的畫面，就是一個好例子。

(2)慣用敘述的表現手法，也是李魁賢旅遊詩型的特色。有時是一個詩人在陳述理念，有時是一個旅人在傾訴他靜觀享受的風景之美，有時兼備詩人和旅人視點，風景和心境交融。一般說來，主體（旅人）客體（景、事、物等）的位置安排都富有變化，但似乎多以向著一個既存的對象（讀者？）直陳的口吻來表現。第一人稱的我因而時時出現，介入在風景之中作道白：

臺灣的青年來到你的身傍
也成了一條忘情的支流

——〈萊茵河〉

思念北方的過客
我的靈魂綻開一朵百合
在白色號角的山頂閃耀

——〈阿洛莎〉

我是在微風中保持
映照著湖水的蕭蕭蘆葦
畢竟我是根植島湖泥中的水生植物

——〈湖中蘆葦〉

我充血的眼睛

只仰望著看得到的部分
立秋後的天空
蔚藍得令人心慌的天空

——〈波斯菊〉

我是不死的火山
心中的烈焰
一定要讓他知道
不願壓在心底

——〈櫻島火山〉

等等，後期陳述旅遊感想的詩，也可見出同樣的傾向，皆具備了明白、直敘的效果。

(3)不可避免的類型（定型）化的表現。李魁賢的詩在形式上是多變而多樣的，在旅遊詩的部分，卻無法免除時時會出現類型化的現象。有些是作爲一系列的作品，造成某種固定的語調或旋律（如詠嘆調的常用），塑造出來的氣氛多數大同小異，甚至導致句型的雷同，如櫻系列：

你世間的任務已告完成
後不再有進一步的展望
自我了斷才是絕美的風光

——〈和歌山賞櫻〉

溫暖卻促成我的愛情早熟
不得不斷絕美的訴求

——〈紀三井之櫻〉

有些則是集中於一個時期完成的作品，難免出現相同形式（旋律）重複使用的情況，九〇年代作者的旅遊詩，就經常可以讀到作者下意識採用的，獨特的辯證法結構語言，如：

歐洲的土耳其人和亞洲的土耳其人是親戚
歐洲的土耳其人和亞洲的土耳其人是朋友
歐洲的土耳其人和亞洲的土耳其人共同守住海峽

——〈歐洲和亞洲的土耳其人〉

魯本島上的風聲　這邊聽不到
魯本島上的風聲　這邊看不到
魯本島上的歷史胎動　這邊茫然不覺

——〈在開普敦望海〉

你的國家在世界極大化的時候
你把它極小化到你心中的一個小點
我的國家在地圖上極小化到一個小點的時候
我把它極大化到籠罩我的全幅身心

——〈在古堡樹蔭下談詩後致楊煉〉

都共通地，以堅實的理則陳述，層層剖入，來表達作者心中的理念和思想，且透過詩句中的論證性格，來強調、突顯主題和詩隱含的意味，收到相當的效果。

(4)獨特的意象塑造和設計。李魁賢的旅遊詩，有努力追求「美」的意象的一面，詩意和詩情因而可能表現得更豐富、更具飛躍性。早期一九六七年前後的旅歐詩群，大都以短詩的型式，明朗、輕快和晶瑩的畫面來構成，如：

爆開四射的煙花
滿天旋轉翻騰的彩球
鐘樓頂尖的榮光

——〈雪夜〉

冰上綻開一朵蔫色茉莉
嫣然的紅顏　瞬間
在水晶池裡化成撩亂的花序

——〈冰上〉

展示出美麗的意象。部分的作品，則以組曲的方式如〈越南悲歌〉，特別是以突出中心意象的方式，如〈日內瓦之冬〉等數首「冬」系列作品，[7]交錯人、事、物，經由強調冬的感覺或隱喻，來形成意象的擴散，增強主題內含的象徵意義，確是有心的設計，足以見出作者匠心之所寄。

即使如此，和他其他類型（日常性的題材或主題等）的作品比較之際，我們顯然看不出李魁賢「旅遊詩」在創作方法上有太大的差異。李魁賢當然沒有如芭蕉一般，以「旅」作爲貫穿生涯，自身「精神」嚴峻而毫不停歇的修煉過程，也無須面對或感受，在遭逢的悲劇宿命中自我放逐、飄泊四方的困厄和滄桑。他的「旅」，毋寧說是更具有現代性的樂天的形態，在交通發達的今日，依著個人的需要和方便，任興之所至，變化時空恣意自由，任心意所趨，急緩輕快步伐調整自如，這樣的旅遊，含有十分濃厚的「簡便愉快的遊樂」的性質。縱使如此，「旅」在文學上既具備了「移動」和「體驗」的意味，則詩人的「旅」此一行爲本身，單單介在「定型的日常，和變化不止的非日常」兩個時空之間搖擺、震盪，業已保證了詩人的精神（文學、詩）接受衝擊，產生不斷變革的可能性。也就是說，由於詩人亦是旅人，在畢竟是「多少帶有異質性的旅的時空」裡，旅和詩共同發生，一起存在，才導致他刻意型塑的旅遊詩的世界，顯示出特殊的風貌。

四、「旅遊詩」的特殊世界

旅的「移動」性，對詩人李魁賢的意味，可能包含了內心嚮往的「文學故地」的探訪和追尋，帶有經由回溯自身文學創作的源頭，重新確認自己文學的意味，旅途的一景一物也轉化成爲詩的感動與情緒；可能只是悠悠自在的漫遊，附會風雅情不自禁地湧起了創作的興致，激發出旅愁和感傷。旅的「體驗」，則從觀察到發現，認識到批評，從人、地、事和物的偶然邂逅，主體（自身）和客體（羈旅之地）相互的撞擊，產生創作的端緒，由對對象的好奇和關懷，形成問題意識，表達不同時空的意念或感受。離脫故鄉去旅行，故鄉卻如影隨形，反而觸驗了他的鄉愁，化爲故鄉回歸和期許的強烈衝動。還有人生之旅的體認，類似天地悠悠之感慨、個人生命的觀照、生死的領悟等等。就是這些交織構成詩人和旅人雙重身分的李魁賢旅遊詩的特殊世界。

（一）探訪和追踪

李魁賢首次的國外旅遊，應是一九六七年初的瑞士行「在庫爾小城住了二個多月」，而此行在文學上的收穫，即是第一次探訪了令他心儀不已（也是他終生致力研究不懈）的詩人里爾克平生因緣之地，如穆座古堡、拉龍山丘教堂旁的里爾克墓。他形容自己的心情：「感到孤單，但又像完成一件任務似的興奮不已。」[8]里爾克對詩人李魁賢的意味，用簡單一句話來說，即等同是詩人文學的原點，正如楊四平所提示的：

7　參見李魁賢，〈執迷不悟的里爾克迷〉，收錄於《詩的紀念冊》（臺北：草根，一九九八年四月），頁一一四。

8　同註7。

……所有的跡象表明，里爾克的確是李魁賢詩歌和精神的故鄉，……李魁賢對詩歌宗教般虔誠的態度，對物象進行即物性的觀察和對語言所作精確性的把握等方面，已經明顯的受到里爾克的潛移默化。[9]

此後，李魁賢至少還有過兩次重要的里爾克追踪之旅（分別是一九七八年、一九八〇年），特別是一九七八年十二月巴黎追跡的紀行文裡，還大量引用里爾克的相關詩作作爲印證。[10]這樣的文學之旅，具有在「自然」（風景）中搜尋文學家往昔的燐光片影，在身臨其境的相互會晤裡，再行確認本身「文學創作意味」的作用。當時，詩人的表情是明亮而充滿振奮與感動的，我們從一九六七至六八年間完成的數篇旅歐詩作，[11]就可以明白地讀到詩人喜悅和感銘至極的胸懷。尤其是〈教堂墓園〉一詩：

是誰引導我來到此地
和你對晤　享受周遭的寧靜
……啊　你的生命已然永存
在歌聲與笑語的年紀
我可以用你初學的語言同你把晤

啊　我已然死過
卻不能和你同在
永死的國度

這首詩雖然是以早夭的嬰兒爲對象，寫自己面對墓園的追思情緒和高昂的激情，因爲主題表達的方式具備普遍性，第一節和最後一節完美地有所呼應（如引用的部分），也可感受到詩人和心儀的里爾克經由對晤進入神交，恍惚悅樂狀態（已然死過）的弦外之意。

（二）悠閒和風雅

相對於上述追尋「文學故地」所吟味的感動，我們也不難發現，李魁賢作爲一個旅人在面對風景之際，帶有悠閒和風雅的表情。「悠閒」使他有靜下心的餘裕來「觀物想事」，心中常常有所領悟。「風雅」則是自身接近、融入大自然，理所當然形成感傷浪漫的情緒，幾乎等同於風花雪月

9 參見楊四平，〈李魁賢和里爾克〉，《笠》第二二七期，二〇〇二年二月十五日，頁八九。
10 參見李魁賢，〈巴黎．詩之旅〉，收錄於《詩的紀念冊》，頁一六二。
11 〈教堂墓園〉等計十首，收錄於《李魁賢詩集》第五冊（臺北市：行政院文化建設委員會出版，二〇〇一年十二月），頁十五～二八。

的表現。特別是安心快適的旅途「在異地／看到河川成爲公園令人流連徜徉／人民笑臉相向令人不必設防」（〈莎喲娜拉〉）最容易顯現出這樣的心境，成爲他旅遊詩世界的一個顯著風貌。這些在一九九二年四月的「日本旅遊詩」和一九九〇年代中期的「亞歐旅遊詩」裡都可以清楚窺見。日本旅遊詩中吟詠櫻花的數篇連作，[12]多是託物陳思，充滿著哀憐與感嘆的詩情。而如〈熱海之晨〉：

鴿群三三兩兩飛來我陽台
藍色的羽毛散發海的韻味
我穿著異國裝飾的深藍和服
彷彿沐浴在溫情的藍海裡

色彩的感覺和暖洋洋的調子，在詩中把瀟灑自在的旅途感受到的悠閑心境表露無餘。九〇年代所寫的「亞歐旅遊詩」中，也時時呈示出相似的悠閒模樣：

不丹孩子輕輕的揮手
自然如風中的大麗花
優雅如像林中的飛鷹

在山路中馳騁的寄旅
陶然於大自然青翠的神聖
我的目光總是極力在搜尋天使般揮手的孩子

——〈揮手的不丹小孩〉

表達出和旅途中偶然遇上的小孩暗默的交流和溫情，也呈示出詩（旅）人的心境陶然融入在風景中，靜謐、旁觀的氣氛。

(三) 飄泊和旅愁

視爲悠閒和風雅的心境的延伸，當然我們也看得到詩人兼爲旅人，作爲飄泊者的旅愁世界。當詩人體認到自身是移動不定的羈旅之身，百般思緒不禁湧上心頭：

沒有風告訴白楊如何搖動
涼意和時間一樣慢慢滲透石壁

12 同註11，《李魁賢詩集》第二冊，四首詠「櫻」的詩。頁六七、六八、七五、七七。

沒有誰在空中呼喚我
只有機械的聲音在山谷裡
……
究竟我是誰
會是飄泊數百年後
偶然回到故鄉的浪子嗎
在窗口看到不知何時的記憶重現
——〈我住在溫布里亞古堡〉

一片白茫茫的霧
北望長安
……
一片白茫茫酸性的飄浮不定的霧
極目望遠
……

時間的河流
慢慢流吧
還是慢慢的流吧

——〈登大雁塔〉

以孤獨的自我對峙於時間和空間，深深品味到流浪者渺小的存在，發出喟嘆。在令人感傷的時空裡，思今撫昔，旅愁也油然而生，塡滿心頭。

（四）發現和批評

旅的過程也是一種發現的過程，從自我的內心的感慨，映照出清晰的外部印象。由完全的未知而熟稔，特別是再三再四探訪過的地方，經過認識和觀察，比照自身的主體意識和觀念，好奇和探究的熱情，也可能對一國一地的事物乃至習俗、風尚種種提出批評（文明批評等）。當代殖民論述對旅行、記憶和認同，自有一套理論：

……心理符號機制（semiosis）……在旅行的過程中，常常是一種自我和他人再現的心理機制，比較、參考、與對照別人的文化社會而顯現出人我的差別。……在這個面相上就會有自我認同的重新調整，但在這個調整中會發現本土和其他區域某些微妙差異，所以心理機制會把外面的景觀以及引發的情緒變化以書寫的方式顯現內心裡的人我差異。……就會產生對本土政治、經濟、社會種種文化現象有著批評的距離，不同的觀點，也就是文化批判的位置。[13]

確實，李魁賢在各地旅遊過程中，時時流露出對主體性的本土和異域的比較，自身情緒的變化，以書寫的方式來「顯現內心裡的人我差異」，從他的多數旅遊詩中即可得到印證。如〈俄羅斯船歌〉中：

蘇聯解體了
六個民族加盟的民族樂隊
仍然唱著迴腸盪氣的歌謠
音樂的融合已經超出了體制
甚至已不只是俄羅斯的船歌
遠到人爲藩籬而長期隔絕的臺灣人民
也在心裡震盪著層層的漣漪

藉俄羅斯的「現象」重新發現本土和異域的差異。又如〈在千疊敷望海〉一詩，描寫千疊敷的美之餘：

千疊敷的奇景
好像生生世世的愛情
……
在我故鄉的野柳和佳洛水
不只有千疊萬疊敷
還有塑造變化萬千的柔情

也和故鄉山水的美作了比較與連結。而在一九八九年至一九九一年間完成的中國旅遊詩集裡，更是隨處可見詩人的印象批判和反諷，李魁賢在〈徒勞之旅〉一篇中國紀行文中，曾詳述中國之旅的違和感和不安，全程充滿不愉快的種種：

13　參見廖炳惠，〈旅行、記憶與認同〉，《當代》第一七五期，二〇〇二年三月，頁八九～九〇。

……在西方或日本旅行時，我可以獨自優哉遊哉在街上閒逛，在中國卻不敢隨便跨越雷池半步，熟悉的語言反而對我產生陌生環境的隔離感。[14]

中國旅遊詩，在這一情緒和心理感覺的延長線上，幾乎各篇都反射出懷疑不信和批判的象徵意涵：

梗在喉中
支撐著上下顎
嘶喊著：
還給我的人權

——〈鐘乳石洞〉

突穎而出的抗議手臂
橫遭強制鋸斷
空有旺盛的繁殖能力
以枯枝渡過了長長的冬季

——〈梧桐〉

有眼不能看
有耳不能聽
有口不能說
……
沒有形相的神
是依照人民的形相
存在同樣世界裡
一一
被削去頭顱

——〈無頭神〉

敲鐘三下
自己震耳欲聾

14 參見李魁賢，〈徒勞的旅行〉，收錄於《詩的紀念冊》，頁一二三一。

卻傳不出迤邐的牆外
滿天細霜凍僵了自由的聲波

——〈鐘聲〉

詩文還在牽扯猿聲哀啼的象徵
卻不知入夜後
禁閉著嘴巴的人民
心中有無輕喟或嚶泣

——〈猿聲啼不住〉

在光照下顯示依峭壁獨立的寂寞
令人畏而卻步
紛紛回頭
重複著來時的歷史途徑
同樣在暗中摸索著
迴旋而下

——〈迴旋梯〉

等等，大都以負面的意象來表現景物，暗喻中國政治體制和人民存在的現實狀況之惡劣。而在印度旅遊詩中，則以比較溫和的質問或反諷敘述，來批評印度的社會、環境（如貧窮、落後）問題：

社會階級是消滅不了的螞蝗
連語言也有新的階級
笑容也跟著有了階級
唯有貧窮始終是眞正沒有階級

——〈再見加爾各答〉

混濁的恆河或許可以洗淨心靈
卻把皮膚洗成污穢的顏色
洗禮洗不掉賤民的習性
卻把聖城洗成地獄

——〈恆河日出〉

表達詩人的一種文明批評觀點。不只如此，甚至置身於風景中，詩人也沒有忘記對人類過去的歷史錯誤加以省思，如〈不死靈魂的堡壘〉一詩：

死牆面對的已不是被關在室外的槍聲
招呼待決死囚的瞬間
而是無辜歷史的永恆
以屈辱而始終不屈服的意志
控訴著泯滅人性者永遠無法洗清的恥辱

就是以追悼納粹集中營被害者的大主題，來呈示類似「警句」的書寫。

（五）故鄉的回歸

在李魁賢的旅遊詩中，思鄉可以說是最大的主題，「旅」這一脫出故鄉的行動，反而使他的鄉愁無所不在，所謂「故鄉呼聲／錄音在我們心房的磁盤上」（〈國際機場〉）。若和他一般歌頌故鄉、表達鄉土情懷的詩作一一比較，我們很容易會發現他旅遊詩裡迫切、真摯的歸鄉情懷：

我的島的個性自然湧現
我走進湖中任憑潮水沖擊
以島的堅持露出水面上
回頭望著東方

——〈日內瓦之冬〉

臺灣變成辛德麗拉一隻閃亮的鞋子
……
不再靜靜躺在太平洋等候水手的驚歎
臺灣航向世界到處聽到不同腔調：Hi Taiwan

——〈福爾摩莎迴聲〉

每次出遠門之前
早準備著以什麼樣的姿態回來

要是在空中失散了
就變成一片楓葉飄盪回到故鄉
故鄉有濕潤的泥土

要是在海裡沈沒了
就變成一尾香魚浪遊回到故鄉
故鄉有潺潺的溪流

每次加添幾絲白髮回來
又開始計算什麼時候適合遠行

——〈故鄉〉

可以證明往往由於離開故鄉的一段過程，反而可能更形堅定地表現出對故鄉的關愛、自信和向心力。特別是〈故鄉〉一詩，清楚地表達了詩人內心永懷故鄉，同時希望成爲永恆的旅人的姿態，故鄉的離脫，也正是與故鄉緊密連結最大的契機，十分有趣。

五、結語

本論文以旅和文學相關連具本質性的若干視點，如第二節所論的課題以及要素，「移動和體驗、故鄉的脫出和回歸、探索和發現」，「風雅、飄泊、孤獨、浪漫、理性的認知和批評」等作爲基準，來考察李魁賢旅遊詩的各個面相，並一窺身兼「詩人和旅人」的作者表出的特殊詩世界所蘊含的意味。在最後的部分，擬引用李魁賢的一首旅遊詩〈詩的終點〉的部分詩句，作爲結論。

六十歲時　我想到死亡
開始渴望無盡的旅行
在旅行中尋求詩
因爲詩是死亡的必然形式

……

啊　死亡創造歷史的燦爛

旅人沒有終點
只是在美的饗宴中暫時歇腳

然而　詩畢竟有時盡吧
那才是死亡的起點

從這首詩中的兩段，可以明白地看到李魁賢的文學（美學）觀，也呈示出他成為永恆的詩人，同時義無反顧地成為不回歸的旅人的強烈願望。在無盡的旅行中尋求詩，這一比喻確實含有深意，豈不等於宣告自身永不中止地尋求美和詩，堅持執著於詩（文學）的意志表現？如此，李魁賢的旅和旅遊詩所具備的意味，就不只是日常和一般創作的延長而已了，毫無疑問地，其中蘊含了詩人不凡的異質精神和高次元的殉美（殉詩）意識。只要李魁賢不停歇地寫詩，不倦怠地進行他的發現之旅，他就可以當之無愧地，被稱呼為優秀而天生的宿命詩人吧！

寫實的旗手——趙天儀論

趙天儀，筆名柳文哲，本籍臺中市。他是詩人、美學（哲學）學者、兒童文學的創作和研究者，也是戰後臺灣傑出的詩評論家。他的經歷以教學為主，曾任臺灣大學哲學系教授、系主任，靜宜大學文學院院長。

趙天儀的文學創作始於初中時期，以散文出發，在高中時代開始寫詩，他的作品大都發表於《藍星》詩刊。一九六四年，參與《笠》詩刊創刊，此後大量地發表他的詩作和評論，在笠詩社中，成為戰後第一世代最耀眼的旗手。他的詩集已出版的有《果園的造訪》、《大安溪畔》、《牯嶺街》、《壓歲錢》、《林間的水鄉》等，評論集有《裸體的國王》、《詩意的與美感的》、《臺灣現代詩鑑賞》，美學研究專書有《美學與語言》、《美學與批評》、《現代美學及其他》等。除此之外，還有不少關於臺灣兒童文學的創作、研究、賞析的著作。

趙天儀的詩觀強調詩的精神追求，所謂「詩的精神，無所不在，然而，有而且只有通過了詩人的感動與表現，才能成為一種精神的實在。」在創作上，則主張「方法論和精神論應該並重」。[1]

他的詩風，就如他對詩的見解一樣，極爲平實樸素。同時，他寫詩，走的是寫實的本流路線，用語清淡，側重於日常生活的感情表現和心境的抒發。在親切的口語中，也潛藏著批判現實的精神。

趙天儀的詩在四、五〇年代，即已確定了他的基本形態。在明朗的抒情中，有對事物、風物描寫的偏好。他的詩可以看見對懷念的風物、景物的抒情，也可以看見對季節的感慨，對自身心境和人生境遇的抒發：

讓落日的餘暉保持著
最神采的一瞬
從樓頂的屋簷　突然
墜落　一隻　喘息著的乳燕
……

我不禁仰空默視著
手握死神攫走了的乳燕
雲已不再是橘黃的了
夜已不再是星斗閃爍的了
樓下的街上　正是夜市

正是燈光燦爛

——〈墜落的乳燕〉

這首〈墜落的乳燕〉，以偶然目擊乳燕的死爲表現的主軸，顯示出作者對物的凝視，對物的哀憐，透過周圍景色和氣氛的描寫，把物、景與人融合爲一，用淡淡的口吻，把生動的畫面鮮明地呈示出來，相當成功。如〈篦麻和蝸牛〉：

而今那些篦麻已塵埃落定
不再有人繁殖
而今那些蝸牛卻已遍野滋生不再有人
製成罐頭
每當憶起烽火的童年
在田間小徑漫步的時候
想起了那些篦麻那些蝸牛

1　參見中華民国「笠」編集委員会編集，《華麗島詩集：中華民国現代詩選》（日本東京：若樹書房，一九七一年），頁二一八。

就想起了那些帝國主義者的
無知　狂妄與荒謬

這首詩透過童年追憶的情緒，把懷念的風物和經歷戰爭時代的影像交錯表現，最後發抒作者的感慨，把詩性擴大，對時間的鄉愁和事物的詠嘆也揉合其間。

趙天儀對時間季節的嬗遞與晨昏的訊息極其敏感。他的季節詩，或顯示自然的力與意志，或表示內心的感觸，或羅列風物來表現現實的風景，寄託了各式各樣的詩情：

把地平線喚醒
滾動的春雷
帶動了春天的腳步
從遼廣的原野
一面閃光
一面轟轟隆隆地跳動
一閃一滅的剎那的音符

——〈春雷〉

孤單的禿鷹在高空盤旋
白茫茫的蘆花　淹沒了溪床的新生地
南飛的雁群已遠去

——〈冬天的來臨〉

我在懸崖上凝視
一隻高空盤旋的鷲鷹
正以蒼涼的嘶鳴逐漸地飛逝
正以孤獨的聲音逐漸的消失

——〈暮色蒼茫〉

〈春雷〉有澎湃的，類似生的源泉般的節奏感，對來臨的春天明亮的抒情；〈冬天的來臨〉透過各種的景物、事物，來映照眼前現實的風景；〈暮色蒼茫〉則寄物陳思，把作者的人生境遇加以抒發。

不可忽視的是，趙天儀的詩，有在漫長的創作歷程中，呈示出一種演進的軌跡。即是從對事物單純的觀察、關懷，風物的追憶，溫柔的抒情，而轉向對人生、現實批判，或展示出對臺灣人共同體生活的期待，與堅強的意志的一面。如〈一幅的靜物〉：

從異國歸來
拿博士回來
依然是色盲的透視
而他　穿著茶褐色的西裝
立在秋天的陽光下
依然是一幅靜物

以色盲引喻對人的本質，從深入的觀察導出一種適切的批判。如〈黎明的消息〉：

等待一個早起的太陽
等待一個全新的空氣
等待一種沒有污染的空間
在黑夜裏

我們等待黎明　等待黎明的腳步

對於經歷過苦難時代的臺灣，以保護環境的急切心情，而展示了苦口婆心。想給世間一點警戒，一些溫暖，一些希望。如〈蘆葦〉：

讓我們緊緊地扎根在一起
在溪埔上挺立
在新生地裏深呼吸
且傳播著花粉飛揚的氣息

藉物引喻，物象的背後，寄託著堅強的生命意志，和對臺灣人共同體的期待。詩中飽含著一個理想主義者誠摯的心意。

趙天儀的詩論，以詩人的評論爲主軸，對戰後各流派、各世代的詩人有既深又廣的批評。時而提出親切的關懷，給予鼓舞；時而透過特定詩人的批評，對詩壇發出諫言，糾正詩壇的流弊。而他將美學理論運用在詩的批評上，當然也使他的詩論有獨樹一格的模樣。

趙天儀，不愧是戰後臺灣，一個踏實追求詩的詩人典型。他的不虛榮、眞摯的態度，使他的詩平實可感。從他的詩中，感受得到滿溢的人間溫情。

趙天儀在一九九八年四月，獲臺中市立文化中心頒發文學特別貢獻獎。

濃郁的鄉土情——岩上的詩

岩上本名嚴振興，本籍南投縣草屯。他畢業於臺中師範和逢甲大學，曾任中、小學教師。他是六、七〇年代中部地區最受到注目的詩人之一。

岩上開始創作甚早，大抵是透過自我學習與磨練，在文學的路上，鍥而不捨地開拓了一片自己的天地。他的文學活動都和臺中市息息相關，一九七六年曾號召中部詩人組成「詩脈」詩社，擔任過《詩脈》詩刊的主編，也曾任《笠》詩刊的主編。

岩上的詩觀，主張詩要與自身體驗、大眾生活密切結合，要以明朗的語言來表達，詩要有思想的深度表現，要有較大的想像空間，還必須具備優雅的文學性。他的詩集有《激流》、《冬盡》、《臺灣瓦》、《愛染篇》、《岩上詩選》、《岩上八行詩》等，詩論集有《詩的存在》。

岩上的詩有四個主要的焦點，即：自我的折射、想像的世界、外界的風物和愛情的感受。從這些焦點擴散出他詩人的精神，構築了個性洋溢的詩世界。

岩上初期的詩的世界，顯示出對表現自我的執著。有寄物陳思來呈示心境的，如〈荷花〉、

〈香爐〉：

在這夏日的野外
雖然畫板依舊
但從我的瞳孔裏
透視出來的已不再是叫苦的顏色

——〈荷花〉

面對靜定的
眸光
內省就是
一盞夜暗中的
明燈

——〈香爐〉

面對荷花，把自身的心境呈示出來；面對香爐，產生內省的徹悟。都是經過外在的刺激，形成一種自身精神鍛鍊的契機，在詩中折射出來。詩，對於詩人岩上而言，正是此一種精神形成過程的自我凝視。

我總想知道
自己的宿命星在什麼位置
……
直到有一天
我從流浪的路途回來
……
突然發現在那靜謐且清冷的水底
一顆孤獨的明星
輕輕地呼喚我的名字
——〈星的位置〉

於是
我又出門

乾脆不回來
浪跡天涯
……
那座墓碑
猛然地吸住我不放
我想這次我不能不承認
這是我永住的家了

——〈蹉跎〉

從搜尋「星」（即自我）的「位置」（即定位），到歷經人生的蹉跎、生命的浪跡之後，尋到定點而有了回歸的場所，描劃出他漸進的人生航路的軌跡。對生死的靜觀，生命浮沉、起落的體認，詩裡表出的，無非是一種心境的告白，內面風景的呈示。

想像的世界，是岩上作爲詩人，經由「詩藝」的發揮所帶出來的詩世界，可以看見思考的飛躍和語言的飛躍。通常習慣於透過虛實相間的畫面，來營造、顯示出獨特的氣氛與異質的美感：

冬日無雪

雪降在夢裏的山巔
繽紛又淒美展現那遙遠邊陲的地圖
依稀還聽到
皚皚的細語

——〈冬日無雪〉

一陣花香飄來　我昏昏欲睡　而終
於倒下
風來了　我微細感覺　襯衫被吹起來
飛呀
飛過群山，化成一隻悠然的白鶴　消
失在空茫的蒼穹

——〈教室斷想〉

兩篇詩共通地用纖細的感覺、輕柔的筆觸，來表現出異樣的畫面，傳達美感。〈冬〉是以景造型，在似眞似幻的夢境裡，展現美麗的地圖；〈教室斷想〉是在現實中出現想像的場面（詩中暴風雨的幻想，轉移了現實中存在的「境」到別個「天地」）。從人生（教師）的虛脫感、疲勞至極的精神狀態中，尋求新的出口，想自由自在的幻化為白鶴，是希望，也是虛幻，因此產生了令人驚愕、異質的美感。

不管是自我的人生，想像的世界，都是往內面發展，往深層沉潛。詩人的內部世界、風物和人物的捕捉與表現，卻是岩上外在世界的呈現。那是印象的、感銘的，用凝視景、物冷靜的眼，觀照所得的結晶：

雨落在山巔
雨落在田野
雨落在溪底
……
雨落在棉被
雨落在 孩子
（爸爸這裏有水）
的嘴巴
雨落在黑夜

——〈陋屋〉

天空是該殺的
然而天空高高在上
天空必也有俯身下來的時刻吧
……
水牛狠狠地衝刺上去
倒下然後朗朗的笑了
原來我體內也有這樣鮮紅的血

——〈水牛〉

〈陋屋〉、〈水牛〉都是作者旁觀的對象，人或物都同樣地從風景映照，表現了非情、苛酷的現實。〈陋屋〉的第一部分純為客觀的描寫，不具任何表情，〈水牛〉的前半部亦復如此。後半段則介入了詩人的觀察、判斷，非直接的表出作者的心境，是經由外部投射的心境。在岩上臺灣鄉土系列的一連串詩作，如〈松鼠與風鼓〉、〈溫暖的薯〉、〈冬盡〉、〈割稻機的下午〉等，也都有相同的觀照。但這一系列的作品卻有：

(1)形式上都爲敘事詩型，傾向長詩的構成，卻不冗長。

(2)以說故事或旁觀者的口吻來敘述，呈示出作者獨特的、臺灣農村生活經驗和印象。

不同於前面單純表現景物的，那些詩具備的特質。這些鄉土詩，是岩上眾多作品中，值得再作深入探討的一部分。

岩上的愛情詩，是發現他抒情性格適切的「場所」：

用　熱情的手
點亮我周身的缺殘
如析薪片片爆裂

——〈燃燒〉

讓我萎萎
讓我芳草
讓我貧脊的地域展現熱情的胸

——〈草原〉

《愛染篇》裡也有像〈燒燃〉、〈草原〉詩中，纏綿悱惻、濃濃情欲的詩句。但是，岩上情詩的代表作，卻都傾向於經由男女的愛淨化靈魂，刺激生命的奮起，蘊藏著苦澀的人生中昇華情欲，以獲得慰藉的願望。

但爬起來的相互扶持
是　一樣的緊密
就像這個　疤痕緊緊地
粘在肌膚
在衣裳的遮掩下
誰知那曾經是一段旅程的哭聲

——〈創傷〉

我倒下　我的軀體
我流盡　我的血液
這是我的愛
也是我的恨

——〈昨夜〉

〈創傷〉、〈昨夜〉都有殉愛的意志表現，同樣是苦澀的感情，卻沒有感傷，只有堅持活下去的決意（如〈創傷〉），或自我犧牲的甘願（如〈昨夜〉）。這是誠實的生活者追求愛的姿勢吧！

岩上的詩，有浪漫的感性表現，有鄉土情懷的呈示，也有風物的凝視。充滿詩意的想像，與自我精神的折射。無疑地，在他的詩中，我們可以清楚地看到，詩的熱情和生活的熱情完全合一的，一個詩人崇高的精神。

Ⅳ

暗喻和現實

笠詩人論（三）

鎮魂之歌——李敏勇的詩

一

推測人的性格有很多種方法，例如西洋的占星術，運用星座的區分觀察人的屬性；又如依照血型的不同，判斷人的性格，觀察人的字跡似乎也是常用而普遍的分析個性的方法。

看過李敏勇字跡的人，大約會感覺到「字如其人」。這種說法有相當的道理和準確性。他的字與其說是瘦削，毋寧說是秀麗，有其寬厚大方的幅度；但說是穩重，又毋寧說是輕巧，有其纖細舒柔的筆觸。可以斷定他兼具沉靜和瀟灑兩種氣質，本質上具備了十分強烈的感性。

回想起十四、五年前初次和李氏碰面時的印象，他沉默寡言，甚至有些莫測高深。後來才體會到他的辯舌，配合敏銳的思考力，他善用多種比喻來表達意見，加重論理的力量。他不愧是持有發亮的瞳孔、冷冽的觀察力，極善於表現觀念的詩人。而他的有條不紊，穩重沉著更增加他的魅力。

我們不難從《雲的語言》第一詩集裡收入的他比較早期的作品中看出他具有的輕柔、流麗、纖細的秉性；而隨著詩作的成熟與題材的擴展，他的敏銳、冷冽及暗喻的性格也逐漸顯露，逐漸加深。這種演變的過程十分自然，可以從他的詩觀的演變來加以說明。李氏對於詩的精神與形式，曾經有過如下的說明：

> 詩的精神是赤裸的女體，形式是衣裳。不僅爲了展示衣裳，而是渴望有人進入。徒有形式，詩是不成立的。爲了怕羞，詩披上適身的衣裳。

這一段詩觀，本身就是一層比喻。女體的渴望有人進入和女體的需要衣裳遮羞，並沒有衝突。他強調的是精神，或說是詩的本質，但多少說得有些曖昧，說得比較單純。如果說這是代表他比較前期的詩觀，那麼他比較成熟的詩觀則是：

> 我的詩是我的現象學，也是我的冥想錄。現實——在我的世界，既是攝影機鏡頭所能捕捉得到的事象，也是從腦髓思考出來的花朵。融合經驗與想像力的結晶，是我的憧憬。

這種見解較之前一段說明，更令人感到言之有物，有更強的說服力，論詩的幅度也增大了許多，具體而層次分明，可以說是具有繁複的思索展現。當然，兩段說明都是他的體驗論。如果勉強區分，則《雲的語言》出版的時期產生了前一段論理和思考；相對地在較爲成熟後的時期，他才能產生後一段的論理和思考。第二詩集《野生思考》收入的四輯作品，是他自一九六九年至一九七五年間發表的重要詩作的總集，共計四十八首作品。可以說是呈現成熟詩人李敏勇風貌的一座里程碑，有劃一時期的意義自不待言。爲了考察析論的方便、筆者擬以《野生思考》收錄的作品來分析剖論，藉以窺見李氏的詩特質、風格及相關的諸問題。

二

每一位具有強力個性的詩人，在建立自己的詩風以後，對於詩的思考，固然會從多方面的角度來伸展他的觸鬚；但是，他不斷會思考的問題，應該是「我的詩要表現什麼?」、「我的詩要如何表現?」而終結於「詩對於我是什麼?」的基本質問。就李敏勇而言，他也爲了這些問題作了許多探討與詮釋。在〈詩〉這首作品中，他寫著：「崇高的天／飄揚著我的憧憬／俗的地層／潛埋著我的鄉愁／遼敻的空間／張架著我的繪影／綿遠的時間／流動著我的思想／腐敗的土壤／孕育著我的生／燦爛的花容／隱含著我的死。」在這首詩裡，天、地層、土壤、花容、空間、時間等等，可以說是作爲他詩作的縱軸而存在的；而憧憬、鄉愁、繪影、生、死則是作爲他的橫軸而存在。而由於「我」的存在，才賦予詩的存在意義與詩作的行爲的意味；乍看之下這個「我」好像是極爲「自我」的存在，事實上卻並非如此。他在〈薔薇〉詩中如此表現著：「薔薇綻開著／我把薔薇獻給你／它的形象／它的色彩／它的香氣／它的味覺／現實爆開一朵花的光輝／我把薔薇枯萎／它的意義／它的精神／它的美感／它的愛與死／生命熄滅成一堆灰燼的黑暗／一首詩一朵薔薇。」在這首詩裡，薔薇、詩同樣經由「自我」的詩作活動而賦予意味，而且呈現了「你」，一個獻與的對象，共通的屬性。形象、色彩、味覺、精神、意義等等比喻了形成與本質的兩面，詩的存在有意從主觀的「我」發展到客觀的「物」。這顯示了他的詩思考的一面——從主觀的我而透過客觀的現實，開放詩的花朵——然而，他也強調從客觀的現實、物象可以襯托「我」或詩的存在。在〈蘆葦〉一首作品中他如此說明著：「蘆葦的花，蘆葦了解／那暗喻之梯呵／那象徵之翼呵／蘆葦在山坡／在通往天國的階梯／蘆葦在河床／在通往地獄的孔道／蘆葦的放逐就是回歸／蘆葦的頌讚就是批評／蘆葦吐露著／我全部的愛。」這是從蘆葦與我之相互投射來說明詩作的活動，在這裡明確地指出了詩的方法——「暗喻、象徵」、詩人的使命感——「吐露全部的愛、回歸、批判」，而有從物象回歸了我的暗示此種回歸還原於「我」的詩作活動的形式。在〈遺書〉一首作品中也重加說明著：「字紙簍裡，一張揉碎的信紙／是我的遺書、用肉眼／你看不出片言隻字／但它確書寫我的寄意／因為我要寄發到遙遠的沒有語言的國度／我要寄發到遙遠的夢的故鄉，那是我透明的心／那是我純潔的愛」上述的詩作正足以說明，在基本上，李氏不只具有詩人執著於自我的強烈個性與意識，而且，他的詩作活動出發是從「自我表現」或「自我觀照」的秉性而展開追求詩的心情。他絕不是從開始就把表現集中於現象、意味，或者是周圍的事物；毋寧說是具有由「自我」而切斷，或連結現象、現實的傾向。而這種爲了自己而寫的強烈傾向，雖然是成爲原始的、最初的基點，由於他的語言與現實是寄託他的心的場所，卻產生了莫大的暗喻作用，進而擴展了他的心象世界，能夠觸及外界與現實而激起火花，可以免除他只是止於爲了自己而寫的層次。在〈失語症〉這首作品他如此說明著：「死去的那純潔的語言／活著的我們醜惡的心」、「語言／被現實的酷寒凍結／又被現實的炙熱燒焦。」在這些逆表現和敘說裡，苛酷的現實、語言的存在場所也等於是他存在的場所，更可以說明他詩作的態度，或是詩對於他的意味。

這種態度，在早期的《雲的語言》中多數的詩作已足以說明，但是往往單純地以傷感或情緒爲基調，而有不免於呈現納西斯（Narcissus）的蒼白的面貌。然而，一經他本身脫離了純粹的心象凝視，就與現實取得連結，開始賦予新鮮的意味及產生更深邃的暗喻層次。

在比較早期的作品〈水井〉中已開始顯示了他的轉變：

一口井在青苔的愛撫中屹立著
風要去了它斑剝的外衣
雨索去了它的膚色
回歸到原始沒有人知道它的名字

誰能傾聽它奧秘的語言呢
誰能進入它豐饒的內裡游泳呢
那人把木桶放下去
它給了他索要的一切

在這兒，水井成爲獨立的物象，已從主觀的純粹凝視而成爲完全客觀的形態，離開了作者自身，而擴張著水井的內層形象，同時作者經由客觀物象提出了深層的思索，透過汲水這種極爲平凡現實的行爲，呈現了一種思考性格。類似這樣的思考性格，在後來的《野生思考》裡可以說是隨處可見，而且衍生爲一種思想性格，成爲他的詩特有的性格之一。以下，我們進一步來分析詩集《野生思考》所呈示的詩世界的特質，經由李氏的表現內涵（本質）與表現方式（形式）來說明李氏的詩具有的特殊性格。

三

現代詩人往往賦予詩各種不同的性格。經由透視問題，表現意識而產生的這些不同的性格，不只建構詩人獨特的詩的風格與世界，而且藉此可以提出問題、追求問題，呈現詩人的美學、理念以及觀點。就李氏而言，現代詩是「一種藝術，希望它能有人的立場，向善的目標，既有藝術公用的主張，也有現實經驗的論調……」而支撐他這樣的說法，他的詩的第一個性格可以說是「思想性」。

在李氏的《野生思考》詩集中具有思想性的詩很多。它的根源可以說是發自一種現實的體驗，問題的意識。透過思索的過程，透過詩的形式而呈現作者的思想。在「鎭魂手帖」中，有〈戰俘〉一詩：

K中尉已經沒有祖國
被俘時
他宣誓放棄了

停戰後
被釋放的那天
他望著祖國的來人
不知道怎樣把自己交還他們

武裝禁止了嗎
武裝沒有禁止
祖國沒有了嗎
祖國還有

雙重的認識
在K中尉經歷中體驗了
說不定那就是你或我呢

世界靜靜地擦著眼淚
世界靜靜地流著眼淚

正如詩中所表現，這是一種雙重認識的人本思想。在戰爭中被俘虜的一種狀況，或從書本或從影片得到了虛構的人物，不確定的疑問與答覆作爲表現的方式。但是，在直接、間接經歷過戰爭的人們看來，「沒有祖國」或「喪失祖國」的這種事實，在受到鉅大無比的外在壓力的強迫，缺乏作爲人獨立存在的條件環境中，是隨時都可能發生，都會令人感到哀愁與無奈的。而雙重的認識是透過作者的辯證而產生的作者思考的呈現，衍伸爲作者以渺小「個人」爲本位的思想自不待言，因而作者有「世界靜靜地擦著眼淚，靜靜地流著眼淚」的抒情與嘆息。這首詩可以說是含有對於「存在的環境」發生疑問而以孤獨的人的立場去闡釋的作者「存在的立場」，當然，結論上是依歸於「弱者」或「無奈」的思想而顯現了詩人的哀愁。在「情念人間」一輯中，則有〈罌粟花〉一首作品：

女人的胸脯
罌粟花
開放著呢

罌粟花燃燒著
會把男人
整個心都染紅呢

那麼
不要看到女人好了
可是

思想裡也有
罌粟花的
影子

在這首詩裡，人不是單獨的存在，人是在平凡的生活中相互依存的存在，女人、男人，極爲平凡的情節的安排，較之〈戰俘〉一詩已失去虛構性，反而加強了現實性。然而從孤獨的感情而衍生爲「連帶」的愛情時，依然含有「不要看到女人好了」的不自願的心情，「罌粟花」這種有毒的東西，染紅了男人整個的心，而又到處有罌粟花的影子（連思想裡也有），這一種隱喻及暗示，實含有一種「拒絕」的思想，或許經由此一拒絕的思想，重新肯定人與人的相互連帶，思想的可貴性才是作者最終的思考。

上述以人作爲介入的主題而表現的具有思想性的作品，是李氏詩中的一個樞紐。剔除人，而完全交附於物或思考、想像的作品也是另一種樞紐。如「思維花朵」這一輯的〈夢〉：「夜黑以後/現實有一個缺口/我是打那兒逃亡的……然而/逃亡之後/我是自由的/你不能捕獲我愛的掌紋/你不能捕獲我恨的足跡」在這裡「夢」是一種具有共通屬性的「無拘無束」的想像與象徵，當然由於現實的壓抑而有夢的逃逸，但夢本身成爲客體來顯示時，已完全抽出人存在的「要素」，這首詩的構成，作者並沒有介入而充分地發揮了他思考的優越性。在這兒，夢實在等於「自由自在」的思想。類似〈夢〉以客觀的物體，經由凝視客觀的物體而呈示作者思考的有「象徵體驗」一輯中的〈俘虜〉一詩：「燒鳥店／通紅的炭火架／成排雀鳥／脫光外衣／世界／某些刑場／成排囚犯／蒙上黑巾／……燒鳥店／喧嘩地嚼著／死的聲音」在這首作品裡，以對比的方式，呈示了鳥與俘虜的同格，不免於被殺戮的命運，提示了死的思想與拒絕、抗議（弱者）的意識。鳥與人都是客觀的物體存在。

總之，在李氏的作品中含有的第一個思想性的性格，使他的詩充滿了一種對於人際、存在、物象及理念的思索。而經由此種思索，往往發出疑問，提出辯證，提出拒絕的思想，而確立「人的立場」。事實上，支撐著他的思想性格的，除了他的問題意識與現實體驗之外，他的詩本身具有的現實性格也是一大因素。這種「現實的性格」可以說是構成他的詩的特色的第二個性格。

只要大略地翻閱《野生思考》詩集，就可以理解幾乎每首詩都有作者和現實的格鬥，現實投射在人心中而激發的屈折的吶喊，在「鎮魂手帖」中有〈孤兒〉一詩：

誰都會是個孤兒
從河邊的死貓

從街旁的病狗
從曠野的人屍

悄悄地
我收集著成爲孤兒的哀傷
我反芻這些體驗而活著
……

這首作品裡的場景可以說是隨處都看得到的破滅的風景，在「誰都會是孤兒」這樣的前提設定下，詩人展開的暗鬱心象，可以說是一種挫折於現實而投射出來的無聲吶喊，這樣的暗鬱心象成爲他詩的現實性格的基調自不待言。〈日落〉一詩以意象鮮明的表現方式，最足以見出在李氏內心陰鬱而沉重的現實：

我
正在腐爛

我
心中的鬱悶
正在擴散
世界消失時的幻想

我
身上的膿瘡
把流溢的血收回
把束縛的黑放出

我
把你們一個一個眼睛閉上
把你們一個一個思維關掉

這首詩藉著日落的景象，十分生動地描述成爲黑暗的過程，而屬於鬱悶的物象正襯托出現實的挫折的基調。這種李氏特有的現實的暗鬱色彩，成爲他詩中極有魅力的所在。同時，這種現實的性格支撐了前述基於追求人的立場的質詢，拒絕思想的性格。在〈沉默〉一詩裡，詩人對他的語言與現實的所在及狀況作了顯明的浮雕：

人們
害怕語言溢出口舌
凍死在現實裡

現在是暗夜時分
整個國境
披蓋厚衣裳

人們
害怕語言溢出口舌
迷失在現實裡

作爲詩人存在場所的語言，以及作爲實際存在的現實，乃是具有凍死、迷失在現實裡的特性。而這也正是詩人李敏勇對於存在與現實所作的觀察以及把握、理解。透過這種受挫於現實、抑壓於現實的狀況凝視，李氏的詩的現實性格和思想性格才能密切的契合，互爲表裡而成爲他的憂鬱心象的基調。

假如說李氏詩構成的縱座標是思想性與現實性的配合；則李氏詩構成的橫座標應該是故事性和虛構性的配合。詩不同於政治，雖然同樣可以有其理念的表白，但詩必須是配合美學而成爲具有藝術性的內在的理念。在這一前提之下，李氏的詩的優越處，即在於他的詩成爲思想、成爲現實的剖影之際，有其不失去成爲藝術此一基本要求的特質。李氏的想像力十分豐富，抒情性也十分充足，處理詩的方法是十分講究，他不只努力爲詩構建深邃的底層世界，也不疏忽爲詩披上美麗的衣裳，在〈思慕與哀愁〉一詩中，他如次佈置著詩的氣氛：

陽光從玻璃窗照進來
女人的裸胸
印著黃昏

爲了攀登那燦爛的峰頂

爲了滑落那幽深的山谷
美麗的山河
連綿著我的思慕與哀愁
我用肉體的回音
測量愛的距離

像如此簡潔、舒柔、輕妙的筆觸，彷彿在構造一幅畫一般的含有雋永詩意的作品，在他的詩集中也是隨處可拾。然而特別值得一提的是他詩中的虛構性和故事性刻意的構思。李氏不只是詩人，他也寫了許多優美的散文與小說，如果說李氏的小說佈景，場面往往成爲詩的題材而被轉化、處理，也不是過言。〈匕首〉一首詩，他如此寫著：

殺死父親
不
不能殺死父親
殺死母親

不
不能殺死母親
我們必須愛那知性
我們必須愛那感性
必須
自己不斷地死
自己不斷地生

在這兒，殺死父、母親以及否定此種行爲，都可以視爲一種虛構的安排。透過此種虛構性的行爲而可以不斷地死，不斷地生，含有一種無限發展的羅曼精神，對於知性、感性的瘋狂追求的欲求。又如前述K中尉成爲俘虜的作品，在作品本身屬於虛構，同時具備了故事性的成分，而事實上，這種透過虛構性與故事性來構築詩的世界的方式，對李氏而言不只是他慣用的處理方式，更是使他的詩的現實性和思想性可以得到恰當的寄託及表現的最佳方法。在以故事性作爲他的詩的性格顯得最突出的，應該歸諸「情念人間」一輯。由於處理的體裁是平凡的生，男人與女人的愛，透過故事性（幾乎每一首都是一個短篇故事）不只是增加了他的詩的戲劇氣氛，也使全輯可以前後連貫而浮現他的愛與生與現實的面貌。

上面約略地分析了李氏詩中具備的四個特質，事實上，他的詩不是單純地只具備了一個性格，往往思想性與現實性、故事性與虛構性兼備，作爲他的詩的原型而優秀的作品，〈遺物〉就是一個好例子：

戰地寄來的君的手絹
休戰旗一般的君的手絹
使我淚痕不斷擴大的君的手絹
以彈片的銳利穿戳我心的版圖

戰地寄來的君的手絹
判決書般的君的手絹
將我青春開始腐蝕的君的手絹
以山崩的轟勢埋葬的愛的旅途
慘白
君的遺物

我陷落的乳房的
封條

在這首詩裡，表現了愛、生、死、戰爭以及哀愁，事實上在沒有實際戰事的我們今日環境，它本身即含有虛構性，卻又具備了現實的意味。男、女的存在確實是在戰爭的狀況下的共通型態，人人都可能被迫處於同樣的立場。同時，愛的思念、青春的蹉跎、死的陰影、生的哀愁等等情節的佈置，造成了它的故事性與戲劇性很容易令人受到感染。透過現實的挫折、失去的愛、死的威脅等等又都襯托了作者對於否定戰爭以及追求純愛的思考。而這種思考藉著一物本身可以發展爲抗拒戰爭與死的思想，經由純愛來支持此種對於現實的疑問或肯定或否定的思考。類似這首詩具有的錯綜重複的性格，可以說是詩人李敏勇特有而常用的表現技巧與機智。以下，再就李氏詩特有的表現方式與形式作進一步的考察。

四

在李氏的詩集《野生思考》中，「對象」的存在和處理，是一個貫穿全集的問題。不管那一首詩都有其「對象」，這種對象作爲他的詩焦點，或襯托或演出、或描述或說明而構建了他的詩。這種處理的方法可以說是他的詩表現方法的特色，而對於對象的處理，我們可以試著歸納出以下兩個主要的方式。

(1)衍伸的方式：所謂衍伸的方式，也就是採取重疊的敘述而襯托出對象，並藉襯托的對象構成敷延的意義，最終則點出結論或意圖。如〈軍艦〉一詩：

軍艦鳴聲
驚碇港霧濛濛的夢
軍艦啓航
割裂海洋水藍藍的肌膚
窗玻璃我的臉閃爍淚光

因爲軍艦會沉沒
在深不可測的海洋

因爲軍艦會帶給港口
哀傷

「軍艦」這一對象始終環繞全詩而擴展，由「軍艦鳴聲」（假設是Ａ）＝「軍艦啓航」（同樣是Ａ）而衍伸，「驚破港口的夢」＝「劃裂海洋水藍藍的肌膚」（同樣是Ａ１）導出的結論是「窗玻璃我的臉閃爍著淚光」（假設是Ｃ），其間作爲襯托者，延伸的意義是因爲「軍艦會沉沒……」＝「因爲軍艦帶給港口的哀傷」（假設是同樣的Ｂ），也就是說Ａ引伸的Ａ１的意味擴展了，而加以說明和延伸，並產生Ｃ的自然結論。這一種衍伸的方式如〈戰鬥機〉、〈遺物〉、〈血〉等都是典型的例子。這種方式使李氏的詩顯得簡潔、明快而銳利強烈。事實上，《野生思考》詩集裡運用這種方式寫成的作品爲數極多。

(2)對比的方式：李敏勇常用另一種詩作的方式，即是藉著對比的敘述，而導引出第三種存在。往往以三種主要的人或物作爲對比的因子而佈置氣氛，如〈夜的體裁〉一詩：

月光
從窗口伸進剪刀
把我們剪裁成共生的人
有時

她用前胸將我掩蓋
有時
我明背肌面對夜空
不暴露我的臉
讓我守護你吧
讓我守護你吧
一個受苦就可以了

沉溺在水平線下
海的渦流翻轉我們魚般的身體

這首詩的月光是屬於第三者的存在，在第三者的月光的範圍之下，共同的你（女）我（男）是主題。然而，你與我仍然經由對比與對立而呈現情景狀況，終究產生歸結於回復共同體的存在。值得注意的是「讓我守護你吧／一個受苦就夠了」一句，在極大多數的他的詩裡，陰與陽，現實與個人（如〈景象〉一詩：田園展覽著坦克的痕跡／一條條傷口／紅腫著／曝晒在火炎炎的太陽下／更炙爛的是／彎腰耕作的農夫背影／我在那兒死滅／世界從那兒消失），或說外界的存在與我的對比中，大抵上我是成爲挫敗者，是以弱者的姿態而存在，這是十分耐人尋味的表達方式。如〈浮標〉裡的「我／沒有國籍／我／傷痛半淹在水裡，海一樣深／我希冀靠邊／盼望上岸／可是／國土出現又消失／流刑消失又出現。」或如〈象徵〉一詩：「戴著十字架胸飾的女人喲／妳那美德／不／妳那惡德／腐蝕著男人的心」也是典型。或許就李氏而言，這是一種表現前述拒絕的思想簡便恰當的方式，又含有一種剛不勝柔的（類似愛護女性，體貼弱者的心情）觀點而洋溢於作品中的結果。由於這種對比成爲李氏獨特的詩方法，在選擇作爲主題而存在，他往往特別容納了物象，因而月、黃昏、花、山、窗、鳥、白雲、海洋、雪、燈等等極爲接近身旁的「事物」、「自然」都成爲他愛用的媒介。在他的詩中，「自然」因而也是他造成詩氣氛最常用的「對象」。

雖然李氏的詩法藉其常用的詩的形式呈現了單一、簡明的特色，但是，並不因而減輕了他的詩的美和氣氛。李氏成爲優美的詩人的一個基調應是在於他對語言駕馭的適度，以及他自己持有的語言輕柔和飄逸的特性。我想他對語言持有的感覺，與其說愛用亮麗的語言，不如說是喜愛拒絕慣用的語言，藉此造成新鮮的意象及獨特的效果，〈焦土之花〉一首作品即可提供證明：

砲聲停止以後
在靠近陣亡者手的地方
一朵花愰動著

曾經想伸手去採摘那花
曾經渴望那陌生的愛
卻無法挪動手

煙的風吹著
煙的風吹著
「風呵，帶我給那垂死的男子吧」

折斷的枝椏
點綴著寧謐的土地
散落的花瓣
裝飾著死者的胸脯

這是寫在戰火之下瀕死的花朵形象。事實上用的是客觀描寫，而自然的佈景與存在物的安排，只是透過淡淡的口吻來加以呈現，並沒有驚人的用語。然而反覆的閱讀，則其擬人的象徵的世界逐漸會增加，哀愁的氣氛也逐漸會擴大，有其輕柔纖細的感性令人共鳴。類似此種語言的使用，在《野生思考》詩集中並非稀奇。這可以呈示詩人李敏勇的詩語特質，加強了他詩的優雅性，提供他所希望的「溫暖的感動」。

五

分析了李敏勇詩的特質，方法之後，進一步來考察詩集《野生思考》的內涵。《野生思考》共分爲四輯：「鎭魂手帖」以戰爭爲題材；「象徵體驗」以存在的現實爲題材；「情念人間」以生活與愛爲題材；「思維花朵」以生與死的體驗爲題材。可以說，環繞於詩人李敏勇腦海裡的思考，涵蓋了戰爭、生、死、愛與存在。這些課題，如同前面已強調過的，是基於他的問題意識與現實經驗，縱橫交錯，編織構成。

「鎭魂手帖」可以說是戰爭的鎭魂曲。對於戰爭的體驗，戰後世代的詩人（或說七〇年代詩人）並不是直接的，毋寧說是透過某種媒介而間接悟得的。戰爭的行爲和破壞的行爲往往會直接被聯想，被連結，李氏也不例外，如〈戰鬥機〉一詩：「我也會感到冷／感到胸口疼／在那樣的高度／那樣的深度……」再如〈景象〉一詩：「我在那兒死滅／世界從那兒消失……」又如〈軍艦〉一詩：「軍艦會帶給港口哀傷」等等。但是李氏對於戰爭的批判，毋寧說是藉戰爭與死的陰影來連結，藉對於血的深深執著來強調，如〈血〉這首詩：「人捕殺老鼠／因爲牠不配共享世界……血演繹著歷史／也編織著歷史」又如他的〈故事〉一詩：「去年／他射殺了一隻鳥／來不及看鳥掉落／戰事發生了今年／他在戰場開成一朵花／還不到返鄉時辰／他已回去了，鳥在飛／鳥仍在飛／鳥飛越現實／他永遠死息」沒有比流血與殘酷的對立與死更令人感到悲痛的事實。再例如〈輓歌〉這首詩：

他們輕輕啓齒
默念那些躺在土裡的名字
並獻花給那些死滅的心

他們行禮如儀
哀樂飄揚在墓園上空
淚珠低落

然後他們離去
僅留下風聲

萎謝的花

在這首作品裡，作者似乎只是輕描淡寫地在刻劃喪禮的形象與場面。事實上，如「僅留下風聲／萎謝的花」淡淡的哀愁反而具有無比的傷痛之感、無奈之感，加深了詩的氣氛，也顯示了作者無比的抗議。類似這樣的詩，在此輯中拈手可得。李氏時而抗議，時而質問，時而哀嘆，時而祈願。一邊在彈奏著死的鎮魂歌；一邊祈願著和平寧靜的降福。

「象徵體驗」可以說是生的鎮魂曲。在這兒，李氏的生的描寫是沉鬱的、滯重的、注目於黑暗的，較之對於戰爭的「拒絕」的思想，在這一輯中所表現的是反抗「拘禁」的思想。這可以說是根基於人的立場而衍生追求理想的理念。〈夜〉這首詩中有「夜企圖掩飾一切／夜企圖推卸一切」；〈監獄〉這首詩中有「夜／凍結在四周／沒有牆」；〈俘虜〉這首詩中有「天這麼黑地這麼暗」，這些對於黑暗的戒心和暴露，正是他追求理想的第一步，在〈內部世界〉這首詩：

地球表層
包藏火紅的岩漿
在旋轉

人的臉
包藏蒼白的腦髓
在思想
憤懣到極點時
人會反抗
從內部
從深處
一種力量

作者有一種生氣勃勃的期待，或說對於「理想」的追求有一種切望及信念。這種切望有時以逆說的方式，連結於誕生的根源土地，如〈紙鳶〉一詩：「紙鳶/想反抗/想掙脫/但無法逃避劫持/它碎裂墜落/以死亡回歸土地的召喚」在這裡土地是一種象徵，成爲最後的歸宿，成爲回歸的祈求。有時則以肯定的方式來表達，如〈腐蝕畫〉：「窗密閉/但牆會有出口/透露光」或如〈鳥〉：「不死的鳥/飛翔的心」抵抗拘禁的意念，摧毀禁錮的思考，正契合李氏所言的「向善的目標」。

「情念人間」可以說是愛的鎮魂曲。對於愛情，人人有不同的體驗與感受。就李敏勇而言，愛是一種連帶，愛是一種慰藉，愛是一種生的鎮魂歌。因而他顯示在此輯裡的愛多有著哀憐、悲愁。且舉其中一首〈愛〉來做說明：

沒有窗
我們也活下來吧

依靠著
沒有陽光也會萌芽的愛
我們堅強地活下來吧
愛會伸出枝葉

愛會伸向天堂
把我們希望寄託愛
開天窗的日子不會太久吧

像這首基調哀怨的作品，可以作爲輯中的代表。事實上，李氏的愛的詩乃是有意超越平凡的場面，才選擇了哀愁，以及投射了暗鬱的生作背景。李氏所強調的愛是連帶感，甚至是犧牲自我超脫的愛的美，如〈夜〉：「……關上窗吧／讓我們在微弱的燭光中／相互撫慰取暖，燭光熄滅後／讓我們的身軀／相互摩擦取暖……」如〈憂愁女子〉：「爲了灌溉她／爲了使她長成枝葉／用盡我的心血／用盡我一點一滴的愛……」等等。哀愁、哀憐的愛的方式，如〈思慕與哀愁〉、〈背肌〉、〈夜的剪裁〉等等，自然與李氏的氣質有關，也多少與他暗鬱現實的連結有所契合，雖然成爲他的愛詩特有的氣氛，我們也不能忽視如〈女體〉：「女人的身軀／照映在鏡前／潔白得令人戰慄／孤單得令人愛憐／沒有任何修飾／沒有任何矜持／在雪之國度的溫柔構成／在夜之世界的光耀實體／微妙的暗喻／愛的序說」或如〈貓〉：「我喜歡／女人沒有掩飾／我喜歡／女人釋放全部的愛……」另一種極爲明朗、光亮的感覺和直接的愛的方式。

「思維的花朵」是死與傷痛的鎭魂曲。在四輯之中，這一輯作品顯得最爲沉鬱，如〈鬱金香〉一首可以說是本輯創作的基調：

故鄉
我誕生的地方
黑漆漆的

黑漆漆的呢
因爲那通道
浸染著女人的血
女人不會覺得悲哀呢
因爲是女人給予生的悲哀的呢

可是
每個男人的悲哀加深時
鏡子也照著女人的悲哀

追溯生，而提出從生下來的原初就帶到世間來的人的悲哀，也就是作爲人具有的根源性的傷的這樣的詩作，實在有其獨特的詩的閃光，而回歸於黑漆漆的故鄉的現實的悲哀與傷，尤其加深了這首詩陰鬱的心象風景。又如〈菊花〉的「這麼冷／沒有一個閒著」；〈image〉的「鏡子裡／我已經死了……／鏡子記錄了我的夢與現實／是我的心」含有虛構幻影的這些低沉而歸結於死的意象詩，如果再回顧前三輯拒絕思想，生的破滅與追求，愛的哀愁，則牽繫於《野生思考》全詩集的基本音色，說是現實、美與哀愁應該不是過言吧！

六

以詩集《野生思考》作考察的對象，只是對於詩人李敏勇劃一時期的作品作一番解說、分析與探討而已。事實上，李敏勇作爲詩人的歷程仍然十分長遠。在一九七六年以後的作品，雖然未能加以論略，我們已可看出他有自覺地在從事調整，從事更廣更深的摸索。例如發表於《笠》一〇五期的〈從有鐵柵的窗〉一首，較之《野生思考》集中的作品都顯得更加繁複、準確而完整，如果說是足以顯示詩人李敏勇更深一層的飛躍的訊號，並不過言，其未來實値得我們拭目以待。

作爲一位詩人，李敏勇擁有許多優秀的條件，如豐富的想像力、輕巧而灑脫的表現方式、優雅的詞彙、獨特的詩想；然而他最大的優點，是時時成爲新人的創造意欲，重視肯定詩價值的心情。最近他如此宣示過：「……詩有它的精神價值……它的語言與意義，音樂與節奏性，都能提供溫暖，感動人心」，「我已經擺脫詩人的虛榮，然而我不放棄詩的基本態度……」證之「野生思考」這一闋深沉而溫暖的鎮魂歌，眞令人感到「善哉其言」。

漂泊之歌——拾虹的詩

一

在詩人拾虹的內部，棲息著三個特異的騎士，放著馬馳騁著，架構了他的詩的世界，以及異質的詩的性格。

第一個騎士是浪漫的騎士。在本質上，他是一個浪漫的詩人，正如他所宣稱的：詩是自我情緒的發洩，他的情緒像總是蘊藏在他的深處，隨時會湧溢出來，即使是靜默時，也可以看到它在暗中起伏著。

第二個騎士是不安的騎士。在本質上，他是心靈的旅人、生的旅人、不能忍耐於安定的日常的人，他閃閃地亮著「不安」作爲精神的異質的燐光，這樣的燐光，使人感覺他適合從一個港口飄泊到另一個港口，而在陰暗的酒店或星空底下，閒散著歪斜的頭打發他的「生」和「時間」。

第三個騎士是苦悶和焦灼的化身。他也說過：詩是苦悶的象徵，正直的人生的表現方式。感到生和現實的苦悶，而具有對於周遭無以言狀的焦灼感。爲了突破這樣的苦悶與焦灼感，也許他會一個人徘徊於暗闇的街路，叫人找不著行踪，無目的地去踢躂散步，而在他的心中思考他的詩吧！

這三個騎士錯綜地交叉在他的內心裡，構成了他的詩的世界。以下，我們擬就他的詩來加以論證。

二

拾虹的浪漫精神，是他作爲追求美的一個根源，在〈黃昏〉一首作品中：

遠遠傳來一陣死寂
誰用如此靜默來印證
好空曠的原野啊
阿庭　我的臉還紅著
還聽得見蝴蝶飛翔的聲音
走吧　用不著張開眼就看得見路

很近　阿庭
從這邊走
這個時候我喜歡看在天空飛的蝴蝶
蝴蝶　蝴蝶
啊　好漂亮的蝴蝶
阿庭　你有沒有看見
我的臉是不是還紅著呢

黃昏的色彩，在這首詩中被一再地強調，渲染而顯示了十分不同的氣氛和面貌。同時，除了風景〈曠野、路〉以外，紅的臉的我、天空飛的蝴蝶，都是具有漂亮顏色的東西，這種對於色彩的渲染，不但符合了象徵黃昏印象的內容，而且表達了詩人本身充滿變化的視覺感。這是詩人心中美麗的黃昏的畫，黃昏也只是詩人多采多姿的世界風景的一個斷面而已。

這種追求純粹而強調色彩、視覺美的心情，在拾虹初期的戀愛詩裡，也常常可以看見。譬如〈花間的太陽〉：「總以爲醉後的紅頰屬於神秘的流浪／戀上春天，縱使喚花的手／已失去唯一的手勢／眾花飛眸／我是那顆微醺的太陽。」如〈浪花〉：「輕輕地撞擊著／神秘的心靈城堡／一種愛意徘徊著，城外／總是低吟曾照在小水手臉上的／那朵月光……」彩色的視覺感仍然鮮明，而且增加了嗅覺的芳香的味道，交織而成爲細膩、晶瑩的抒情。而當拾虹把這種抒情發揮到極點，或摻雜了他異質的詩精神時，往往就產生更高的驚訝與令人意外的美：

一顆砲彈把花開在空中
成爲一朵小小的紅傘
是姐姐心愛的嫁妝

出嫁那天
姐姐穿著雪白的禮服
撐著小紅傘
悄悄地走了
一直沒有回來
一直沒有回來

夜裡　庭院上的小紅花

偷偷地開了

啊　原來是姐姐撐著小紅傘回來

一直沒有回來的姐姐成爲小紅花而開放，紅花是活生生的東西，而姐姐卻「說不定」是在砲彈下死去的存在。這樣的連結方式，首先呈現了異質的發想，砲彈的開花成爲傘的譬喻，也是將非日常的戰爭狀態，打破一般的思考，連結於日常生活的巧妙安排，戰爭的殘酷在現實中卻因爲美麗的小紅花的開放，反而會被讀者淡忘與忽略，這種反逆的寫法，顯示了他淹沒了一切的浪漫的精神底流。

我們不宜忽略拾虹的浪漫精神形成的，如上述具有獨特的美的表現之特色。

三

不安的精神，有時是在受到外在的威脅，或被強迫的暴力而產生，有時則是基於幻想與精神上的恐怖感而存在。但就拾虹而言，不安的精神，卻具有多種的面貌。

有一種是與生俱來的不安的感覺，和「冷」相互重疊的感覺，只有一個人的孤獨的不安感之類的，如〈鬧鐘〉一詩：

夜　這個玲瓏的棺木
是我喜愛的小玩具
躺著　像嬰兒
我是疲倦地睡去的嗎

我發現我早已死去
卻又喘息一般　匆促地呼喚
遠去的靈魂　然而
我的靈魂愈去愈遠
我的聲音也愈來愈微弱
只有我一個人嗎，好冷

嗚…………………………
……………媽媽

結尾依附於母性的欲求，顯示了作爲誕生時已存在的「冷」的感覺是重疊在夜、疲倦，以及死，以及靈魂的遠去、聲音的微弱之中，這種含著對於根本的人生不安的面貌，事實上是契合於拾虹本身內部時時會蠢動的「不耐於生」的心情。

有一種是對於時間與空間的不安感，透過活著的行爲而強烈給予拾虹的不安感。如〈當舖〉：「手錶當掉了以後／時時還會攀起手來看看／現在是幾點鐘呢／急急地／急急地趕路／希望趕得上最後一班車啊／現在是幾點了呢／經過當舖門口／忍不住又要望了一下／斗大當字下面的時鐘／也在滴滴嗒嗒地趕路／現在是幾點鐘呢。」失去了手錶等於失去了時間的這種不安，連結於時間本身的流逝而形成的「存在」的不安，在活生生的日常中，是時時會令人聯想的印象。〈星期日〉一詩則有對於未來、空間以及基於無以言狀的壓迫感而產生的不安：

星期一駛來的是什麼樣的一條船呢
星期二駛來的是什麼樣的一條船呢
星期三駛來的是什麼樣的一條船呢
星期四駛來的是什麼樣的一條船呢
星期五駛來的是什麼樣的一條船呢
星期六駛來的是什麼樣的一條船呢

啊　遠遠而來的是什麼樣的一條船呢

在日常中，每天成爲未知的不安感，船本身存在的空間感覺，遠遠而來的壓迫感，以及作爲人的無奈的張望與等待的無以忍耐的心情，這裡也含有一種逆說式的異質的詩想。

而不管是與生俱來的，或據於空間與時間的座標軸的不安感覺，在拾虹的「生」裡成爲不安的精神而擴大，仍然是加入了他對現實凝視的時刻，在〈我的車廂〉一詩中：

如果思想像蚯蚓一般地鑽入血管
密佈的動脈形成千萬種蠕動
我的車廂就必須葉葉開窗
夜夜聽取人們飢餓的聲音
漫長的旅途壓抑不住的悸動
就是想排泄一點什麼的徵象嗎
可是　每一停下
我的身子就蔓延著一種
半身不遂的疾病

我只好痛苦地
從一節車廂換過另一節車廂

到了終點
我急忙自我的車廂中跳下來
然而蹲下去想排泄一點什麼的時候
卻嘔吐著
嘔吐著已成爲腐質土的自己

連繫於「我的車廂」的外在的自己，只有在開窗聽取人們飢餓的聲音的狀態下存在，而且時時感到被壓抑的不安，時時變換著車廂而繼續了旅途，在終點卻見到成爲腐質土的自己，由不安而產生破滅，以及認識破滅而活著去注視現實的心情，就詩人而言，已經將不安的精神提昇到承受暗鬱的現實而存在的生的層次。不安的精神，作爲拾虹與現實連結的渡橋的意味，我們不宜忽略。

四

苦悶，通常是源自一種被抑制，或者源自一種挫折，類似於受了傷的苦楚，由此而產生化解苦悶的焦灼，以及反駁消除苦悶的心情。

拾虹的苦悶，乃是基於找尋自己的位置，確認自我存在的執著，而形成的「生」的傷。含有一種無法表現自己的陰暗的挫折感：

我們只配在暗影裡黯然生存
在看不見自己的地方
默默回憶早已忘記了的名字
……
我們正聲聲地被抽著
然而我們聽不見
仍然睜著眼走路
仍然是淒然地年輕
我們是多麼地不願意

——〈禿樹〉

燈亮以後
猛然發現走回家的路竟這樣的漆黑
所以我思索著
該如何才能點亮那盞屬于我的
小小的燈呢
……
即使燃盡了火柴棒
我的影子
依然是遲遲未能點燃的一根煙

——〈燈〉

這些詩裡面，都表達了「尋找自己的位置」以及「無法顯示自己的位置」的雙重苦悶，「燈」是在點亮了燈而發現黑暗，「禿樹」則是不自願的存在，而且看不見自己的存在。黑暗對於拾虹的魅力，正是由於黑暗成爲代表他的生的苦悶的形象，同時作爲他摸索「自我」、確立「自我」的橋樑，透過對於黑暗的執著，他才能產生發現自我的光的可能，以及決意。如〈追求〉：「不要選擇切腹／因爲那樣美麗的坐姿／不是我們自己的方式然而／我們終於開始等待／遙遠地方傳來／擊中目標的回響。」或如〈石頭〉：「……這輩子我認了／但是請不要隨隨便便否定我的存在吧／即使覆蓋我的是黑暗的天空／我仍然能夠看清楚我／黝黑的位置……。」在這兒，雖然是如同暗夜中的一點星光，他卻沒有放棄一種追求生的光芒的欲求，甚至於有如〈椅子〉一般：「有一天房子失火了／我知道我一定逃不出去／只是我甘願／這樣地成爲灰燼。」產生焚於火中而重新肯定自我的意志與勇氣。

事實上，這種苦悶、焦灼的心情，伴隨著希求被理解、顯示自己、焚化自己的渴望，含有些許自憐意識的心情，正是拾虹最初的詩作的出發點，在〈寫給自己〉中：「無色透明的我的名字／是多麼可吟誦且適於描繪的／只要認識了我／就會不知不覺地讀我的詩／我日夜辛勤地抱著吉他／那是鍾子期無盡綿長的哀嘆／然而我注定是屬於酒的／你們要是用我的名字祈禱／我會聽見甚至發覺／散出陣陣的酒氣／這就是詩的味道了……／這樣成爲祭後紛飛的紙箔／我不得不燒去我的詩來祭拜／此去成灰的拾虹。」無色透明的我的不安，期待鍾子期的知音的焦灼感，酒與詩的味道的浪漫精神，焚化自己成爲灰，由苦悶而產生的意志，在拾虹這種交錯的異質精神中，我們可以看出，他肯定自我，執著於追尋自我的位置，而發現寫詩的意味及最初的動機。

拾虹的生的苦悶也是基於此種一己的身之苦悶而有所擴大的。

五

愛，是表現拾虹內部精神最準確而生動的方式，愛與詩的連結，則是拾虹表達正直的生的最直接、清晰的方法。

首先，拾虹的愛的本質是基於「爲惡的快樂」，牽繫於性愛的狂熱追求而存在，在〈香港〉一首詩中：「從香港來的那個／夫人／一下飛機就把寂寞／貼在額上／一遍又一遍地揉著／揉得令人心癢的／那個夫人／怎麼也忘不掉那顆黑痣／在她身上的那顆黑痣／我失落的那顆黑痣／總該一次又一次的磨掉了它呢。」相當露骨地暗示著「性愛」的追求與感覺，如「癢的欲望」、「磨掉它」的擬動態等等。而問題是這種愛的快樂，是成爲他對於愛的誠摯凝視的基點，也就是除去了僞善者的假面，而有其連結於人與人間，面對人生的眞摯態度：

我不是純潔的人
這個世界只有你知道
所以　妳也不是純潔的人
不純潔的感情才是

深不可測的愛
才能透過我們裸露的心胸
到達上帝那邊

讓我們激烈地活著吧
只有妳活著
俯在妳的胸膛才能聽見
孩子在肚裏呼喚我的聲音
啊　現在她急促地叫喚我
拾虹
拾虹

——〈拾虹〉

前半段的精神敘說，點出了相互聯繫〈男與女〉的交點，後半段的行動方式，顯示了透過肉體的眞實行爲再度確認愛的激烈欲求，而這種眞摯的愛的追求，即使是在超乎日常的異常場景，如戰爭的狀態中，他也十分堅持，如〈寄給戰場〉一詩中：「把思念的眼淚痛苦地逼出／成爲一顆堅實的子彈……」、「……啊親愛的／即使我灰白地躺下／遙遠的你也要持槍回來。」眼淚對比於堅實的子彈，以及死與愛的深沉而永遠的連結，顯示了拾虹對於純愛追求的特殊方式。

性愛與男女之間的愛情，作爲他個人情緒的一種顯示與意味的追求而產生他的情詩，則依附母愛的心情，使他的詩的世界，擴大了與根源、鄉愁、凝視人的基本努力的欲求，產生連結與配合。

拾虹對於母性時時有一種經由受傷而希冀依歸的戀情，母親是遙遠而極爲溫暖的存在，最後回歸的場所：

往母親受傷的地方墜落下去
碎落下去成爲一把暖暖的雨滴
像母親的眼淚一般迅速地墜落下去
灑在母親失血的軀體上

——〈風箏〉

然而　我什麼也沒有看見
只見到重掛在母親眼中的一顆眼淚

母親　你是否住在
眼淚潮濕的地方
那樣神秘的地帶

——〈脫衣舞女〉

只有在看到母親笑容的時候
我們才甘願死去

——〈陽光〉

母愛的形象，是親情，同時也是脫離了親情而最能顯示詩人與自己的根源，如故鄉、家，合一為共同體的象徵：

有時抬頭來望望
故鄉的白雲是愈來愈白了
母親抬起頭的時候
是否看得見白雲裡

黑色的我們的臉

——〈雪〉

在這些表現詩人依附母性、依附故鄉及家的心情的作品中，我們又可以發現，作爲虛無的生的旅人的同時，作爲眞正流浪於異鄉、憧憬著故鄉的實在的旅人形象。拾虹事實上是透過「旅人」的體認在「移動」中發現意味；以及從飄泊之中，尋找根（如〈尋找〉：一把失根的薔薇／飄遊在空中／一把流浪的雲在尋找／濕潤的土地……／渴望泥土香味的我的呼吸啊／天空漸漸黯去）進而重新發現立足的自己的生存環境，藉以把握主體性的自我狀況。

在對於故鄉的憧憬中，詩人有著類似追求夢的感情：「站在小小的土地上／伸長脖子眺望／遙遠的故鄉／我們是依賴著做夢而活下去的人……」（〈桅竿〉）歸附母體，歸附於失落的大地的夢，同他追求純愛的夢，在支撐著他的不安的生與無可忍耐的日常。

六

附著於拾虹的詩的形式，大部分可以說是運用從焦點或主題展開敘述，形成數個焦點或線索，而使用發展意味或意義的方法來加以構築的。如〈雪〉：「不願意生存在這個沒有雪的地方／長久地被陽光曝曬著/黃褐色的皮膚已經變黑了/不斷地流下的汗滴/落在深陷的足跡上/時時飛揚的塵埃中消失/時時又沾染上我們的臉/緊緊地貼在面上/竟滿是眼淚的滋味/有時抬起頭來望望/故鄉的白雲愈來愈白了/母親抬起頭的時候/是否看得見白雲裡/黑色的我們的臉/那年留下的凍瘡的痕跡還存在著/那年滴落在雪地上的血跡也一定尚未消失。」從這首詩中，我們可以發現他的方法的特點。⑴一節詩句如「不願意……黃色的皮膚……」、「……不斷地流下……竟是眼淚」、「有時……黑色的我們……」、「那年……消失」，均可以切斷爲具有完整意味的單獨存在，由此各各存在的詩節合併而貫穿爲一首詩。⑵語言的音樂性，並不是透過文字的韻律，而是透過語言的意義，同樣地，視覺感如色彩也是不成爲割裂的語言而存在，附存意義，如「黑色的臉」、「白雲愈來愈白」、「黃色的皮膚」等均是例子。而由於上述的特有形式，往往使他的作品在形式上顯得極爲單一，大抵合於A→B→C的引導式發展方法，特別是在《拾虹》詩集中，幾乎全部合乎此種詩的表現法，可以說是他的一個典型風貌。

但是，我們也不宜略過，他有如〈自由〉一詩：「一點星光/整座山就燃燒了起來/火勢猛烈/我們一面鼓掌/一面歡躍/直到一座山/成了灰燼。」一般的小品形式的創作，特別是在近期的「體驗」詩抄中，有多數的詩作都是以小品的形式，企圖容納意味而加以表現。

不管如何，拾虹的詩，在方法上有其相當特殊的自己的「用法」及「方式」。在適當地容納他的詩的內涵，而能夠準確地將語言捕捉時，這些方式，可以說是相當切合於他，而令人覺得親切、自然。然而，在繁複性以及增加詩的形式變化的進一步要求之下，拾虹的形式，也許有其改變僅止於小品及單一慣用方式的必要，值得作一變革的嘗試也說不定。

七

對於詩與現實的關係，拾虹有過如此的說法：「詩，除了像洪通作畫那樣令人感到爽快之外，它的價值就在它投影在人間現實的深度吧！如果不能感動，不能與當代的脈搏一同悸動，詩是不可能流傳下來的。」[1]從拾虹對於鄉愁、失落的大地的憧憬來對照這一段話，我們可以看出他在追求「抓住土地」的感覺，與在凝視「土地的現實」具有共通的精神底流。也可以說，他是延伸了對於鄉愁與母體的憧憬，連結於現實的關懷。在最近，他已漸漸加強了自己對於現實的投影，他的方式大抵是以社會的事象做客觀的題材，通過題材而顯示現實與生的狀況。其中多含有批評、諷喻的效果。如〈秀〉一首：

戲院裡
戲正在上演著
幾個條子坐在後排座位上

守候著
不能看見也
看不見的東西

不能看見的東西會在
看不見的時候出現
「給失意者勇氣
給灰心者毅力
給徬徨者信心
給迷惘者決心」

不能看見的東西在
看不見的時候
有時是

1　拾虹自述詩觀。參見笠詩社主編，《美麗島詩集》（臺北市：笠詩社，一九七九年六月），頁二三七。

「梅花梅花開滿天下它愈冷愈開花」

有時觀眾一個一個離去
最後只剩下條子仍然
守候著
不能看見也
看不見的東西
而戲臺上爭論著
戲要不要繼續演下去
……

在這篇作品中，他採用了報導式客觀的描述，將社會剖面的現象，即是可以代表周遭存在的問題作爲主題，簡潔而幽默地作了速寫，其中有對於過度壓抑的反駁的基本心情，對於「禁忌」賦予反面意味的觀點。不管如何，從社會層面著眼，類似他這首詩的思考，達成了與暗黑現實的連結，而且，透露出來共通的人對於「性」的苦悶，與追求「性」自由的欲望，可以說，這種追求現實的方式，還是拾虹極爲獨特的方式。

由增加現實與詩的連結的努力，而使拾虹有擴大伸展詩的觸鬚的無限可能性。這種可能性，配合運用適切的詩的形式，發揮內部象徵世界的方法，對於在詩中投注自身全生命的詩人未來的創作，應當會帶來更大的衝擊，展現嶄新的風貌，我們願意加以期待。

悲愴的命運·苛酷的現實——陳鴻森論

一

陳鴻森出生於高雄縣鳳山市，他出生的前一年，國民黨政府來臺，與前一個階段日治時代截然劃分，展開了臺灣歷史的新頁和變貌。生於這樣的現實大環境之中，也許只是一種巧合，卻宿命地預先留置了他存在的時空，成為他後來詩作決定性的前提條件；因此，雖然他跟年齡相仿、同一時期以終戰為起點成長的戰後世代詩人們一樣，都一脈相傳地承受了日治時期前輩詩人們（兩者之間，有父與子一般的關係）強烈的歷史意識，而致力於表現臺灣的社會現實和追踪時代變動的樣相，但在詩作的導向上，他卻與前輩詩人有著明顯的差異，樹立了他在本土詩人系譜中獨特的位置。

陳鴻森作為詩人的經歷，和他人生的生命軌跡，不言可喻，必然有著密切的關聯。他的詩作包含兩個層面（個人的和時代的），從其年表可見，他的少年時代有相當曲折的成長經驗，初中時代曾因健康因素而短期休學，十六歲初中畢業，到十八歲進入軍校就讀，高中時代曾有兩度退學的記錄，這一段生涯，似乎是叛逆而充滿暗鬱的色彩，多多少少反映在他早期的詩作中。二十六歲那一年，他自軍中退伍，考入臺灣大學中文系，三十二歲曾赴日本東京遊學近一年，回國後任職於中央研究院歷史語言研究所，從助理研究員到研究員。漫長的學術研究生涯，使他成為一位卓越的學者，有大量中國經學和學術史的論著問世，嚴格的學術訓練，廣博的學識，使他文思縝密，鑄鍊了堅忍、內斂自律的性格，這些在他的文學創作上多所助益，在他詩作理念的表陳、形式的構成上，都可以清楚地發現受到治學態度的影響。他曾經促成《笠》詩刊前一百二十期重印出版，編撰過《笠詩刊三十年總目》。

二

陳鴻森的詩是他最主要的文學創作，另有散文、評論乃至翻譯作品。一九六八年，十九歲，他與詩友沙穗創辦《盤古詩頁》並擔任主編，開始大量發表詩作。一九六九年冬，二十歲，加入笠詩社，此後即勤於詩和詩評的創作，其詩與詩論散在《笠》詩刊、《葡萄園》、《詩人坊》、《青溪》、《臺灣文藝》、《聯合報》副刊等。他曾自述詩的創作歷程：「……第一個階段大概一九七〇到七四年，四、五年的時間，我從習作漸漸形成自己的風格……第二階段是一九八二年我從日本回來，前後算起來時間大概只有一年半……我就停筆了。」也許與他在創作上經歷過中輟期有關，以現有作品的數目來看，他顯然稱不上是一個多產的詩人。

陳鴻森自述詩觀道：「……事實上，我並不想成爲一個詩人，我的詩，不過是我欲於透過詩的造型，以垂直地描繪我內部『愛與死』的地形，而將之轉化爲可視性的型態罷了……我並不迴避我詩中的敘述成分……在方法論上，我意圖以敘述性來實踐我的詩底社會性連帶，而在精神論上，我則以之來挽回——被現代主義亞流所放逐的——詩中的日常論理性。」近期，他則說：「我們居住的世界，是由語言所構築的世界。白日的世界，是散文性語言支配的，意義的世界；夜，則是詩性語言的世界，抒情的世界。爲了正視現實，我選擇用散文性的語言來寫詩。」由此可以理解，他堅持以散文性的語言創作，他的作品表現愛與死，或者社會性連帶（不只如此，事實上，主題更爲多樣廣泛），敘述性必然導致理念的呈示，通過知性或理性的語言，形成堅實的理則，賦予思想血肉而詩化；抒情性必然導致豐富的感情呈示與氣氛之鋪陳，通過感性的語言，使靈魂深處的吶喊、生命的哀愁和人生的憧憬詩化。

陳鴻森詩作的歷程，正如他自述曾經說過的兩個關鍵階段。但是，直到二〇〇五年十二月出版《陳鴻森詩存》作爲長期以來詩作的總結，他的創作實質上應該包含三部詩選：第一詩集《期嚮》（一九七〇年）、第二詩集《雕塑家的兒子》（一九七六年）以及第三本詩集「子不語」（結集未出版）。這三部詩集，自然各有其創作上斷代性的意義，如《期嚮》有濃烈的感性表現，青春期內面精神的揭示，以抒情爲基調，轉化自我私體驗的痕跡，可以閱讀到詩人內心受到創傷，或自身對應於外部世界產生挫敗感，精神擴散爲詩的一個過程；在語言的操作和掌握上，已顯示相當的成熟度。《雕塑家的兒子》則延伸強烈的生的破滅感，拓展至外部的現實和內部世界的對峙關係，表現他悲愴靈魂的同時，已可見到語言運用的純熟，眼光由內而外，投注於現實（如對現實、人生的揶揄、諷刺），和歷史的意識；「子不語」則更加敏銳地掌握了歷史意識、深化了時代感受，從省察到批判，具有彰顯、貫穿戰前日治時期和戰後國民政府統治時期的臺灣人精神史的意涵。可以說，陳鴻森作爲詩人的成熟，也就是他至爲高昂、飽滿的詩精神，伸展向頂峰軌跡的充分顯現，從個人精神史進而擴大達成時空中共同體精神史的表徵，產生重大的意義。

三

有關陳鴻森詩的特質，已有各家評論（如：葉笛、盧建榮諸氏）加以闡述，從不同的角度分析解讀；笠詩選《混聲合唱》的編者，對陳鴻森的詩曾作過以下的評斷：「……充滿生命的實感和反逆的思考（批判），並善用富有暗喻性的語言探索人生、民族、歷史。透過他敏銳的觀察，使我們對人的存在的意義有更深一層的了解。」相當精闢扼要。

以下，筆者擬分成幾個項目，歸結相互關聯的若干詩作，來申論、印證，嘗試提出個人觀點，作一些評述。

在《期嚮》詩集中，幾乎隨處可以讀到經歷愛的喪失而產生哀傷的感情，這可以說是他詩的一個原點，表現對生的不安、虛幻、無意味、破滅之前奏曲。這本詩集中，「落日」的意象大量地出現，頗爲耐人尋味，顯然落日暗喻著對「生」的複雜感受。他有一首〈日落〉，似乎未被選入詩集中：「一如傷口必需涵容疼痛／整片天空飢餓的注視／那倒在焦土的你／逐漸冷去的手／緊捉著路而不放／然而永遠只有一條命好活／生的驕傲／逐漸被逼向暗處的遙遠」這首詩中的「你」，是「個我生命」的共通象徵，面臨垂死的狀態，個人生存狀況是苛酷至極，襯托出來的日落，就呈顯了一幅絕望和幻滅的模樣，詩人表現了他冷靜的現實認識，因爲最後兩句的描寫，才能持續著呼喚生命微弱的氣息，保存了生命的意志和希望，較諸《期嚮》詩集中充滿感傷的作品，這首詩應該有壓縮生命內部和外界、心境與風景雙面的深沉表露，在簡短的形式中，收納了種種的情緒。確切地說，發現生的內部和外部世界，是基於存在的不毛和荒蕪之認識，因爲有這樣的認識，雖然全詩散佈著頹廢的氣息，卻可能漸漸發展出更爲深層的生的構圖，增大其聚焦於社會和現實的象徵意味。而這種源自個人對生命的體會和感觸，最終的指向，卻是連結於哀愁的美意識，拓延爲人生（就是存在的萬物）探究的重大課題。從《期嚮》到《雕塑家的兒子》裡的許多作品，如果是著眼於生的虛幻、破滅與救贖，自個人性到普遍性來書寫的話，自然地有相同詩想的作品會構成一個詩群，如〈平安夜〉表現生之虛幻、活著的不安；〈位置〉表現悲淒的生，希望透過愛得到慰藉；〈走在雨中〉表現生之黯淡。或者以物象來寄寓深義；如〈狗〉表現難以掌握的生，狗的忠誠和人的忠誠是重疊的；如〈魚〉從活著、掙扎、死亡，顯示物即是我的同等困境，魚之死，寄寓著人的生命之死；如〈盲睛的鳥〉以生死對應，映照出生之中存在著死與幻滅的前提……，都可納入此一生死主題大範疇之中。尤其是他代表作之一的長篇詩〈雕塑家的兒子〉，可說是這些詩群中的一個高峰與歸趨點：「老傢伙又陰沉著臉／把那未完成的女體雕像／擊碎了／我留意到　他的手／彷彿微微地抽搐著／然後他狼狽地／抱著頭　頹然縮在屋角……／我是個雕塑家的兒子／七歲　被送進了小學／逃學　搗蛋粗野／這些使我產生了／模擬老傢伙／擊碎那些塑像時的／興奮的感覺／終而有一次／以掐著女同學的脖子幾乎致死／被送了回來／此後　即無所事事的／成老傢伙的影子／被羈留在身邊／唯一的樂趣／便是嘲笑他的愚昧　以及／諦聽那隱約的飄雪」、「那些雪花／是沒有熱度的肉體上的／夜的印象／是遠方城堡的／那逐日加深的苔痕／是日暮時的老婦／不安而焦躁的時間／那些雪花啊／母親生下了我之後／便在那個風雪夜裡／發瘋不見了／在我身體內部的／每粒微細的分子裡／都蘊涵著／雪的美　以及／雪那無可把握旋而消失的精神吧／像一個壞的比喻一般地——／自我懂事以來／雪便在我心底／不斷地飄落飄落」在此，僅引用十段中的第一和第三兩節作為樣本，以資對全篇的表現內涵來加以析論。這篇作品，頗具戲劇性和故事性，從第一節至第十節，有切斷的部分，也有連貫的部分，而貫穿全篇的是「兒子」的角色，人物上，以兒子和父親（雕塑家），父親和母親（發瘋不見了）的對立為主軸；物象上，則安排雪和塑像作為美的象徵，穿插來構成整首詩。第一節即明顯地寫出父（老傢伙、雕塑家）子相互繼承跟背反的關係，在被羈留（生的不安與拘束）的困境中，兒子充滿了反逆，也暗示詩人對宿命的生難以忍耐、頑強抗拒；第二節點出了雪花作爲美的象徵，生命記憶（以「幼年」階段代表全體）之無意味；第三節表出暗喻的心象，雪花凝固在夜的印象裡，母親在風雪裡發瘋不見，母性之喪失，也就是生之根源之不在和破滅，雪又是消逝之美的象徵；第四節描寫對美之執拗而神經質的苛求，也表達了嘲諷的惡意和快感，雪成爲活著的安慰；第五節重疊了雪與雕像，強調都是美的象徵，而美卻是陰鬱的、卻是幻影；第六節從弒父的欲望，希冀以美（雪跟塑像），自生之困境，有所超越，但也點出了作品的生和創作者之死（藝術與生活的相生相剋）難以並立，美的追求可能是生獲得拯救的方法，但也有著無限的乏力感：第七節父親的死造就新生獨立的「我」，雪（淒美）的虛幻和明亮，也就是生的虛幻和明亮無法相容，同時，從漂流回歸母胎，從破滅產生活下去的欲望，雪（淒美）和母性，都成爲淨化生的源泉；第八節從死滅返回重生，經由自我告白顯現強烈的自立精神，獲致靈魂之昇揚，反而嘲弄人間；第九節映現生的殘破風景，在殘酷的現實裡活著，再次重複母胎回歸的願望；最後一節（第十）表達了生的殘酷之根深蒂固，雪、雕像、母性，綜合成爲內心的故鄉、憧憬的美。

以上是筆者閱讀此一作品之後，對其內涵表現的簡略剖析，〈雕塑家的兒子〉所努力探討的，應該是詩人面對「生」，也就是活著的刻骨銘心的感觸，生、死、美、愛、恨、心裡的惡意和快意，這些主題都包含在內，而其底盤就是在無法忍耐的生之中，尋取解脫的欲望，視爲一首抒情詩，洋溢著耽美的情緒，流瀉著哀愁的氛圍，視爲一首表述理念的詩，也有繁複的結構，堅實的論理性格。全體而言，疊影了一個階段他追求生命意涵，呈現虛無、不安、幻滅之內層精神折射出來的多面鏡像。但是，這首詩卻不禁讓人感受到詩人對於生，無力與無奈的態度，是消極的、頽敗的精神，全詩保留著濃烈的感傷質素。

同樣地，以「生」的意味探究爲主題的作品，也可發現詩人強而有力的意志，可以視爲他對生的正面挑戰，對醜陋現實的迎擊。這些作品往往顯示了強韌的精神，帶有更深的意涵，時時透過反問來解除對生的迷惑。如〈平安夜〉表現生命罩著死亡的陰影，卻仍然爲活下去而掙扎；〈狼〉則表達對於記憶已消失，生之意味的回顧；〈魚〉以死對比於生之極限，對無意味的死提出抗議；〈傳統〉對女人的美麗發出讚嘆，卻同時對被抹滅、消逝的生發出惋惜，充滿了悲愁感；〈葡萄〉用葡萄鮮明的意象，對生的無意義加以質疑，從心的深處發出痛切的吶喊；〈竹仔開花〉對自己的土地有執著不移的信念，顯示了雄渾有力的精神；這一連串的作品，或許可以〈天燈〉一詩的內涵和隱喻作爲總結：「遺忘這個城市吧/這是個充滿算計和僞瞞的人間/活著/像一隻在馬路車陣中/左右閃躲/倉皇的狗/像沒有主題的作品/盡是冗費扭曲的文字/終究　還未尋著一句/鏗鏘有力的結語/只好　苟且/一日日活了下來——/忽然　我看見/我那不知在何時何地失散的靈魂/冉冉上升　上升/遺忘這世界吧/越是遺忘盡淨/才能無重量的高升彼界/臨終的眼闔上之前/匆匆　最後一顧——/只有性愛/還稍稍值得回味/因著這樣眷戀產生的一點熱能/飄浮的靈魂竟透著微光／那一盞盞　熒熒閃動的／都是疲憊而孤獨的靈魂嗎」生的破滅感或空無，雖然是確定的現實，詩人藉著最後的兩句發出詢問，具有經由死的終結，肉體的溫暖與實感，撫慰受創的心靈，昇華愛與魂魄，天燈的意象和生與死的命題，極爲適切地連在一塊，也可以讀到深遠的象徵，高度書寫技巧運用的成功。

由上述可見，詩人對於生死大主題之探討，自然形成的創作群，基於個人的體驗與觀察，呈顯了兩個層面（脆弱與堅忍），從個人生之幻滅的感覺，透露出他的倦怠感、喪失感，卻也能夠在艱苦的人生過程中表達承受破敗，與在破滅中奮起，顯現反逆的意志、不屈服的韌性。

四

陳鴻森另外的作品群，則是詩人從生命的凝視轉向，探究生存的時代狀況、現實環境、臺灣歷史之觀察和批評，追蹤臺灣社會共同體之根源、刻劃臺灣人精神史的系列。一九八二至八四年，大約只有一年半的時間，他完成了未出版的「子不語」詩集。應該是他自覺地想表達對臺灣歷史處境的感懷，以他特殊、深刻的軍旅體驗，及閱讀日本現代詩集團「荒地」詩人們作品，間接刺激、感悟、獲得啓示所引發的詩思和詩想，大抵是以「戰爭」爲主題的擴大表現。

陳鴻森的戰爭主題詩，可以一九七三年八月刊於《笠》詩刊的創作〈魘〉作爲中心點，至少包含〈幻〉、〈妝鏡〉、〈燈〉、〈散兵坑〉、〈鐔〉、〈沼澤〉、〈中元〉、〈終戰的賠償〉、〈歸鄉〉等，型塑出獨特的風貌。「雖然不曾經歷過戰爭／但在我眼前／卻常會浮起——／許多聲音闃寂了／許多價值和依靠崩潰了／以及到處漂浮著／集體的　年輕的死的幻影」這是〈魘〉開頭的一段，已經足夠用來說明詩人以前世代經歷過戰爭「集體的年輕的死的幻影」之代言人自居的立場，因此，他所再三強調的一九五〇年，特別具有時代意義。從此，詩人所延伸出來的所有作品，應該是有意識地將戰前（日治時代）和戰後（國民政府時代），也就是前一個世代和自己的世代加以分斷，同時也加以連貫。

從分斷的意義來探討，日本殖民臺灣的時期可以獨立爲一個時代，他的戰爭詩以臺灣人參軍成爲日本兵，歷史記憶中難忘之一幕，透過不同的各個角度，表露了戰爭的悲慘、戰死的毫無代償、認同主體的不在，只能放任在茫然中漂流，不知所向的臺灣人精神史的軌跡。如帶有強烈的哀傷情緒的〈妝鏡〉、〈幻〉、〈鐔〉、〈燈〉，都以女人（等於妻子），對比於死去的軍人（等於丈夫），來檢討戰爭帶來的生與死意涵，「戰死」造成個人、家庭的悲慘狀況。〈終戰的賠償〉、〈魘〉、〈歸鄉〉則清楚地敘述了，名爲大義而死，卻死得毫無意義，不管是生還者，或戰死者，實際上最後都成爲隨處飄盪的亡魂，找不到落腳之處。戰爭中臺灣人的死與漂流的突顯，終結點置於主體性的喪失和認同歸屬的不明，可以說是這一連串詩作背後隱含的深義；同樣地，戰後作爲可以加以分斷的另一個時代，以在現場的見證者，對於時代的狀況，有更複雜的追蹤、觀察和批評，加入了更多、更深的現實意識。例如〈伊拉克戰事〉、〈巴格達〉探討國際的動盪、國與國〈等同於兩岸，臺灣與中國〉的對峙、戰火下生民的悲慘境遇；或如生肖詩集中的〈鼠〉、〈牛〉、〈虎〉、〈兔〉、〈羊〉、〈雞〉、〈豬〉等篇，或構成「子不語」詩集中的〈比目魚〉、〈諾亞方舟〉、〈郢有天下〉、〈雞三足〉、〈卵有毛〉、〈狗非犬〉、〈火不熱〉、〈白狗黑〉等，都用諷刺、寓意的手法進行反覆的辯證，針對臺灣，亦即詩人生存環境來思考，內部意識形態之對立，乃至社會的亂象、國家存在的虛幻、居於弱勢任人宰割的立場、民族的劣根性〈缺乏自覺的奴隸性〉等等母題，烘托出現實批判意識。

從連貫的意義來探究，戰亂、存在、國家、民族，臺灣人的精神歸趨，主體的省察與掌握，其底流即是詩人的歷史意識。二〇〇四年所作的〈狗〉一詩可以看到，貫穿戰後臺灣歷史社會演化的整個縮影，從禁錮、解放到錯亂；〈巴格達〉和〈伊拉克戰事〉則延續戰爭的悲慘，戰爭造成人和國的對立，而且重疊了戰爭與強人專制的影像；〈沼澤〉比喻失去的歷史記憶爲失語症，兼而影射失落主體的戰後狀況，交叉鳥與示威的隊伍，突現往昔戰亂與白色恐怖戒嚴時期的意象和印象；〈歸鄉〉的焦點，則集中、喚起臺灣人毫無意義戰死的記憶，戰前無目標的精神漂流史，卻以「戰後的臺灣／據說已從殖民地的地位解放了／然而，我們的死／卻深陷在次殖民的境地裡」四句爲結尾，極其清晰地把日治到國府統治時期，臺灣從殖民到次殖民難以擺脫的地位，加以浮現。

陳鴻森在詩中交錯了時間和空間，提示被遺忘的歷史記憶，運用多樣的題材來書寫，把詩附著在思想與觀念之上，他的詩有「秩序的構成」和「濃郁的感性」，成為寄託理念的場所。而臺灣人精神史的歸結，在他一九八三年二月的〈蒲公英〉一詩中，似乎得到了一個辯證之後的統一：「風聲一起／我們便開始飄飛／帶著我們那／憂患／的種子／向四野八方／尋求庇蔭／只要有土地／便可落腳／然後委屈的活下／生長、繁殖／繼續傳播／我們那沒有國籍的／茫然／我們是／沒有方向的蒲公英／在漫然的飄飛裡／致力於／天下為公的／黃皮膚的／猶太人」詩人藉由蒲公英隨風飄盪的影像，暗喻一九八〇年代臺灣人在國際孤立處境下，因著危疑不安產生一波波流亡潮的飄零形象。

五

總之，閱讀陳鴻森的詩，令人感覺心情凝重。陳鴻森的詩，抒發個人心境與共同體境遇，兩個層面（個體與集體），堆疊出多重的映像。他的詩，糾集、纏繞在中國、臺灣與日本這三個不同的主體（國家）裡，表現強烈的現實意識和歷史感，而將之隱藏在他的問題意識之中。

假如我們列舉出他詩表現所涉及、所指，可以聯想的關鍵語，如「危機」，意指戰後的動亂和對立、內部的腐化與外部的弱勢；如「馴服」，意指苟且偷安、自我的喪失、主體性的消失、禁錮與自由（追尋）、忘卻與退縮；如「欺瞞」，意指現實之虛幻、強加而面臨崩壞的體制、認同的茫然；如「記憶」，意指精神的不在、漂流，戰爭與死的陰影恆存，所有的歷史記憶（依然存在的或已消失的）；如「破滅」，意指生的陰慘、死的毫無代償、忠誠與背叛……，讓我們可以碰觸到詩人混雜悲喜劇式的精神，以及深沉蘊藏的時代意識。所以，陳鴻森的詩是思想，是論述，是惡夢，也有對美的無限憧憬，對飛躍生命和淨化魂魄的渴求。我們彷彿可以看到附著在詩人身影悲愴的靈魂，讀到浮沉、飄盪在歷史長流中，臺灣的苦澀命運和苛酷現實。

確實地，陳鴻森的詩，帶給我們極大的震撼與感動。他的詩，因而閃閃亮著眩目的光芒。

冷澈而熾烈、理性又感性——江自得、曾貴海、鄭烱明醫生詩人論

一、序論

江自得、曾貴海、鄭烱明三位詩人，在臺灣戰後的現代詩壇，都是閃亮的旗手，極爲受到注目的存在。他們不約而同地均在一九六〇年代中期出發，以《笠》詩刊作爲主要的活動場域，經歷過嚴苛的修業過程和崇高的文學信念的洗禮，堅持不斷創作，超過三十年以上絲毫不曾懈怠。今日，他們在《笠》詩刊「少壯派」[1]一群中，業已居於最尖端的位置，也足堪稱爲臺灣戰後世代中最具代表性的詩人。

基於此，長期以來，他們的詩作得到諸多的肯定，也有不少人加以研究和評論，自不爲奇。以下舉幾個例子，看看一些重要的論述觀點：

1　參見筆者〈世代的傳承，風格的形成——笠詩社的少壯派詩人論〉一文，本書頁一一二～一五五。

(1)已故學者吳潛誠對江自得作品的評價，指出「他作品中有悲天憫人深刻的主題和表現」[2]。詩論家李魁賢則從「社會病理學的角度，疊合個人病症和社會病症」，發現其詩作在個人、社會、國族諸層面都持有重大的意味。[3]詩人白萩則以他身爲一位醫師，冷靜的觀察者的立場，指陳其詩作中有「對生與死的敏感表現，對眾生哀憐的感情」[4]。

(2)評論家李喬評析曾貴海的詩是「在冷靜的與銳利的思維裡，有一股關懷人間，敬愛土地的暖流」[5]。評論家耿白則指出「關懷本土民生，維護生命尊嚴是他作爲醫生的人格特質」[6]。筆者也曾自文本來析論他的詩「是人間之詩，他詩的世界即有情世界」，指出他作品中蘊含著淡淡的溫情，對周遭存在的人事物持有誠摯的關懷。[7]

(3)吳潛誠對鄭烱明詩中強烈的自我省察意識有深入的闡釋，認爲那是「他對自己持有的基本信念和態度的檢討」[8]。評論家彭瑞金則從鄭氏冷澈的「詩人之眼」，來發現他詩中蘊藏著對人生、現實和歷史，熾烈的熱情與深沉的觀照。[9]詩人陳千武則經由提示詩的本質和詩作的意味，進而對他詩作的魅力與厚重的內涵展開論述。[10]

誠然，以上諸家的論述或指陳，對他們三人詩作的詮釋，詩人特質或詩風貌的析論，均各自有其道理，相當精確，對理解三人的詩，自是十分有所助益，值得參考。然則，超越既成的某些觀點，打算對三位詩人的作品，加以更全面、周延的考察時，似乎不能不注意到若干既存的前提。個人方面，諸如「詩觀、詩路歷程、詩風和主題的演變，詩法和表現形式的特點」等。共同的問題，則至少有「醫生與詩人雙重面相、詩和臺灣時空變遷的關連、彼此間詩風與創作傾向的相同與差異、創作的未來性」等等。

本論文所擬擔負的課題，就是以前面指出的三位詩人共同擁有和各自存在的一些條件和狀況，可引爲研究的若干重大課題，作爲基本的論旨。在兼顧宏觀與微觀的視野上，就三人詩作之各個層面加以比對，並做一較爲詳細的論述和探討。

2 參見吳潛誠，〈悲苦的訊息，沈重的韻律〉，收錄於江自得詩集《從聽診器的那一端》（臺北市：書林，一九九八年七月），頁一～十八。
3 參見李魁賢，〈台灣現代詩的社會集體意識〉，收錄於江自得詩集《從聽診器的那一端》，頁一四三～一六三。
4 參見白萩，〈序故鄉的太陽〉，收錄於江自得詩集《故鄉的太陽》（臺中縣：臺中縣立文化中心出版，一九九二年九月）。
5 參見李喬，〈尋找文學原鄉〉，收錄於曾貴海客語詩集《原鄉．夜合》（高雄市：春暉，二〇〇〇年十月），頁九四。
6 參見耿白，〈敬愛生命〉，收錄於曾貴海詩集《鯨魚的祭典》（高雄市：春暉，一九八三年五月），頁八三～八四。
7 參見陳明台，〈溫情之歌〉，收錄於曾貴海詩集《鯨魚的祭典》，頁一～十九。
8 參見吳潛誠，〈鏡詮鄭烱明的自省詩〉，收錄於《鄭烱明詩選》（臺南縣：臺南縣立文化中心出版，一九九九年十二月），頁二八一～二九四。
9 參見彭瑞金，〈冷的火〉，收錄於《鄭烱明詩選》，頁二六七～二八〇。
10 參見陳千武，〈醫生釀造的語言的酒〉，收錄於《蕃薯之歌：鄭烱明詩集》（高雄市：春暉，一九八一年），頁一～十三。

二、詩人的原點、創作的意味、共同的主題

戰後日本「荒地」詩派的代表詩人，也是評論家的木原孝一氏，在論及詩創作具備的意味時，曾經指出「追求詩的渴望來自對生（生命）全體像的憧憬與夢幻」[11]，以爲詩創作的渴欲，乃是來自詩人昇華自我內面精神強烈的願望，藉以塡補自身「生或生命」永遠具備的欠缺部分。他以爲人不管男女，都只是「半人」的存在而已，正如同「熱戀之際，相互間迫切需求的男女，不斷地渴望合而爲一，從生命的個體合致爲全體」一般，詩和愛的追求均源自於類似一種「浪漫而高貴的飢渴」。在追述詩人的原點時，則以爲詩是詩人面對不確定的未來、無法預測未知的世界，內心充滿苦惱與徬徨之際，尋求自我的「生（生命）」積極提昇和飛躍的最大泉源。只有透過語言讓「自我（內面）」對「他（人、物、事、外面）」不斷地傾訴和敘說，詩人才可能擴大自我、解放自我，進而獲得自我眞正的「生」的歡愉。[12]

本原孝一氏的這種看法，是極爲堅實而具說服力的，一開始即不把詩視爲語言的遊戲，充分地肯定了詩人內面精神飛躍的重要性，等於具有「詩（或文學）的創作和人的生（生命）的成長，相互密切的關連」，這樣崇高而明晰的認知。確實，詩的創作，在現實的人生可能不會帶來實際的利益，但無可置疑的，其動機中卻含有對眞、善、美熱烈的希求，且可能給予苦痛、不安、挫敗的人生帶來莫大的安慰與救贖，具有無法動搖高度的精神價值。而從這種認知延伸出來的最爲直接的

思考必然是：詩可能是教養的文學，具備淨化人心的作用，經由詩的創作或閱讀，可以超越乏味平凡，已被麻痺而毫無感動的「生」之感覺，跳脫完全滯留於庸俗日常性次元中的生命困境，在創意中獲得靈魂的復甦，賦予鮮烈的感性，享受再發現和重新體驗生命的喜悅。因此對人類而言，詩創作的意味，有可能如「個人的信仰」般被信奉不移，並觸發類似經由詩來改造人類心靈等，強固的使命感和自信，激發個人不斷努力向上的意志，詩創作無疑是詩人終生值得持續下去的一種志業。

以上，對木原孝一氏持有的「詩人的原點和創作意味」之認知和解釋，雖然可能只是眾多為了「界定詩」而提出的主張之一種而已，但是，若將之視為詩人堅持的創作觀（理念），必然會強有力地影響創作的走向自不待言。就此一點來看，當我們對江自得、曾貴海、鄭烱明三位在「詩人的原點和詩創作的意味」上種種的「發言與主張」，做一檢視和整理時，無庸置疑地，一定會發現他們和木原氏相互之間存在著極為契合的觀點。比如江自得，從比較早期的「詩與自我論」：

……迷失了自我的今日，必須將自我外化為意識的對象，使自我與世界都成為超越於意識之外的對象……人應自覺自我以及他在社會中的角色……對於成為意識之對象的世界，我願付之

11 參見木原孝一，〈詩的欲求〉，收錄於《現代詩入門》（日本東京：飯塚書店，一九七七年五月），頁一～二五。

12 參見木原孝一，〈創造的要素．生的飛躍〉，收錄於《現代詩入門》，頁十九～二七。

以愛，對於成爲意識對象之自我，我願付之以創作……[13]

已可見出，有意透過愛與創造（即詩），經由創造詩來昇華「生（自我）」，力求向上的意志。甚至到數年前，他在回憶自己狂熱寫詩的一段過往之際，也曾循著漸進的心路歷程，來體認並表露出對詩熱烈「信仰」的心情與渴望：

……我感到自己筆直往下沈，下沈……而雙手在水面狂抓。就在那時，詩，它拯救了我。……詩就這樣，一直以一種如幻似眞的狀態，伴隨我走過漫長的青蒼歲月……而詩就像人類的生生死死，在我內心的宇宙中不停搖晃，且逐日輝煌……我終於相信，詩是可能不死的……[14]

顯然，詩的創作，已經成爲他淨化自我和自我救贖最有效的途徑。同樣地，曾貴海也說過：

……詩就是我想說的話，我自信作品的內容與我的精神活動，如同實體與鏡景，清晰而眞實的相互映照……[15]

可見，他具有詩是「『自我』對『他』的發言」明確的認知。對此，江自得曾經進一步做過詮釋，指出引導曾氏的詩（文學）者，乃是臺灣農村孕育出來的人文氣質，因此：

……在他眼裡，一朵花，一粒塵埃，一個石頭，一座山，一條河，都各自以不同的生命形式展現。對他而言，人以及所賴以生存的世界都是活生生的……是值得窮畢生之力去追尋其價值與意義的生命體。[16]

確實不錯，曾貴海可能窮畢生之力追求的詩（文學），必然是他生命形式的展現，寫詩的行為必然是他獲得自我「生的歡愉」至為重要的方式。

而鄭烱明令人感興趣的是，他認定詩創作是「累人的遊戲」，並以為自己不是一個「快樂的詩

13 參見江自得，《患傷風的孩子》自序（一九八四年十一月）。
14 參見江自得，〈回到原點〉，收錄於《從聽診器的那一端》，頁十九～二八。
15 參見曾貴海，《高雄詩抄》後記（臺北市：笠詩社，一九八六年二月），頁九四。
16 參見江自得，〈珍愛與敬重〉，收錄於曾貴海詩集《台灣男人的心事》（高雄市：春暉，一九九九年五月），頁三～十。

人」（基於嚴肅的使命感而負荷沉重？），但，卻又大力地強調，認定詩可以帶來自我的「生的歡愉」的效果：[17]

……透過詩，我找到一個人生存的尊嚴和意義，也分享詩中如玫瑰般綻放的思想的芬芳。不論心情愉快或鬱悶，因爲讀了一首好詩，使我的精神獲得舒放與安慰。[18]

總之，上面舉例的，涉及「詩是什麼」和「詩該寫什麼」根本的提問，可以視爲是三個詩人存在、出發的原點，明晰地呈示出他們詩作所蘊含的重大意味，當然也塑型了他們共通的堅持與認知，成爲詩人的信念與精神依據的場所。從此一場所出發，不終止地解放和擴大自我內面，深化「自我和世界」對話的內涵，不斷地加劇「內面與外面」世界的糾葛，且附著於歷史和現實狀況，鄉土情懷，乃至人生的體驗，對人類困境與宇宙自然的觀照等種種複雜的問題意識，遂促使他們不得不齊一地把原初「爲自己而寫」的詩作動機，轉化成「爲他者而寫」，並且成功地在作品中藏納了巨大、深刻的主題。

所謂三人創作中共同持有，輕易可見的巨大、深刻的主題，筆者以爲可能歸納爲底下幾個層面來加以觀察：

⑴源自三人長期以來相互影響，據於同一身分、階層或共通意識，而漸漸形成、確立的，亦

即由於具備「詩人和醫生」的雙重面相，使他們自覺地成爲苦難的見證者，時代現實與存在狀況的觀察者，乃至文化批評者的角色等等，反映在三人詩作中共同具備的特質，即「饒富人道主義的思想，悲天憫人的感情與主題」。

⑵愛與抒情的表現，根源於自我的浪漫情緒，對自我「生的飛躍」的渴望，立基於個人生活意識和體驗，型塑出一種追求美與夢幻的心情和藝術態度，刻意去表現極爲寫實樸素的人間情感，或對人生直接而眞摯的吟詠、感嘆。

⑶敏感的時代狀況的反應，以臺灣土地爲思考主體，敏感地去捕捉交錯於臺灣時空中「歷史的光與影」，對臺灣政治、文化、社會、經濟或歷史裡存在的人、事、物的變遷、演進等，具體的感受，冷靜的觀察和書寫。

⑷經由詩（語言）將觀念、理念或思想加以血肉化，不斷透過和外界的對話、自身的發言，來表出自我內面的立場和態度，帶有極具內面密實的倫理性、批判性的特色。

這些共通、巨大而深刻的主題，均一致收斂在「冷澈而熾烈、理性又感性」（即擁有冷澈的觀察卻熾熱的感情，理性的表現又感性的呈示），三人特殊的創作態度和觀照方法，以及他們作品內

17 參見鄭炯明，《最後的戀歌》後記（臺北市：笠詩社，一九八六年二月），頁九三。
18 參見鄭炯明，《鄭炯明詩選》自序，頁八。

涵的特徵裡，從而呈示出相互間「同中有異，異中有同」的模樣。

而對三位詩人內裡共存的「同」的部分，筆者擬在底下，就是本章的最後部分，先從他們具有「詩人和醫生」雙重面相，及「詩作（詩人精神的發展軌跡）與此一特點（既是詩人又是醫生）相互的關連」此一既存的前提，進一步展開論證。

詩人陳鴻森在評論鄭烱明的詩時，特別指陳「詩人和醫生，是人類悲慘的見證者，此一立場基於充分理解人卑微的價值時，必然洞悉自我存在位置的不幸和黑暗」，因而對他們詩作的內面可能帶來重大的影響。[19]關於這種立基於「詩人與醫生」雙重面相的自覺，三位詩人都有深刻的體認與告白。江自得即多次提起面對「生死無常」的強烈印象和無力感，還有自身努力尋求解脫苦惱的過程：

> ……那白色與病人恍惚的神情交織成一片巨大的空白。幾次，我感覺自己已深深陷入白色的重圍而倉惶逃逸……而死亡的陰影仍終日環伺著我……每一次的凝視總是讓自己更形慌亂，進退失據……我終於在胸腔醫學的修業中，尋獲醫學和藝術結合的焦點。[20]

江自得因著具備了「醫生與詩人」的雙重面向，重疊了見證者、記錄者兩種角度，深化了他的體認。在他詩作中，於是隨處可見對於病苦、死亡的詠歎和憐憫，自願與他者共同分擔人類苦痛的心情。在相關的醫院體驗，「詩人及醫生」的主題中，作爲觀察者，時而發出無奈的同情與感嘆，如：

卑微如一句風涼話的我
只能緊緊擁抱住
餘生僅有的一點一滴的
熱量
寒顫不已

——〈寒顫〉

被宣告患癌症的一刻
我竟然確切地觸摸到
這痛

19 參見陳鴻森，〈鄭烱明論〉，收錄於《蕃薯之歌：鄭烱明詩集》，頁一三三～一四五。
20 同註19。

已不知不覺長大成一個
悲慘的命運

——〈痛〉

自見證者變換為批評者之際，則如：

在死滅的土地
在污濁的街道
在核爆的陰影
在權勢的網結
在物欲的洪流中……
拋出一串串
憤怒的咳嗽
第一聲是　牙刷主義
第二聲是　黨國資本主義
第三聲是　他媽的爛主義

夜半，我在解剖日誌上寫下結論
死亡原因是：
大中國意識導效中樞神經衰竭
金權黑道橫行導致心肺衰竭
生態環境潰決導致肝腎衰竭

——〈解剖〉

時而從對醫學病理的省察來擴大意味發出對現實狀況的強力批判。

曾貴海則對自身印象深刻的「死亡體驗」有如下的說明：

……作爲一個醫生，經常會面對生老病死的現象，我常在受到這些現象衝擊過後的平靜裡，想到這個世界人爲性的死亡……這個地球及受難的人類心靈，恐怕再也承受不了這類暴力的摧殘……[21]

介在詩人和醫生雙重的生命體驗之間，他詩作的主題裡，因而充滿著悲憫、同情的心境和正直的態度，去面對人類與世間一切的苦難，如：

……
不停的燃燒的火焰
從人間世燃燒到地獄的火焰
化千萬張臉孔爲灰燼
……
而詩人，啊，詩人的眼睛
永遠虔誠地追尋
被臉孔掩蓋的
善的微光

——〈詩人的眼〉

而比較起前面二位詩人強烈的意識到自身醫生的身分，鄭烱明並不對自身的職業特別加以強調，即使深深地感受到面對生死難以掌握的無奈，卻反而把相關的主題融入到現實意識裡，做一般性的發揮。他對於醫生兼具詩人的角色如果有特殊的看法，那毋寧是偏向於創作的苦惱或詩人的態度所作的思考：

……一方面要扮演救世濟人的角色，一方面又要從事文學創作，可說是困難重重……其中也牽涉到理性和感性的衝突等等。[22]

同樣面對敏感的題材，因而往往能把自身的觀念或理念加以詩化、對象化。如對死亡的深刻感受，在〈死亡的邀請〉一詩中：

我聽到死亡的腳步聲
……
你不必害怕，愛人

21 同註6。
22 參見鄭烱明，〈不滅的愛與希望〉，收錄於江自得詩集《那天，我輕輕觸著了妳的傷口》（臺北市：笠詩社，一九九〇年三月），頁一～十二。

死神只是來邀請我共舞
到一個遙遠地方
暫時忘記煩惱
……
我還會回來，帶著
另一個世界的祝福回來

這首詩的主題，在表達和歌頌爲革命理想而毫不畏懼、慷慨赴死的「義士」業已昇華的生命與精神，一種崇高的價值觀。具有死亡反而是新生的逆思考，並未拘束於自身獨特「醫生」的立場，來看待必然發生之生老病死一般的現象，反而可能深入地呈示出蘊藏在事象內面，更重要的政治批判主題和人道主義關懷的思想。

前面只是特意地將三位詩人在身分上具備的最大集約數，亦即以「詩人和醫生」雙重面相作爲焦點，對其持有和產生的意味略加觀察。在超越三人詩作一般或共同特質之外的重要課題，所謂「同中必然有異」，詩人終究必須回歸孤獨、單打獨鬥的存在。對其個人詩風形成和演變的軌跡、各自詩作的主題內涵、詩的表現方法等等，自然有必要進一步來加以探討。

三、詩作的軌跡、主題和風格

江自得、曾貴海、鄭烱明三人的創作履歷都超過三十年以上，他們多多少少有不同的「詩路歷程」，確實具備足資彰顯長期以來，「詩人和詩」、「自我和他（內面和外部）」之間相互糾纏、相互對峙的模樣。而詩如果等同是他們作爲一個詩人「自我和他的對話，一種自身的發言，自己內面精神的呈示與擴大」，則透過對各自個性確立和成熟過程，以及詩風形成和演變軌跡的探索，必然可以對詩人個人的精神風貌適確地加以掌握。底下，擬以涉及創作的諸課題爲著眼點，自個別的層面來追蹤和發現他們各自擁有的內涵與特質。

江自得

江自得年譜簡編[23]記述其詩作的經歷，有兩件事值得一提，其一是十九歲開始詩作，從高雄醫學院「阿米巴詩社」經歷「笠」詩社爲其文學重要的歷練階段，而依他的自述，當時並未受到詩壇流行的「虛無、逃避」詩風的影響，[24]可以說自創作出發期即極具個性，有所堅持。其二是他有兩

23 參見江自得年表，收錄於《故鄉的太陽》，頁一七四～一七五。

24 參見年表，同註23。

度中斷詩創作的時期（一九七六年～一九八三年、一九八五年～一九八八年），合計長達十年，此一心靈上多重的轉折，給予他重新思索的機會，對他作爲一個詩人的精神形成、創作走向、詩風的確立等自然都產生了一定的影響。[25]

江自得迄今爲止的詩作分期，依筆者一己之見，可約略分爲早期創作，大抵收入《患傷風的孩子》（一九八四年）第一詩集中。中期創作則經歷過八○和九○年代，收入《那天，我輕輕觸著了妳的傷口》（一九九○年）、《故鄉的太陽》（一九九二年）、《從聽診器的那一端》（一九九六年）三冊詩集中。近期的創作，則包含收入本冊三人詩集的創作和最近期發表的作品。

第一詩集《患傷風的孩子》，足以顯示出他詩作的雛形。從日常生活的喟嘆，到靈巧的愛情小品表現，幅度寬廣。特別是有些作品中表達出青春期的感傷，類似敏感的精神受挫之痕跡與告白，以及對苦難生命的哀痛，是他日後作品展開的基調，極爲特殊。

第二詩集《那天，我輕輕觸及了妳的傷口》到第三詩集《故鄉的太陽》，雖本於自身的生活經驗與周遭的觀察，主題卻往往對「時代的狀況」蘊藏著隱喻，更行深化和擴大。表現上，則可見出對感性力求節制、強化理性之趨向。特別是初期以醫生體驗爲底盤，對「人間的苦難共同承擔，生命的哀痛共同感受」的基調繼續延伸，益加內斂。此一發展，到第四詩集《從聽診器的那一端》終於達到一個高峰，將題材適當的對象化、詩化，充分運用象徵和比喻的效果，在明晰的敘說和相當精確的心象繪圖中，反覆詩人意欲表現的主旨和思想，頗能清楚地凸顯詩作中表裡雙層暗喻的意味。

而比較近期的創作中所顯示的風貌，特別值得加以一提的是：題材不受拘束，語言表現灑脫自如，意象新穎而準確，構成上極其完整，可說是在成熟多樣的風格上，益加顯得圓潤多彩，作品裡的暗喻和象徵也因而益形擴大，足以令人再三玩味。

對江自得詩作的風格演變與主題內涵，擬引用若干作品，歸納爲下面幾點來作分析：

⑴生命的主題，對生命認眞的思索與強烈的關懷，可以說是江自得詩作中最大的主題。在第一詩集《患傷風的孩子》裡，許多作品業已圍繞著此一主題來發揮。首先是一種對自我「蒼白靈魂」的凝視與感嘆，進而對周遭事物變遷，時空流轉發出感慨：

黯然而堅決
以一早晨的陽光去肯定
靈魂的蒼白
而以一炷香去衡量
生命

——〈祭〉

25 參見年表，同註23。

日日自遙遠的天際
抓起一陣黑黑的嘆息
終於你抱住成灰
默默奔向的那炷香
深深哀愁之邊界

——〈哀愁之邊界〉

前面是〈祭〉一詩的數段，後面是〈哀愁之邊界〉一詩中重要的幾句，都在淡淡的感傷裡，表達了自我的憂鬱而顯得灰暗的心境，明顯有著感受到挫敗或茫然的「生之傷痛」時，作者心情的投影，或許作者也因此得到心靈淨化的效果。

一滴雨
無力地落向大地
像一個疲憊的人生
自無言的時間中

墜落
……
面對霞光照臨的天際
我含淚詠唱著
逐日褪色的
人生之歌

——〈人生思考二章〉

穿過初生嬰兒的清澈啼聲
那人日夜追逐
那遙遠地平線上的點點星光
……
多少污染能以洗淨
……
我們
猶如垂頭喪氣的一點塵埃

在歲月的冷嘲熱諷中飄搖
茫然穿過深不可測的命運

——〈穿過〉

前面引自第三詩集《故鄉的太陽》中的〈人生思考二章〉，後面是〈穿過〉一詩中的部分。「面對霞光照臨的天際／我含淚詠唱著／逐日褪色的／人生之歌」充分表達出生命居於浩瀚時空中的虛脫感，和經歷時空事物變動、流轉帶來的人生寂寥感。〈穿過〉一詩，則以幾個穿越時空的意象，展現人生「不可測的命運」。這些篇章，不約而同地都是在「自我面對他（內面精神對外部存在）」之際，詩人所抒發的對生命無限的感嘆。

江自得在詩作中不斷地思考生命的意涵，並時時發出對生（生命）的感慨，也許是由這種自我凝視產生的領會，終能漸漸地往高度的精神層次攀升，而達成將詩中感傷的情緒轉化昇華爲更深沉的境界，或是從自我小小生命的體認形成一種回復靜謐的人生觀。如：

而秋天，猶在耐心等待炎夏全面潰退
以便從容洞悉我的思緒　並解讀
平凡無奇的天空

我知道在我無足輕重的生命裡永遠住著一個

誠實的秋天

這首〈誠實的秋天〉裡，作者經由對季節變遷的敏感，來表達對生命的哲思與諦觀，把詩作此一行爲和「人生悟得」兩個主題巧妙地加以連結，在優美的語言旋律中，寄託著詩人清澈的思想。或是將對苦難的生的感嘆，轉換爲對眾生悲憫的心情，表達關懷生命的主題：

從這一刻起
我把妳的心珍藏
在往後的人生裡

而我清楚的聽見
一種聲音
在內心不停的叫喊

噢！那必是我們倆的命運

在世界最深邃的某處
相互撞擊的聲音

這首收錄在第四詩集《從聽診器的那一端》中的〈心臟移植〉，透過詩人醫生專精的知識，從醫療經驗和現象來表現，洋溢著祈望人和人之間相互憐惜、眞誠交流的心情。無庸強調，其背後必然存有深深的人道關懷思想，與寶貴和尊重生命的認知。類似這樣的詩作，在第四詩集中隨處可見，成爲作者刻意、集中表達的獨特的「詩」。甚至從醫學現象的觀察、生命的關懷、對個人病理和病徵的檢討，大大地擴充範圍，走向對社會的關懷，對現實中罪惡的體制和構造的批判，顯示出江自得詩作極其輝煌的一個頂點。

⑵生命的主題是從「個」的立場出發形成的命題。江自得第二個重要的主題則是對外部、自身賴以生存的大環境（主體臺灣），居於眾多臺灣人中的一個，去捕捉自己寄身的時空和現實變化下映照出來之光或影，可稱之爲狀況認識的主題。這種對狀況的凝視和批評，在他的詩作中，或從過往時代的事件和人物中，以詩來記錄、保存具有主體性的臺灣歷史記憶，並對族群全體所感受的傷痛，產生慰藉和鎮魂的作用。

從那天起

我們失去了語言
不再擁有什麼　擁有的只是
空白的歷史
遙遠的淚痕

從那天起
我們失去了自己
不再擁有什麼　擁有的只是
淡漠的生
淡漠的死

這首〈從那天起〉，是爲紀念二二八事件而寫的作品，以數段反覆的旋律表達哀傷和追悼心境，從引用最後的二段，不難感受作者對歷史「喪失和空白」的遺憾，卻也表現出默默堅忍去承受苦難的意志。在〈你不是英雄〉一詩中，表達的則是對爲了土地而犧牲的「義士」，發自內心的敬意。同一系列的作品在近期的創作中，有了更深刻的思考和發展，如〈歷史從天空灑下來〉一詩：

歷史從天空灑下來
痙攣的嘴巴才是祖國
痙攣的肛門才是祖國
沈默的溪石才是祖國
卑微的稻穗才是祖國
深耕的田野才是祖國

在小小的篇幅中，把數百年間臺灣歷史不斷變化，卻毫無主體性的狀況，縮影在清、日本、國府接收過程中。簡潔的論述形式裡，沉痛且鮮烈地加以揶揄和批判，最後的三行，甚且極爲樸素地反映了詩人與生存的這塊土地完全合一的心情，眞摯的關愛。

在題爲「給福爾摩莎」的系列詩作〈童年的碎片〉、〈妳逐日下垂的乳房〉、〈那天，我輕輕觸著了妳的傷口〉、〈發現〉當中，則以另一種形式，用愛的意象比喻，取代對現實和歷史的批判與凝視，抒發作者對臺灣濃濃的感情：

我頹然跪下
跪在你羸弱的身旁

啊，讓星光照耀我吧
讓我哀傷的影子
讓我倒下的影子
再
次
橫
過
妳逐日下垂的乳房

——〈妳逐日下垂的乳房〉

那天，我輕輕觸著了妳的傷口
啊，讓我們為彼此的悲傷緊緊的擁抱
讓我們筆直渡向遙遠的水平線
像一葉扁舟在霧海中航行
懷著點點星光般冰冷的希望

——〈那天，我輕輕觸著了妳的傷口〉

作品中，均可發現詩人憐惜和呵護的眼光，以極端溫柔的心情，近乎完全奉獻的姿態，來表達對自身誕生母體深深的愛憐和依附，也時時呈示出生命共同體堅忍的、追求新希望的意志。

除去以上兩個厚重的主題，江自得的詩，也有輕快而顯得十分舒柔的一面。一些生活雜感和抒情小品，頗能在敘述性濃厚的理性風格之外，突顯出他獨特的感性風格。比如〈淡水詩輯〉，〈西門町組曲〉等作品，「我想尋出平衡的支點／腰卻疼得彎不下來／只有那兩行情淚／沿著夜色　蜿蜒而下」善用纖細而敏感的感覺，把即興的情緒加以呈現。而屬於早期的感情小品詩篇，雖少有濃郁、激昂的愛情表現，卻往往以含蓄的感情，客觀地表達愛憐或甜美的情緒：

她的肩
在無涯的前額
徐徐醞釀著
厚疊的矛盾
她甩甩頭
把大撮沈重的黑髮
掀向天邊
一股辛酸便沿濡濕的髮際下垂了

——〈雲〉

將一粒白砂
塑成月亮的側影之後
便有陣陣潮聲
被你引入
一則清淺
靜謐的
小故事裡

——〈海潮〉

這兩首詩，都在節制壓縮的感性表現中，以旁觀冷靜的眼來注視對象，採取自身不介入、若即若離的態度來素描物象，顯示出作者自身獨特的感情書寫。這種特殊的感性風格，在近期創作中也有進一步的發展，如〈冷冷的夕陽走過她的面前〉一詩：「她無語的仰望／祈求黑暗的天空俯下身來／爲她尋找一盞燈光的／冷冷的夕陽　冷冷地／走過她的面前」客觀地凝視重疊著哀憐的心情，從事物（表）漸漸進入精神內層（裡）的描寫，運用了極具特色的物象觀照，使詩人眞摯的同情，可感地洋溢於句裡行間。

曾貴海

曾貴海的詩人履歷中，包含了早期參與「阿米巴詩社」和「笠詩社」的活動。他在漫長的文學行路中，一直保持著旺盛的創作力，除了隨筆創作以外，大抵以詩的創作爲主。作爲一種自我精神提升和自我立場表白的方法，詩的創作對他而言，不折不扣地可說是他（內面）與外部（人、事、物、世界乃至宇宙）對話交流的主要方式。他的感性和理性，精神和意志，均在詩作中有清晰的映照。詩的創作與人生理念的實踐、行動的參與，也幾乎完全契合一致。這一點，我們不難從他長期努力於社會關懷的行動（如大力推動生態環保運動），和詩中經常以社會觀察、文化批評爲主要表現內涵這兩個面得到印證。

即使如此，曾貴海作爲詩人，持有閃閃發亮而敏銳的感性，以及幾近乎令人戰慄的異質精神，超越一切地，乃是他天生具有的可貴氣質。而這些和他積極入世、有所作爲的精神，顯然並未相互衝突。這可能是理解詩人曾貴海「人與詩」一個不可忽略的重要前提。

要對曾貴海迄今爲止詩作的過程加以分期，筆者主觀認爲有些困難。從第一詩集《鯨魚的祭典》（一九八三年），接下來《高雄詩抄》（一九八六年）、《臺灣男人的心事》（一九九九年）到近期的客語詩集《原鄉．夜合》（二〇〇〇年），其關注的主題、表達的內涵、表現的方法和語言塑造的氛圍，並沒有太大而明顯的改變，或許正如筆者所論：「感覺的呈示，抒情性與思考性」，成爲他詩作底盤裡潛在的基本性格，因而風格上不容易有太大的變化，但是卻不停地有所延續和擴充，形成一種自我精神的擴散和流溢。

曾貴海詩作的主題和內涵，可集中於以下四個焦點來討論，亦即⑴愛情的主題，⑵生命的主題，⑶社會觀察和文化批評的主題，⑷鄉土關懷的主題。以下，擬對這幾個主題內涵作一考察與論述。

⑴愛情的主題，可嚴格地區分爲對「萬物有情」的愛（同情或憐憫）、「親情」和「男女的愛情」三個主要部分。「萬物有情」的主題早在第一詩集收入的作品中即已存在，從〈茶花女悲歌〉系列作品內蘊藏著詩人對於受苦哀痛心靈的自責與同情，而有所發展，到〈某病人〉中：

暗示他
家在那裡
太太怎麼沒來
朋友呢
他只是默默地搖頭
漸漸地搖垂了頭
突然，一顆淚水嗤地滴在

臺灣的地圖上
蔓延

對流離失所的苦難人間，人類共通之悲劇投以悲憫的眼光。從〈鯨魚的祭典〉對集體死亡的鯨魚，充滿溫情的哀悼，到〈吃白鷺鷥的人〉：

每年都吃下一條高速公路的
人
竟開始吃起白鷺鷥
……
牠萬萬想不到
夜晚捕捉牠們的，竟是
白天看起來很良善溫馴的
人

對醜惡的人性強力的批判。可以說「萬物有情」的思考，一直是他詩作的一個底流，甚至發展、延續形成尊重生命的第二個主題。對於親情的描寫，則有私的深情表現，如〈停留的景色——給三女晴匀〉：

月台上，一位美麗的女孩
手捧盛開的向日葵
邊跑邊微笑著輕喊
親愛的爹地

父親擁吻她
夏末溫燙的夕陽
緊緊地擁抱浮雕的城市

親切、自然地透過瞬間生動的畫面，來表出父女之間的眞摯親情，十分溫馨。也有視爲一種題材和隱喻，轉化成作者對他人關懷的心情。

不想遺棄城市的母親

孤獨地守在一隅
讓迷失的孩子
需要愛時，靜靜地
走進她的懷抱
……
污塵和廢棄物飛揚的路旁
我看到一些
憂傷而木然的棄婦

這首〈公園〉，以愛、被愛與被遺棄的對比，來表現都市叢林的現實冷酷，透過親情主題的運用，形成尖銳的問題意識，也表達了詩人對他者悲憫的心情。

而第三部分「男女之愛」的主題，可以說是作者最爲精彩的書寫。從對男女愛情本質的省察出發，以冷澈的眼凝視性和愛的眞諦，也蘊含了詩人對異質的、類似夢幻的愛之無限想像、熱情與憧憬，形成了可資積蓄與供應，且支撐作者實際的人生和創作雙方，綿綿不絕的泉源。

曾貴海在〈男人四十歲〉一詩中，曾經明確地顯示出他對愛情所持有的獨特觀點：

四十歲的女人不是二十歲的女人
……
位置被擠亂了，是嗎
那麼寄借二十歲的少女的女體
二十歲的眼睛
二十歲的夢門吧
……
只有傻瓜才會管葉落些什麼
重疊進二十歲
回到生的噴泉的源頭

令人聯想起作家川端康成所寫的老人好色小說，露骨而直言不諱的說「重疊進二十歲／回到生的噴泉的源頭」，似乎是一廂情願的幻想，可是作者顯然是極其嚴肅與認眞的，在〈女人身〉一詩中，他又一板正經地說了：

許多男人，內心深處

偷偷地藏有一個女人身
男體的我們
在人間世
是不完全的存在
到處遊蕩
追尋

剛剛提及的所謂幻想，其實就是男人重新燃燒熱情的渴望，與對愛情永遠而無限的憧憬。我們不禁想到前面提過的木原孝一氏「男女都只是半人，追求生的愉悅，必然要追求男女的合致一體，藉以填補雙方永遠不足之部分」的說法。曾貴海對男女愛情的基礎思考，極爲明晰地，十分符合木原氏的主張，是從促成自我「生的提升，生的飛躍，浪漫而高貴的飢渴」來著眼的。正是基於如此冷澈的認知，他對愛情的虛幻和本質，才可能準確地加以把握。

激烈對峙又融合的兩人
試圖從時空不定的軌道
縱身跳離

驚覺
男人和女人
恐懼眞誠美麗的黑色詩句

——〈感覺（二）〉

……
被感覺帝國燒紅的野原
遍開變異的花朵
追逐
不斷地從靈肉的邊界
以俘虜的身份忘我的釋放

——〈男人與女人〉

確實，對愛情的眞實與虛幻、靈肉的糾葛、束縛與解放等，都有著清澄的領悟。對曾貴海而言，說他所追求的詩的意味完全等同於他所追求的愛情的意味，實非過言。

(2)生命關懷主題。在曾貴海的詩作中，常常可以發現他透過卑微的「物」或「人」的書寫，來呈示「尊重生命」的思想。早期一九六九年發表的作品〈草〉：

微不足道的活著
這樣那樣的活著
……
只想把地面默默的覆蓋
輕輕的覆蓋
覆蓋，但不是爲人類
而是爲大地
爲了我們也必須活下去

微不足道的草的生命，卻那麼謙虛、眞實、樸素和執著，自足而甘願默默奉獻，詩人說「不是爲了人類」。其實，和物相形比較之下，人反而充滿著被否定的意味。肯定卑微的生命的價值，可說是詩人曾貴海對生命關懷的原點。從「物」延伸到「人」的書寫，一九八〇年代中期創作的《高雄詩抄》中的人物系列，就是以卑屈、完全受到漠視、大都市中的浮浪人，亦即被疏外的人群爲刻劃對象，如〈一張鄉下女人的臉〉側寫流落到都會，讓人哀憐的他者女性；〈賣汽車玩具的壯年人〉則冷靜地觀察打零工為生、落寞無奈的小人物；〈一個都市的流浪漢〉則以一旁觀者，較為冗長敘事的形式，訴說流浪漢的悲歌：

是他棄絕了城市
還是城市棄絕了他
……
哦，那眞是個人嗎
工廠的廢棄物街道旁建築物間的
漂流物
……
有時候
我也是一個流浪漢
他沒有家
我卻有一個被城市孤立的
暫時的透明的家

詩人從窺視者到觀察、理解者，在最後的部分甚且轉換立場，化爲命運共同體，相互哀憐的存在。完全不相干的他者，流浪漢，也因而成爲詩人「生命關懷的對象」。

仔細地把這些描寫卑賤小人物的作品做一對照，我們也可以發現，曾貴海在此一「生命關懷」的主題裡，努力要表達的並不只是對個人的同情和憐憫而已，更重要的是，將他們視爲都會狀況中的浮影，都會現象和問題的反映來觀察，以便他進一步把題材對象化與詩化，構築他下一個巨大的詩主題，來對戰後一時期臺灣社會發展的軌跡做紀錄，並加以批評。

(3)社會觀察和文化批評的主題。這是曾貴海所有詩作中最精彩、最具「現實意味」的部分，可充分呈示他居於時代裡的「狀況認識」。社會觀察導引出他對臺灣社會的批評，文化批評則經由比較的方法，來省察自身的狀況。一九八六年出版的詩集《高雄詩抄》，是對大都市高雄經濟起飛社會繁榮之後，所帶來的整體變化，自內涵的社會、政治、經濟諸層面，懷著強烈的問題意識，來作全面的觀察、理解、追蹤和批判。除去前節所指摘的，有些詩援引大都會小人物的像貌爲例，用來觀察浮世的側面外，如〈表弟的房子〉寫農村都市的人口流動和生活的變遷：「一甲地就是縮成這樣四十幾坪的空間/歐洲風味的裝潢/吸塵器音響健身房和網路電視/牆上掛了幾幅鄉土畫家的作品」簡潔地勾畫出經濟轉型帶來人生改變的模樣；〈愛河〉、〈噪音〉則對經濟發展帶來的環境污染有所質疑；〈兩個議員的當選〉則是對政治發展和社會現象雙面的思考。通過這樣的觀察和紀錄，進而提出批評，在〈高雄〉一詩中，經由各種場面的浮現，對都市亂象通盤地加以描寫並憂心地發出警訊：

那裡的生命繁殖不懈
滿街是假性啞巴和近視
禁令以及歡呼的口號
總用那幾句語彙重複播放
……
路過一個那樣的城市
沿途的人們
用自私的刀刃相互凌遲
腐朽的垃圾和落塵
敗壞的果子的內部
將逐漸掩沒那裡

確實是一幅令人不忍目睹的悽慘樣子。如此，曾貴海具體地用詩來見證劇烈變動的一時期裡，大都市高雄社會的種種，其實也正是透過它來縮影、清晰地呈現臺灣歷史時空中，所經歷過的政治、社會與經濟各方面變遷的軌跡和問題。

在文化思考和批評方面的書寫，則大至對戰爭與世界和平的問題，小至個人的文化觀察，幅度甚為寬廣。〈劍和神〉一詩以劍為意象，從對宗教和神的思考，表達對戰爭的憂心：

無可置疑地
神的世界
必然有戰爭
那麼神的神
或神的神的神的神的世界
仍然避免不了

而從比較的角度，或經由特殊事件受到啓示，或在生活中有著小小的領悟和感動，曾貴海在映照出自己（臺灣）的鏡像之餘，往往能細心地、中肯地提出一些文化思考與批評，對日本三島由紀夫自殺事件，他曾由反觀臺灣的流行現象來加以省思，在〈贗品青年〉中：

那是時代精神的贗品

也是粗俗市場上肉慾的贗品
在人世間冷冷的幻景中浮遊
追求死亡前虛假的官能和現象
在你頭落大地的十八年後
臺灣的土地上
你小說中的人物還魂了
贗品青年是最大的勝利者
充斥全島的鄉野城鎮

經由他者（日本發生的社會事件）來對自身（臺灣的流行現象）形成深刻的思索與反省。〈岩手公園〉則從日本異國體驗，日常所看、所感、所思的片段，來表達作者高度的文化意識，希望自身（臺灣）向上、向善的心情：

大大小小都一樣
自自然然的跑跑跳跳
大聲小聲的嘻笑叫喊

……

他們內心輕輕的

不載一點東西

時常聽到看到的怪現象

很少降臨他們身上

……

我總歸要回去

回去告訴家鄉的朋友

有這種地方有這種人對人的方式

人與動物花草樹木相處方式

雖然有些人裝著不知道

淡淡地訴說，卻等於是詩人對外界強有力勸進的發言，詩中表達出作者溫柔的忠告和好意，令人讀之不禁發出會心的微笑。

(4)鄉土關懷的主題，曾貴海對誕生土地的熱切心情，常在詩作中，用自己獨特的方式來表現，如客語詩集《原鄉‧夜合》全卷，列舉自己所熟悉故鄉的人、事、物，盡情而刻意努力地表達出強烈的親近感，有著依附和讚頌鄉土的姿勢。〈向平埔族的祖先道歉〉則基於回顧自身歷史和民族起源的心情，熱烈地呈現出他對鄉土的眞摯關愛：

當我們凝視臺灣大地時
幽幽的湧出亡族的悲歌
……
有些人必須站出來
向共同的祖先道歉
愧疚的深深的道歉

這種樸素眷愛民族的情懷，轉化爲更積極的態度時，曾貴海常會直接透過詩來宣示理念，〈留下高屛溪的靈魂〉、〈明日新城〉等作品，都蘊藏著基於對誕生土地的熱愛，藉詩來寄寓尖銳的生態環保意識和理念，企圖喚醒臺灣人的良知，共同創造美麗的未來。

曾貴海的詩，因著自身的使命感，有強烈的對外發言，並連結現實素材形成意味的傾向。以上面論及的主題內涵來看，他確實樹立了個人積極介入世界的詩作風格。然則，曾貴海本質上是具有強烈的浪漫氣質，沉醉於追求耽美和異質文學的詩人。筆者曾對他詩作中時時會流露出來的異樣的氛圍，借用「感覺性的呈示」一詞來概括形容。

詩抄「高雄素描」系列的小品，如：

住在城市空中
看天
天離我們仍遠

——〈天空〉

從選舉海報的垃圾堆中
我努力尋找一顆遺失的
刻有誓約的　鑽戒

——〈鑽戒〉

從黃昏的街角走出來的女人
穿越夜晚的男體牆
追尋子夜剩餘的影子

——〈夜女〉

夏日　剛受孕的白千層
銀白色的花海閃爍
照亮城市街道的中午

——〈白千層〉

「春夢」組詩中的短詩，如〈曇花夜放〉：

耽美的終界是無盡的星空吧
子夜的曇花
把隱藏的男人吐放給寂靜

等不勝枚舉，都用追求唯美的心情，來構織他極度感性，豐饒而瑰麗多彩，特殊異樣的詩世界。而這些作品，實質上多多少少都含有底下幾個特點：⑴通常是經由具體而近乎怪異的事象、意象來表出他形而上的世界或抽象的思維。⑵如日本的俳句，常常刻意去捕捉瞬間感受到閃閃發亮的詩情、精神的靈光或智慧的晶片。⑶富幻想性或極其耽美的，類似綺夢或似夢似眞浮顯在深沉意識裡的幻覺和圖像。這也是他表現方法上值得強調的另一個特色。

鄭烱明

鄭烱明的詩作和文學歷程，值得一提的有：⑴和笠詩社的關連。在他早期的詩作活動裡，發表在《笠》詩刊，受到極大注目的「二十詩鈔」小詩集，清新的風格、鮮烈的感性、知性美的表現，曾經引起熱烈的討論，也成爲他詩作出發期的一個里程碑。從此一點看，鄭烱明不愧是才氣縱橫，早熟的詩人。⑵一九八〇年代以後，他在推廣臺灣文學上，與文友創刊《文學界》、《文學臺灣》，成爲靈魂人物，花費了極大的心力，成績卓著。前一項目對他而言，由於他後來不斷參與「笠」的活動，發表詩作，並以詩作爲精神支柱，走過艱苦、充滿肅殺氣氛的臺灣六〇到八〇年代，笠標示的現實主義精神，在理解和實踐「詩的理念和創作」上，他都清楚地能加以掌握。因此他的詩，一方面充分地反映了戰後臺灣歷史、政治、社會演變的軌跡，一方面也足堪明白地顯示出笠詩社長期以來所推動的詩運動之主流風格和傾向。後一項目，在文學人脈的建立和本土文學運動的持續推展上，也具備重大的意義。

鄭烱明是一個誠實的詩人，帶有狂熱的「文學使徒」的傾向。從他的詩〈闇中問答〉顯露出他對自身詩作的嚴格要求，戰戰兢兢的態度，即可充分感知這樣的人格特質。顯然，他溫和而沉著的個性，也完全反映在「創作和人生，理念和行動，精神和思考」之上，他的詩如假包換的正如他的人。這也是數十年來，他的詩始終保持樸素的風貌，呈示出有力的寫實、明朗、平易風格，歷久不變不衰的主要原因。

鄭烱明並非多產的詩人，但迄今為止，他詩風的演變脈絡相當分明。追溯其詩作分期，筆者以為可區分為前期作品，大部分作品收入《歸途》、《悲劇的想像》兩冊詩集中，是一九六九至一九七六年之間的創作。大抵從生活的感受和體驗構成詩的主題，對人生和世間的觀察書寫，社會現象和人事刻劃等，構成基本的內涵。後期作品則收錄於《蕃薯之歌》和《最後的戀歌》（一九七七年～一九八五年）兩冊詩集中，主題大都以臺灣人的立場來觀察時代的狀況，或周遭的人、事、物，帶有強烈的社會和政治批評性質。特別是《最後的戀歌》的前半作品，都是下意識地使用與臺灣政治受難者對話的方式，表達對人權的支持，對哀痛心靈的安慰，甚至對殉難者的讚美和鎮魂。比諸前期的作品，用敘述的語言、單純的意象或場面描寫的表現手法，《最後的戀歌》的多數作品，都統一在虛構的男女愛情、別離、生死的境遇和畫面，用向對方傾訴或告白的方法，把理念和信念具象化、風景化，擴大了象徵和隱喻的意味。可以說，前期的作品傾向於將生活體驗轉化為詩情、詩意與詩趣。後期則努力將思想、理念加以血肉化和詩化，將與時代現實密切關連的事物加以對象化和詩化，以達到回過頭來凸顯作者心中堅持的意念、信念或意志的目的。

底下，擬從作品的分析，對鄭烱明詩作的面向做一些探究。

鄭烱明詩作的根底，有著強烈的現實精神，習慣於將日常生活中平凡的感覺或感受，經由平易的生活語言來表現。雖說如此，他並未陷入安逸的日常性感覺或思考中，反而極其警戒語言的墮落（如追求無意義的語言遊戲或空洞的美文）表現，自覺到深刻把握詩精神的重要性。善用日常的主題卻不能不努力轉化、深化主題，觀察表面的世界卻必須進入內面深層，以便發現隱藏在平凡的現實、事象背後鮮烈的眞實和律則，感動和美，挖掘發現存在與人生眞正的意味，將無意義賦予創造性的意義。

而形成鄭烱明詩世界的幾個基本要素，即是「機智和幽默的表現」、「對對象的反諷和批評」、「愛情的感受」以及「生死問題的思索」。

⑴機智和幽默的表現，是打破無聊的現實，從中發現並賦予新的意味，是方法也是對一切生的本質深入的洞察。在鄭烱明出發期的詩作，如受到佳評的「二十詩鈔」中，即有一些相當成功的作品：

只有一次
在她生氣極點的時候
她才穿上那襲可以排開海浪的泳裝
好似一艘雪白的快艇

倖然地疾駛而去
飛濺著思念的水花

——〈熨斗〉

太癢了
實在太癢了
我的臉，我的鼻子，以及
我發毛的心臟
都大笑起來
一面跳舞
一面唱
狼狽的人生之歌

——〈早晨的癢〉

這兩首詩，分別寄寓在鮮烈的物或人的形象，同樣表現一種幽默的情緒，十分成功。前一首用即物的手法、創新的比喻，顯示出有趣而活生生美麗的動態畫面，後一首把人生日常洗臉的行爲，毫無意義的慣性動作，轉化成滑稽的笑劇，對狼狽的人生加以自我嘲諷，作者巧妙幽默的表現，讓讀者感受到作品全新的意味，也獲得了讀詩的喜悅。

鄭烱明的代表作〈誤會〉，是他詩人理性思考下的產物：

我以爲他是在用另一種角度
來了解這世界，然而
他的夥伴卻說：
他只是想試試他的力量
能否舉起地球罷了

這首詩，提供讀者「認知的多樣性是可能的」此一不同的思考角度。有趣的是，在表現上，是透過鮮明的畫面而非說理，機智和驚訝的表現裡也蘊含了幽默的感覺。

(2)鄭烱明的詩作，往往表達出一種對對象反諷和批評的效果，他描寫人物的作品：

我暴斃在一家店鋪的門口
卻吸引成群看熱鬧的人

——〈乞丐〉

只有我，孤獨的我
被迫站在小丑的地位扮演小丑的悲哀

——〈五月的幽香〉

都可看見對對象的反諷，而當反諷的對象倒置時，就可能顯出社會批評的意味。而當反諷的對象擴大，和現實意識結合，促使自己內部精神和外面世界成爲對峙的局面之際，也可能變化爲一種類似對體制批判的意味。如：

要知道
那埋藏在我體內燃燒的帝國
是不能否定的

總有一天
他會像一座爆發的火山

轟然地把苦惱的岩漿噴出來
使世界充滿硫磺味
不必戰爭
不必轟炸

——〈火山〉

火山的內面和外部的對應，也正是詩人「自我對應外面」的隱喻。

(3)愛情的感受。鄭烱明的愛情詩，是一種對愛情特殊觀點的表出，「私的」愛情詩數量並不多，早期的〈陌生的愛〉表現一種對愛的強烈不安：

在幽暗的咖啡室
什麼都看不清楚
才覺得安全，妳底愛
也只能在其中
我才感知它聖潔的存在

在〈傷害〉一詩中，則將愛的傷害視爲愛的本質，有所指摘：

其實在感情的風暴中
愛不但是殘酷的
更是一種傷害

面對著這種傷害
我們開始相互撫慰
然後進入另一個風暴中
形成另一種傷害

前面一首詩，對愛感到不信不安，顯然重疊了青春期的愛的認知與感受。後一首詩，對愛的本質，從具備相互的傷害（和撫慰）的意味兩面去理解，有著深刻的體驗和領悟。而相對於他書寫的（私的）愛情詩，並看不出激情，僅以十分含蓄、冷靜、理性的態度來表現。他的政治批判詩，卻柔性又感性地，以愛情隱喩，力求擴大其主題包含的意義，從強調「愛是救贖」的象徵意味，進而將愛情視爲一種提供給人安慰，和淨化靈魂，溫柔而有效的方法，確實是頗爲耐人尋味的表現。

《最後的戀歌》詩集中的不少作品就具備此種特色，一貫地透過愛情作爲虛擬的主題來發揮。舉其重要者，如〈歸來〉寫政治受難者、革命同志的眞情，相互支持的需求；〈請原諒我〉寫革命的熱情和堅持的理念，超越私人相互間的愛情，具備了追求理想主義的性格；〈霧〉寫在苦難中相互扶持的男女，以愛來支持追求理想，毫不中斷動搖的信念與行動，且帶來心靈的救贖和淨化；〈寄語〉則把愛的意涵無限擴大，將誕生的母體、生存的土地與自己的命運，緊密地連結一起，視其爲可資依附的愛人或犧牲奉獻的目標；〈祈禱〉則把愛人視爲傾訴的對象，意圖從愛獲得最大的勇氣、精神的依憑和堅忍的意志；〈生的眞實〉表達一種逆說：

在這充滿猜疑的時刻
不論多純潔的愛
常被誤解成一種罪過
　一種負擔
而失去了愛
誰來相信我們生的眞實？

愛的本質中存在的猜疑和信任，在政治抵抗中完全喪失了意義，但爲了證明抵抗的意義，對對象

〈體制〉的不信，透過赤裸裸相愛的決意與實踐，反而足以獲得確保生的眞實的可能性；〈傾聽〉寫透過對愛人的傾訴對話，來得到心靈的平安超越苦難；〈不能不〉則以堅忍的意志化除哀傷，犧牲私情和離別的悲哀，超越寂寞和苦痛的心靈；〈最後的戀歌〉則從愛燃燒最後的激情，獲得生和追求新希望的勇氣，在絕望的愛中，祈禱新生的降臨。

如此，《最後的戀歌》詩集中，個人的愛（私情），在浪漫和理想中昇華，成爲淨化、安慰和救贖。鄭烱明有意識地使用一些虛構的愛情場面和對話，經由簡單清晰的意象表現，將象徵意味的效果發揮到最大，不只加深了抵抗和批判詩的力道，作品中展現的浪漫精神與極端理想主義的色彩，讓詩人在把醜陋的現實素材詩化的同時，確實也對其政治批判詩的形式和內涵產生深化的作用，並因此保留了強而有力、密實的文學性與氛圍。

(4)生死問題的思索。鄭烱明的詩，有許多帶有強烈的形而上抽象思考的傾向，有意表達觀念或哲理。生死的思考成爲他的一個主題、關心的問題，自不足爲奇，如〈再見〉一詩中，把再見和離別聯想在一起，甚至和死亡連結在一起。但就讀者的立場來看，其眞正意味並不十分清楚，可說是作者突如奇想的獨特思考。代表作的〈歸途〉，以：

> 爲了生存必須獲得諒解？
> 爲了死必須忍耐生？

兩句爲開頭，

……

因爲我已死了
現在即使說
「喂，用力一點
把妳的愛也一起吹進去吧」
也來不及了

加以延伸，把生、死和愛，生命中必須面對的三大問題混合思考，主題卻似乎是要表達死可從生的辛苦超脫，寧願解脫愛的拘束，而獲得一身完全的自由自在：「我喜歡這樣自由地/任其墜下懸崖」確實表現出詩人特殊的思想。

從觀念詩和思想詩的角度來看，假如前節論到的愛情書寫，後來轉化成寄託觀念、理念表出的場所，形成政治抵抗詩的方法，是鄭烱明創作風格上的一大轉變，則生死的觀念、思想，同樣也具備轉化成一種表現方法的可能。換言之，鄭烱明的詩，從初期抒情性濃厚的傾向，帶有生活詩和社會詩的風格，到後半期大量地寫抵抗詩，納入政治批判乃至人道關懷的主題，其實是相當自然的事。在動機上固然是基於詩人的良知，和對苦難的同情憐憫、使命感等因素。

在方法上，從純粹的文學者、詩人，爲自己而寫，進而爲他人而寫，等同是從「詩體驗的呈示」向著「觀念、思想和理念的詩化，即以詩成爲思想、理念、觀念寄託的場所」大幅度傾斜的結果。無庸置疑地，要理解鄭烱明詩風格前後變化的軌跡和確立的過程，這是一個重大的關鍵所在。

鄭烱明的詩，代表生活寫實主流，也具備現實主義的批判精神，內裡帶有堅實的倫理性格。前一特質，使他的詩提供教養和溫暖；後一特質，不但使他以詩來記錄時代，見證歷史變遷，也顯示出浪漫和理想並存的色彩。富含著思想的芳香，與抒情和說理的魅力。

四、結語、創造性與未來性

江自得、曾貴海、鄭烱明的詩，就如筆者在前面的論述，可以發現共同的創作原點，從個人「生的提升」的慾望，渴望得到「生的歡愉」，所以爲自己而寫。作爲自己對外「發言和對話」的方法，關心外部的存在，所以爲他者而寫。在浪漫和現實精神之間取得調和，三人的主題和風格、方法，是「同中有異，異中有同」，卻也各自樹立了強烈的個性。作爲詩人，他們是有極大的成就的。他們的詩，在觀照對象的方法和態度上，主題內涵和風格上，確實可用「冷澈而熾烈、理性又感性」來加以歸納。但，重要的是，他們不停地追求的詩路是一條坦途大道的事實，倚著個人的才華和信念，不斷創新探索的意識和自覺，筆者堅信，三位詩人依然具有無限的創造性和未來性，可以拭目以待。

後記

晃盪在逆光中的記憶

陳明台

這本書的出版，對我而言，可以說是遲來的快慰。早在一九八〇年代末期，我已經爲本書書名《逆光的系譜》作了定調。偶然讀到的一本書中的內文的一段：「……逆光的時代，站在逆光的位置，傑出的文學者昂然地挺直身子，在此起彼落的黑暗的陰影包圍之中，提起筆，不斷地發出他們微弱的卻是帶有反逆的強有力的聲音……」這一段文字至今日仍然深深烙印在我的腦海裡，未曾忘懷。

我的青壯期的二十年間，一九六〇至一九八〇年代，臺灣可以說是處於一個逆光的時代，對於本土文學家而言，沒有閃耀的光譜照射他們倔壯的身影，秉持著意志和對於自身土地的關懷，他們各自努力不懈地記錄下時代的狀況中個人的體悟、思索與省察，那是一個受到拘束的時代，他們有許多是不曾妥協地想盡方法記述下足以提供給後人的文學證言。說是一種困厄中的掙扎，也是一種時代狀況帶來的千載難逢的機遇。

我的文學發展成長期正好遇到這一機緣，因緣際會，也是「一期一會」才有的契機與轉折。

一九六〇年代末期到一九七〇年代初期的文學成長期邂逅了一些優秀的本土文學指導者，和幾位同輩的文學追求者，讓我受益良多，由於這些人的衝撞、切磋，才奠定了我邁向本土文學的良好基石。一九七〇年代中期到一九八〇年代初期的留日生涯，也是我文學生命中的一個轉捩點。我接觸到的思想、文學和狀況讓我有更大的開悟和超越的潛能，而晃盪在逆光時代之中的種種政治、社會、文化層面的記憶也蘊植了我內面的創作質素與理念，建立比較強而有力的自我省視和自我追尋的信心，這一直是我從事文學創作、評論、教學、閱讀批評強韌的支持和堅固支柱，不斷地成為我文學追求的動能，促成源源不斷的脈流。

我在《笠》詩刊與詩社成立之前，就對它有所理解、關懷與熱情參與，那也是一種晃盪在逆光中難忘的記憶和體驗，這本書全部的論述篇章都是由於這一機緣交會的產物、成果。

這本書包括了兩個重要的部分，其一是笠詩社論，論述笠詩社的共同傾向、精神意識與詩人共通不移的理念，其中〈鄉愁論〉一篇完成最早，對笠詩社存在的重要精神根據，臺灣主體意識，現實狀況的批評精神，以「故鄉憧憬」此一概念來加以發揮和展開論述。另外的篇章則從文學交流與世代特色來加以探討，闡明笠詩社的共同體詩人的精神和本質。其二，笠的詩人論，則以世代的特質區分，並從突顯個人詩本質與精神的視野來加以論述與思考。這兩部分的篇章包括了一九八二年以降到二〇〇五年為止的長期間創作的評論，比較縱橫自由的論略，以及學術研究論文，多數在學術研究會上發表，有固定的格式規則，稍有差別的方式構成。

今日回顧這些篇章，引起我個人的許多省思與感觸。時過境遷，笠詩社與詩人的構成已大有不同，精神和主張的掌握也顯凌亂，傑出的詩人已然存在不多，令人百感交集。然而本書仍具有資料保存，提供不同主張與觀點的意味，這也是它所以問世見諸天日的意味吧。

代序的〈誠實的發言〉一篇發表於《臺灣文藝》雜誌一百期，從省思狀況與創作意念出發，今日仍具極大意義，故以此爲序言。

謝謝前衛出版社慨允出版本書，也謝謝鄭清鴻兄的盡心盡力促成出版。

附錄一

哀愁、虛幻與無常——論陳明台的詩

寒渝

陳明台，本籍臺中縣豐原市。他是詩人、評論家，專攻臺灣文學和日本文學的學者。在中國文化大學碩士班畢業後，曾赴日本留學，在日本滯留了八年（一九七四年～一九八二年）。修完日本國立筑波大學歷史人類學博士課程，於一九八二年回臺後，一直在大學從事教學和研究的工作。現已退休。

陳明台因受父親的的影響，在十六、十七歲即開始嘗試文學創作，先從散文出發，後來才專注於詩的創作。他的著作，除了《孤獨的位置》、《遙遠的鄉愁》、《風景畫》詩集合計三冊以外，還有臺灣文學研究論集《心境與風景》、《臺灣文學研究論集》二冊，日本文學研究論集《前衛之貌》、《異質的風采》、《詩與詩論研究》等評論集合計八冊。日本近代文學翻譯作品則有《芥川龍之介短篇小說選》、《日本戰後現代詩選》等包括小說、詩、戲劇各類作品合計十多冊。

六、七〇年代是陳明台詩作的高峰期。他的詩，大部分都是以留日時期的生活體驗作為素材與主題。九〇年代以後，創作量銳減，轉而專注於文學評論和臺灣文學研究。

陳明台的詩觀，以爲詩是個人精神史的紀錄，又主張追求詩的眞摯性，文學的感動性，在作品中表現愛與關懷。

陳明台在五〇年代加入笠詩社，並在六、七〇年代，於《笠》詩刊發表了不少的作品。但是他的詩風，卻和笠的現實主義傾向相當的不同，他的詩，走入個人內心的世界，私密性強，具象徵風格，根底流瀉著虛無的精神。在表現上，極注意全體的構成與秩序，有其獨特的美學。

陳明台詩裡的要素，一言以蔽之，即是異質的美。

他的詩裡，敏感的心理、官能感覺，近乎神經質纖細和戰慄的感性，時時會伴著鮮烈的意象湧溢出來，如〈閉上眼睛就看得見的東西〉：

從斬斷的頭顱　噴濺的鮮紅的血
從切開的腹部　噴濺的鮮紅的血
從貫穿的耳朵　噴濺的鮮紅的血
從飛落的手足　噴濺的鮮紅的血
……
非情而美麗的幻像
夜裏

閉上眼睛就看得見的東西

在詩中，反覆著鮮紅的血的意象，並以詩行的羅列來強調，加強視覺的印象。這首詩的重點並不置於意義性的表出，而置於經由視覺所映照的，心理和生理的夢魘一般的東西。詩人刻意在追求的，顯然是現實中不存在或看不到的異樣，令人顫慄的快感與美感。如〈杯子〉：

注入　一股莫名其妙的火
水位
逐漸逐漸在上昇
透明的玻璃上
映現
男人咬牙切齒的樣子
漲紅的臉

則從近乎神經質、無緣由地發作出來的個人「癖性」，一路往上攀升，終致不可收拾地引導出來：

空了的
杯子
碎裂
遍地晶瑩的
星的砂粒

破壞性、破滅性的結局。一種異樣精神的爆發。

事實上，藏在此一「異質美」的背後，牽繫著更爲強烈的詩性精神，那是根源於陳明台對人生虛幻、無常的詠嘆，萬物一切在瞬間會消失於烏有的領悟而形成的。

不斷地撲殺著　在前方的自己的影子
而活著

——〈黃昏〉

夢想遙遠的故鄉而闔不上眼睛的兵士　——〈月〉

茫然的把著吊環晃來晃去的人

——〈電車〉

男人擁有破滅的夢
男人反芻撕裂的記憶

——〈男人的天空〉

散佈在他的詩中，刻意塑造出來的這些人物，都是具有「喪失者」形象，失落在廣漠的時空裡，飄搖不定、不安的形象。象徵了世間難以掌握的浮生幻影。回到生活的現實，生活中所映照出來的風景，因而必然也是滿滿地染著空虛、淒涼的色彩：

夕暮的殘照裏
冰冷的一張臉孔
暗鬱的一株杉
陰森的一柄劍
威脅著美麗的天空

——〈黃昏〉

可以說，作者經由此一方法與思考，表現出來的這一類作品，是完全脫離了現實性，斬斷了一切人或物的連帶感而構築起來的，密閉式、非日常性、獨特的、反逆的美學。

陳明台的抒情詩，則完全基於一己的私人體驗來表現。愛情，是作爲生命的成長過程中，瞬間即會消失的現象來把握的：

在女人離開依偎的男人的胸膛
轉身而去的時刻
……
遙遠的山巔
已經
堆滿了
蒼白顏色的
殘酷的
冷

——〈雪〉

用雪的冷，來表現喪失的哀愁感。如〈秋〉：

飄降
雪
在男人的心上
是秋天死去的伊的
悲愴的淚珠

也是用雪來表現哀悼和對死者的追憶。

顯然，逝去的追憶情緒，死和喪失，都是他抒情詩的中心主題。他的抒情詩，善於透過種種感官意象來作比喻（如雪的冷、夕暮殘照、煙霧模糊、枯萎的色彩、骨的碎片的傾瀉等），發揮擴大象徵的意味。這一類的作品，內裡蘊含的淒美本質，究其實，與他一貫追求的異質美，還是一脈相通的。

雖然這樣的耽美的傾向，成爲他詩中的一個特質。但是，陳明台並沒有完全喪失對愛的渴欲。他的作品，看似矛盾地，常常也會借用不同的題材，表達出自身與周圍的人或事物間，通過借用無形中存在的不可言說的感覺，來與外在的世界或他者產生聯繫，相互溝通的情景。

某種不可理解的心靈的震顫
驚訝了妳的臉孔
以及我的……

——〈觸覺之外〉

靜止在沒有語言的世界裏
妳和我
溝通彼此的國度
而且
如同青中撲朔的啞謎一般
會心的笑了又笑

——〈記號說〉

〈觸覺之外〉、〈記號說〉不約而同地，均在追求一種超乎言表的，人與人間內心存在的默契，疏外的人際關係中眞摯的感情交流，及自然不造作的心情的共鳴，顯示了他的詩不同的一個面貌。

只從上述「抒情」和「耽美」的角度來論述陳明台的詩，當然是不周全的。但至少對構成他的詩的中核「哀愁」這一情緒的源頭，還是可以有所理解吧！

附錄二

陳明台著作目錄

一、詩集

《孤獨的位置》

《遙遠的鄉愁》

《風景畫》

《陳明台詩集》

二、評論與研究

《心境與風景》

《抒情的變貌》

《臺中市文學史初編》

《臺灣文學研究論集（一）》

《臺灣文學研究論集（二）》

《異質的風采——日本近現代文學研究論集》

《前衛之貌》

《日本戲劇初探》

《日本近代兒童文學——作家與作品》

《「詩與詩論」研究：昭和初期日本前衛詩運動之考察》

《青少年臺灣文庫Ⅰ——新詩讀本1：美麗的世界》

三、翻譯（日文——中文）

【小說】

《芥川龍之介短篇小說選》

森村誠一《高層的死角》長篇

山崎豊子《兩個祖國》長篇

吉行淳之介《暗室》長篇

《當代日本異色小說選》

日本短篇小說選《化粧》（與鍾肇政、陳千武三人合譯）

【詩】

《戰後日本現代詩選》

《日本抒情詩選》

《散步之歌》（日本現代詩選，與陳千武合譯）

《日韓兒童詩選》

《鮎川信夫詩選》

《韓國青眉詩人選》

《韓國金芝河詩選》

【戲劇】

《日本近代戲劇選》

《日本現代戲劇選》

【論文】

日本學者臺灣文學研究論文選（藤井省三等作）

四、其他著作

《慶曆變法和北宋士大夫政治》

《宋代民間宗教研究》

《龔自珍經世思想研究》

《初級日文讀本》

《中級日文讀本》

五、編或合編

《陳千武全詩集》

《桓夫詩評論資料選集》

日本文學名著系列八冊

《混聲合唱：「笠」詩選》（與鄭烱明等合編）

青少年臺灣文庫（與李敏勇等合編）

臺灣詩人選集（合編）

國家圖書館出版品預行編目資料

逆光的系譜：笠詩社與詩人論／陳明台著.
--初版.--台北市：前衛，2015.11
面：15×21公分

ISBN 978-957-801-778-8（平裝）

1. 笠詩社 2. 台灣詩 3. 詩評 4. 文集

863.21 104018589

逆光的系譜：笠詩社與詩人論

作　　者　陳明台
責任編輯　鄭清鴻
封面設計　日日設計ZOZO DESIGN
美術編輯　宸遠彩藝
出 版 者　前衛出版社
10468 台北市中山區農安街153號4F之3
Tel：02-2586-5708　Fax：02-2586-3758
郵撥帳號：05625551
e-mail：a4791@ms15.hinet.net
http://www.avanguard.com.tw
出版總監　林文欽
法律顧問　南國春秋法律事務所林峰正律師
總 經 銷　紅螞蟻圖書有限公司
台北市內湖區舊宗路二段121巷19號
Tel：02-2795-3656　Fax：02-2795-4100

贊　　助　國藝會 NCAF
出版日期　2015年11月初版一刷

定　　價　新台幣600元

Printed in Taiwan　ISBN 978-957-801-778-8